MON ODIEUX
petit ami

TA MOORE

REAMSPINNER
PRESS

MON ODIEUX petit ami

TA MOORE

Publié par
DREAMSPINNER PRESS

5032 Capital Circle SW, Suite 2, PMB# 279, Tallahassee, FL 32305-7886 USA
www.dreamspinnerpress.com

Mon odieux petit ami
Copyright de l'édition française © 2018 Dreamspinner Press.
Titre original : Wanted – Bad Boyfriend
© 2018 TA Moore.
Première édition : août 2018
Traduit de l'anglais par Laura Brohan.

Illustration de la couverture :
© 2018 Reece Notley.
reece@vitaenoir.com
Les éléments de la couverture ne sont utilisés qu'à des fins d'illustration et toute personne qui y est représentée est un modèle

Édition e-book en français : 978-1-64080-976-5
Édition imprimée en français : 978-1-64080-977-2
Première édition française : août 2018
v 1.0

Édité aux États-Unis d'Amérique.

Comme d'habitude, je tiens à remercier ma mère ainsi que le groupe des Cinq, sans qui je n'en serais jamais arrivée là et qui m'encouragent à continuer d'écrire. Je vous aime !

I

« Mon neveu est gay. Peut-être que si vous l'engagiez pour entretenir le jardin, ils pourraient… se croiser par hasard ? »

LE GRANSHIRE Hotel surplombait l'une des plus belles vues de Ceremony Island avec élégance. À l'arrière du bâtiment se trouvaient des falaises qui plongeaient dans la baie de sable blanc en forme de croissant, où l'on pouvait apercevoir des bateaux de couleurs vives en mouillage à quelques kilomètres. À l'avant se déployait la lande, pleine de bruyères et de fleurs sauvages, jusqu'à ce qu'elle atteigne les murs de pierre qui clôturait les terres cultivées. Un petit troupeau de cervidés errait parfois sur le terrain.

Le magazine Tatler avait classé cet hôtel parmi les dix meilleures destinations pour célébrer votre mariage au Royaume-Uni. Ils organisaient des réceptions pour des clients venant du monde entier. C'était onéreux et l'île était difficile d'accès. Même les couples venant du Royaume-Uni devaient emprunter les routes côtières pleines d'ornières et prendre le ferry pour traverser une portion de la mer d'Irlande. Malgré tout, les couples à la recherche du mariage parfait semblaient penser que ça en valait la peine.

Ces personnes ne venaient pas seulement pour le hall en vieille pierre ou pour poser sur le sublime escalier dont la rambarde en chêne noir était sculptée en forme de ronces entrelacées. Elles venaient pour visiter les grottes sur la plage, pour se faire offrir une pinte de Guinness dans le pub traditionnel où les musiciens jouaient derrière le bar, pour trouver l'accessoire « ancien » que doit porter la mariée à la bijouterie installée dans une petite maison de pêcheur inhabitée sur la plage – ou pour toute autre expérience offerte par l'île qui vaille la peine d'être postée sur Instagram.

Les couples qui arrivaient à Ceremony étaient en quête d'un conte de fée des temps modernes ou de leur propre comédie romantique. En tant qu'organisateur de mariages au sein du Granshire Hotel, c'était à Nathan Moffatt de faire en sorte qu'ils l'obtiennent – même les jours où la dernière chose à laquelle il voulait penser était à la fin heureuse d'un couple.

— Chaussures ? demanda-t-il en penchant la tête par la porte du bar du Granshire.

D'habitude, le bar était une étendue de bois décoloré et de métal poli qui semblait tout droit sortie d'un magazine. Aujourd'hui, il était couvert des détritus abandonnés la nuit précédente par les invités d'un mariage. Des confettis de toutes les couleurs avaient été balayés et formaient des petits tas dans les coins de la salle et des verres collants reposaient un peu partout, avec des restes de cocktails fruités.

Une équipe réduite du bar était déjà en train de commencer le grand ménage, les employés bâillant tout en traînant des sacs poubelle derrière eux. Lorsqu'ils entendirent Nate, ils se contentèrent de hausser les épaules pour lui dire qu'ils n'en avaient pas la moindre idée. Il ne fallait pas que Nate oublie de leur donner une meilleure prime pour les remercier de leur bon travail.

Théoriquement, il n'était pas obligé de le faire. Certains couples souhaitaient louer un barnum ou se marier dans l'ancienne distillerie, ce qui sous-entendait d'engager du personnel supplémentaire, mais les jeunes mariés Sanders avaient opté pour la formule simple proposée par l'hôtel, qui incluait les employés. Cependant, selon son expérience, il était préférable d'avoir bonne réputation auprès de ses employés – pour s'assurer qu'ils répondent présents lors du seul événement où on leur demanderait de s'habiller comme le Chapelier fou et de servir des Long Island Iced Tea jusqu'au petit matin.

Nate les laissa continuer à ramasser les verres et se fraya un chemin entre les tables jusqu'au bar. Il se pencha par-dessus et siffla pour attirer l'attention du manager.

— Les chaussures de la mariée ? Paire unique. Marque de luxe. Elles ressemblent à toutes les pantoufles en argent qui rappellent Cendrillon.

Max jeta deux bouteilles vides de prosecco dans le bac de recyclage.

— On dirait que quelqu'un s'est levé du pied gauche, dit Max en levant les sourcils.

Cet homme petit au style intentionnellement négligé était le fils du propriétaire de l'hôtel ainsi que le meilleur ami de Nate depuis l'adolescence. Ils avaient été ces deux garçons gays et maladroits qui se demandaient pourquoi les filles s'intéressaient davantage à eux que les garçons. Ils avaient découvert que si ton meilleur ami était le seul autre homosexuel dans ta classe insulaire de vingt élèves… il y avait de fortes chances pour que tu aies déjà atteint ton quota de personnes homosexuelles jusqu'à l'obtention de ton diplôme.

— Je n'ai vu aucune paire de chaussures. Par contre, si ça peut t'aider, j'ai trouvé une des demoiselles d'honneur en train de cuver dans les toilettes.

Il était difficile de résister au sourire de Max. Malgré sa mauvaise humeur, Nate sentit les coins de sa bouche se rehausser pour répondre à son sourire.

Peu importe si les mariages semblaient tout droit sortis d'un joli conte de Grimm, les lendemains de mariage étaient toujours plus conformes aux histoires originales : pleins de regrets, de secrets à garder et parfois de sang sur le sol. Surtout du vomi, mais parfois du sang.

— Depuis que minuit a sonné, les demoiselles d'honneur ont repris le cours de leur vie et ne sont plus sous ma responsabilité.

— Tu pourrais aller voir dans les jardins, suggéra Max en récupérant la carafe de café pour en verser une tasse à Nate. J'ai vu certains invités danser dehors.

Max n'avait pas besoin de lui demander s'il voulait du café. La réponse était toujours « oui ». Il récupéra la tasse et en but une gorgée brûlante. Des bouteilles de sirop étaient alignées le long du mur, avec des saveurs allant de la vanille au cheesecake, mais elles étaient réservées aux personnes qui considéraient que boire du café était un plaisir. Nate buvait du café pour réussir à tenir : chaud, fort et assez épais pour planter une cuillère dedans.

Quand il releva les yeux, Max ne nettoyait plus le bar, mais était appuyé dessus. Ses bras étaient croisés devant lui.

— Alors ? dit-il en levant les sourcils, impatient. Serais-tu d'humeur grincheuse parce que la nuit a été longue ?

En effet, elle avait été longue, mais Nate ne comprenait pas pourquoi Max lui adressait un regard espiègle alors qu'il n'avait fait que raccompagner la mère éméchée et déprimée du marié jusqu'à sa suite sur les coups de 3 h du matin. Ce qui voulait dire…

Nate siffla, les dents serrées. Ce matin, le monde semblait décidé à tester ses limites.

— J'en conclus que tu es celui qui as donné mon numéro au frère du marié ?

Le regard lubrique de Max s'accentua.

— Oui, tu me dois une fière chandelle. Il est toujours chez toi ?

— Non.

Son visage s'assombrit.

— Il ne t'a pas appelé ? demanda-t-il, sincèrement surpris. Je n'arrive pas à le croire. Il avait vraiment l'air intéressé. Il disait que tu étais un *silver fox* [1].

Nate jeta un œil au miroir qui se trouvait derrière Max, à l'arrière du bar. Il poussa anxieusement les boucles brunes parsemées de gris de son front. Il avait trente-sept ans. Il était trop jeune pour être considéré comme un *silver fox*, même s'il avait commencé à grisonner dès ses vingt ans.

— Il a appelé.

En fait, cet homme lui avait envoyé un message. Nate se demanda si le fait qu'il se sente légèrement offensé par cela signifiait qu'il était plus vieux qu'il ne le pensait.

— Et ? demanda Max en lui lançant un regard inquisiteur. Il te trouvait sexy. Il t'a appelé. Vous vous êtes embrassés…

— Je ne lui ai pas répondu, dit-il sur un ton neutre. J'étais en train de gérer un mariage. Je n'avais pas le temps de coucher avec un inconnu.

Au lieu de percevoir la note d'agacement dans la voix de Nate et de le laisser tranquille, Max fit un bruit désapprobateur.

— Ça ne t'a jamais arrêté. Je me rappelle le temps où tu étais bénévole dans un festival du livre à Durham. Une nuit, tu as couché avec trois hommes différents entre les conférences et les lectures. D'ailleurs, l'un d'eux faisait partie des auteurs. Ça ne t'a pas empêché de leur faire remplir ton enquête de satisfaction.

Nate devait admettre que cette nuit avait été très agréable. En fait, ses années passées à Durham avaient été une succession de nuits agréables. Même s'il n'avait jamais utilisé son diplôme en littérature anglaise à d'autres fins que celle d'impressionner les hommes qui aimaient les sonnets. Cependant, Ceremony n'avait rien à voir avec Durham et Nate n'avait plus vingt ans.

— Ça fait plus de dix ans. Et je n'étais qu'un idiot en manque de sexe.

— Mais tu étais heureux, souligna Max.

Son ami lui adressa le sourire qui avait réussi à convaincre de nombreux hommes à le suivre pour une partie de jambes en l'air. Leur nombre avait augmenté ces derniers temps. Max n'était pas beau. Il avait un trop gros nez, une mâchoire trop imposante et ses cheveux étaient trop épais <u>pour être coiffés</u>, mais il avait cette aura que les personnes riches et pleines

1 : Terme utilisé en anglais pour désigner un homme d'âge mûr qui est beau et gentleman.

d'assurance possédaient. Depuis le moment où Maxwell, du haut de ses dix ans, lui avait enfoncé un doigt dans les côtes, souri et suggéré qu'ils fassent une bêtise, l'attitude de celui-ci avait causé bien trop d'ennuis à Nate pour qu'il puisse en faire le compte.

— Bon sang, Nate. Je sais que ton ex t'a fait du mal, mais…

C'était la mauvaise chose à dire. C'était toujours la mauvaise chose à dire.

— Va te faire foutre, Max.

Il posa délicatement sa tasse de café à moitié pleine sur le comptoir et prit la direction de la sortie. Les employés du bar échangèrent des regards gênés lorsqu'il passa près d'eux. Nate tira un trait sur l'idée de leur donner une bonne prime, même s'il savait qu'il reviendrait sur sa décision avant que les RH versent leurs salaires.

— Nate, appela Max. Attends une seconde, tu veux bien? Je ne voulais pas… Merde.

Les portes qui menaient aux jardins se refermèrent derrière Nate et mirent un terme aux paroles de Max.

Tout irait bien. Max finirait par s'excuser et lui offrir une de ces mauvaises bières artisanales fabriquées sur l'île; il insistait pour en être approvisionné. Nate lui pardonnerait parce que mentionner un ex n'était pas une raison valable de se fâcher avec quelqu'un. Et il n'était peut-être pas encore un *silver fox*, mais il était déjà bien trop vieux pour se trouver un nouveau meilleur ami.

De toute façon, il n'était même pas vraiment en colère contre Max. Ou contre son ex. Contrairement à ce que tout le monde semblait penser, il ne se languissait pas de cet enfoiré comme le faisaient ces héroïnes de romans à l'eau de rose.

Il se promena dans le petit jardin de roses de l'hôtel. Les chaussures de la mariée étaient posées sur le bord de la fontaine, argentées et mouillées par la rosée du matin. Nate les laissa à leur place et s'approcha de la limite du jardin pour regarder par-dessus le mur.

Son regard tomba directement sur des falaises grises parsemées de mouettes, puis sur une parcelle de plage de sable blanc en contrebas, décorative et trompeuse. Ce n'était que le début du mois de mai et quelques personnes prenaient un bain de soleil sur la plage, tandis qu'une autre se trouvait dans la baie et essayait de récupérer un parachute mouillé au sein des vagues. Nate s'accouda sur la pierre, se frotta les yeux et attendit que la colère qui était montée en lui disparaisse.

Il passait la plupart de ses journées à organiser le mariage des autres. Il y avait parfois un festival ou la fête du village à mettre en place, mais il organisait surtout des mariages. Il écoutait les histoires adorables de leur rencontre, bataillait avec les demoiselles d'honneur, vérifiait les discours et réussissait parfois à accomplir l'impossible. Aux yeux de ses clients, il était charmant, encourageant et s'assurait que le couple obtienne ce dont il avait rêvé.

Mais le plus beau jour de la vie de ses clients n'était qu'une journée banale pour lui. Quand il rentrait chez lui, il n'avait qu'une envie : retirer son costume, manger des restes de pizza, regarder *Fortitude* ou une autre émission stupide et jouer les pauvres célibataires grincheux.

Ce n'était pas trop demander.

Du moins, pas selon lui. Tous ses proches semblaient penser le contraire. Ses amis n'arrêtaient pas de lui arranger des rendez-vous – ou des coups d'un soir, dans le cas de Max – et depuis qu'on avait diagnostiqué un cancer à sa mère, celle-ci était obsédée par l'idée qu'elle mourrait avant qu'il trouve quelqu'un… et qu'il mourrait ensuite seul et serait mangé par des chats.

— As-tu au moins un chat ? demanda Max.

Huit heures s'étaient écoulées. Max était pardonné, Mary Sanders née Black avait retrouvé ses chaussures et la bière était aussi mauvaise que l'avait prédit Nate. Il s'étala sur le canapé dans le bureau de Max, une jambe posée par-dessus l'accoudoir en cuir usé.

— Non.

Nate but une deuxième gorgée de sa bière, censée avoir les saveurs de canneberge et de cynorhodon, au cas où ce mélange finissait par être apprécié. Jusque-là, il ne plaisait toujours pas à Nate.

Max recula sa chaise et posa les pieds sur son bureau qui ne lui servait quasiment que de repose-pied. Il n'était pas fainéant, mais il n'avait jamais apprécié qu'on l'installe quelque part et qu'on lui demande d'y rester. Il ne pouvait même pas discuter au téléphone sans bouger, faisant des allers-retours le long du bar. Nate ne comprenait pas pourquoi son père avait insisté pour lui faire installer un bureau pour ensuite se plaindre qu'il n'y reste pas.

— Alors, commença Max en se grattant la mâchoire avec le goulot de sa bouteille de bière. Ta mère pense-t-elle que tu vas te transformer en une vieille dame à chats à cause de la solitude ? Ou bien les chats vont-ils être attirés par ton corps depuis l'autre côté de l'île une fois que tu auras rendu l'âme ?

— Je n'en sais rien, répondit-il en haussant les épaules.

Il commença à remuer son pied, son talon rebondissant contre le rebord du canapé.

— Je savais que ce ne serait pas facile de l'avoir à la maison le temps qu'elle récupère, mais je pensais que nous boirions des tasses de thé et qu'elle n'arrêterait pas de me demander « *qui c'est ?* » en regardant des séries. Je ne pensais pas qu'elle serait obnubilée par le fait que je me marie avant qu'elle meure, ce qui pourrait arriver n'importe quand, apparemment.

Max fronça les sourcils et se redressa. Sa chaise grinça sous son poids.

— Est-ce qu'elle va bien ? demanda-t-il avec inquiétude. Si Ally ne se sent pas bien, nous devrions la ramener à l'hôpital.

Nate décida de mettre le goût amer qui venait d'envahir sa bouche sur le compte de la bière. Ils n'étaient plus des enfants. Être jaloux que Max s'entende mieux avec sa mère que lui sur plusieurs aspects était puéril. Ce n'était pas comme si Nate et sa mère ne s'aimaient pas – la plupart du temps. Simplement, Ally Moffatt et Max Saint John partageaient une certaine idéologie : « *Je suis libre, j'ai une relation compliquée avec mon père et je pense savoir ce qui est mieux pour Nate* ».

— Maman va bien. D'ailleurs, c'est le problème. Avant, son cerveau était occupé par les rendez-vous chez le médecin et son traitement contre le cancer. Maintenant qu'elle n'a plus à s'en faire, elle comble le vide par sa paranoïa et ses talents d'entremetteuse.

Ces paroles rassurantes ne semblèrent pas apaiser Max, mais il passa à autre chose.

— Arrête de te plaindre, dit-il en remuant sa bière. Ce n'est pas comme si elle essayait de te marier à une femme et insistait pour que tu deviennes un avocat spécialisé dans les divorces. Elle aimerait juste te voir heureux, ce que tu n'es pas.

— Je suis heureux, répliqua Nate en levant les mains en l'air, frustré.

De la bière s'échappa de sa bouteille et retomba sur son poignet. Il se retrouva avec une tache sur la manche de sa chemise, ce qui ne fit qu'améliorer son humeur.

— Je suis comblé. Je suis carrément aux anges.

— Bien sûr.

Max se réinstalla confortablement sur sa chaise et joignit ses mains sur son ventre, sa bouteille tenant en équilibre sur la boucle de sa ceinture. Ses yeux brillaient au-dessus de son grand nez.

— Tu as vraiment l'air heureux, ironisa-t-il.

— D'accord, céda Nate en levant les yeux au ciel. Pas dans l'immédiat. D'habitude, je vais *bien*. Actuellement, je me contente de ma propre compagnie.

— Tu te masturbes ?

— Non.

Max laissa échapper un rire incrédule. Nate l'ignora et prit une autre gorgée de bière. Son goût ne s'améliorait pas avec le temps.

Et, oui, il se masturbait. Ce n'était pas comme s'il avait demandé à être célibataire – même si le fait d'accueillir sa mère à la maison lui donnait parfois cette impression –, mais ce n'était pas le débat. Il n'y avait *rien* à débattre. Malgré ce que semblaient penser les gens, il n'avait pas pris la décision de condamner ses bourses et d'entrer dans les ordres.

— D'ailleurs, pourquoi est-ce qu'on s'attarde toujours sur mon cas ? demanda Nate. Comment se fait-il que personne ne t'encourage à te mettre en couple et à adopter des gosses méritants pour faire perdurer la lignée familiale ?

Max fit la grimace et se signa avec la bouteille. Son regard se leva pieusement.

— Il plaisante, ne l'écoutez pas, dit-il avant de regarder à nouveau Nate. N'oublie pas que le dernier homme que j'ai présenté à ma famille avait vingt ans de moins que moi, qu'il était cracheur de feu semi-professionnel et qu'il m'a volé dix mille balles en partant. Mon père vit dans la crainte de me voir éprouver des sentiments pour les bons à rien avec lesquels je couche.

— As-tu récupéré cet argent ?

— Non.

Max passa une main dans ses cheveux, ce qui était un exploit vu leur épaisseur.

— Je n'ai jamais revu la couleur de cet argent, ni celle du respect de mon père. Mais vu ce que ce gars savait faire avec sa bouche, ça en valait la peine.

Ils savaient tous les deux que c'était un mensonge. Ils ne profitèrent pas de ce moment gênant pour en discuter et laissèrent passer quelques secondes interminables en remuant, en soupirant et en décollant l'étiquette de leur bière. Puis Max retrouva son sourire et fit une blague sur les bouches expertes. C'était facile de combler les blancs par des plaisanteries. Cela faisait trente ans qu'ils tenaient ce genre de conversation, ce qui laissa de l'espace au cerveau de Nate pour réfléchir à sa nouvelle idée.

Il n'avait jamais eu de petit ami vraiment *odieux*. Jamie s'était comporté comme un crétin à la fin de leur relation, mais il s'était simplement comporté en… mauvais petit ami. Il n'avait pas été aussi ignoble que les hommes dont on entendait parler dans les chansons de country. Nate avait peut-être besoin de faire comprendre à ses proches qu'il y avait pire dans la vie que de trop regarder la télévision.

— Veux-tu une autre bière ?

Max en lécha les dernières gouttes sur la bague de sa bouteille.

Nate regarda la sienne. Sans s'en rendre compte, il avait réussi à en boire une grande quantité. Il ne restait plus qu'un tiers de liquide dans cette bouteille orange trouble.

— Non. Je dois conduire jusqu'à la maison.

Il posa sa bouteille sur le bureau inutilisé de Max, près des bottes de son ami.

— Puis elle a un sale goût, ajouta-t-il.

— C'est vrai. Le cynorhodon lui donne un goût bizarre.

Max posa ses pieds au sol, se leva et s'étira jusqu'à ce que sa colonne vertébrale craque. Il jeta son bras autour des épaules de Nate et l'attira dans une accolade brusque.

— Si tu veux que j'arrête de choisir des hommes à ta place, sache que le bar est rempli de clients qui quitteront l'hôtel dans deux jours. Et ils ont déjà une chambre.

Nate laissa échapper un rire et jeta un bras autour des épaules de Max. Cela faisait vingt ans qu'il avait dépassé son ami en taille et il en était toujours aussi satisfait.

— J'ai un cortège de mariage important qui débarque la semaine prochaine. Je veux m'y préparer en ayant les idées claires. Puis maman s'inquiéterait de ne pas me voir rentrer.

Max se mit à rire, lui demanda d'embrasser Ally de sa part et le chassa du bar. Sur le chemin de la sortie, alors qu'il saluait le réceptionniste de l'hôtel d'un signe de tête en traversant le sol en marbre du hall d'entrée, Nate se demanda où il pourrait trouver un petit ami odieux dans les plus brefs délais sur cette île.

Évidemment, quand on y réfléchissait, il n'y avait qu'une seule option.

II

« S'il n'a rien à cacher, alors pourquoi ne vient-il pas nous voir pour nous dire que nous avons tort et qu'il n'est pas un criminel ? »

— FISH AND chips, nuggets de poulet et curry ! hurla Gennie, la barmaid, en poussant les assiettes sur le bar.

Un homme leva les yeux de l'une des petites tables rondes qui comblaient l'espace entre les banquettes et le bar. Deux enfants pleurnichards et démoralisés l'accompagnaient et l'homme avait l'air stressé, comme s'il n'avait pas bien réfléchi à ce que serait un week-end avec ses enfants. Il leva la main avec espoir. Gennie poussa les assiettes un peu plus loin sur le bar.

L'homme soupira, se leva, pointa un doigt sur ses enfants et se fraya un chemin à travers la salle. Personne ne poussa sa chaise pour lui faciliter l'accès. Il atteignit le bar et batailla pour réussir à faire tenir les trois assiettes en équilibre sur ses bras. Flynn s'accouda sur le bar et observa l'homme en train de galérer.

Avoir commandé du curry était la deuxième erreur de cet homme. La première était de ne pas avoir été au Fox and Swan. Le Hairy Dog était le pub local. La nourriture y était moins chère, mais l'atmosphère était moins chaleureuse.

Gennie termina de verser une bière à Flynn. Lorsqu'elle poussa le verre vers lui, de la mousse coula le long de ses doigts parsemés de bagues.

— Trois trente. Tu veux ouvrir une ardoise ?

Au lieu de répondre, Flynn lui donna un billet de cinq. Son père avait été client de ce bar toute sa vie. Lors de son décès, son ardoise s'était élevée à trente livres et le pub l'avait effacée en son honneur.

Le père de famille parvint enfin à retrouver sa table. Une grande partie de la nourriture se trouvait encore dans les assiettes. Les nuggets de poulet tombés au sol étaient déjà en train d'être nettoyés par le chien du pub, qui avait été un chien de berger à l'époque de son père et n'était plus qu'un épagneul dégingandé aujourd'hui.

— Maman a dit… commença la jeune fille en faisant la moue.

— C'est le week-end de papa, l'interrompit-il en glissant une serviette de table dans le col de sa fille. Et quand c'est le week-end de papa, on mange des frites.

Pauvre gosse.

Flynn récupéra sa bière, le verre glissant sous ses doigts, et aspira la mousse à la surface. Son épaule n'apprécia pas ce mouvement. Quelques idiots avaient décidé d'aller se baigner tout nus dans la baie, ne réalisant pas qu'une fois la nuit tombée, le temps doux devenait rapidement baltique. Durant le sauvetage, Flynn avait fini dans l'eau glaciale lorsque l'un de ces idiots avait paniqué au moment d'être tiré hors de la mer.

Le froid s'était infiltré jusque dans ses os et lorsque l'adrénaline s'était estompée, il avait ressenti une douleur à l'épaule. C'était le genre de douleur qui promettait de devenir lancinante.

Il commençait à se faire trop vieux pour escalader des falaises et plonger dans la mer d'Irlande. Vingt ans plus tôt, il se serait hissé hors de l'eau en riant. Bordel, vingt ans plus tôt, il aurait été le crétin qui se serait gelé les miches en allant se baigner nu.

Oui, pensa-t-il amèrement en finissant sa bière, mais que pouvait-il faire d'autre? Peu d'options s'offraient à un homme comme lui. S'il avait eu le choix, il ne fréquenterait pas le même bar que son défunt père, si?

— Je vais te dire quelque chose, Kate : je ne voudrais pas qu'il vienne à mon secours. Il repêcherait mon portefeuille avant de me faire sortir de l'eau.

La familiarité de ces voix attira son attention.

Flynn se retourna sur son tabouret et s'adossa contre le bar, les deux coudes posés derrière lui. Il observa son environnement jusqu'à ce qu'il pose les yeux sur deux femmes installées au fond du bar. Elles étaient assises sur des tabourets et penchaient la tête l'une vers l'autre, par-dessus de grands verres portant la marque de leur rouge à lèvres et contenant un mélange alcoolisé à base de coca. Des tranches de citron mâchées étaient posées sur leurs sous-verres. Il reconnut vaguement ces deux femmes. Après tout, c'était une petite île.

— Dans le meilleur des cas, Fi, répliqua la prénommée Kate. Ben, le fils de ma sœur, était ami avec lui lorsqu'ils étaient jeunes. Tu n'imagines même pas ce qu'il peut raconter sur la vie de cet homme lorsqu'il était sur le continent… Je n'oserais même pas le répéter.

Elle cessa de parler et prit une grande gorgée de sa boisson mystérieuse au coca pour marquer une pause.

Flynn était habitué à ce genre de choses. Soudain, sa bière eut un arrière-goût amer. Il abandonna sa pinte sur le comptoir, se mit debout et prit la direction de la sortie.

Fi le vit arriver, donna un coup de coude à son amie et leva les sourcils de manière exagérée. Avant que l'autre femme ne puisse se retourner, Flynn se pencha par-dessus son épaule.

— Voyons, Kate, continuez. Répétez ce que vous avez entendu dire.

Au ton rauque de sa voix, tel un grognement, Kate se redressa et s'indigna.

— Vous savez que vous en avez envie.

Il adressa un clin d'œil à Fi et les laissa dans tous leurs états. Il passa la vieille porte d'entrée en acacia. C'était encore l'été – la saison tenait jusqu'au début du mois d'octobre –, mais Flynn sentait le froid arriver.

Sa Land Rover était garée sur le trottoir à l'extérieur du bar. Des éclaboussures de boue recouvraient les côtés de sa voiture, des pneus jusqu'aux vitres arrière. Flynn n'avait pas pris la peine de la verrouiller. L'île n'était pas exempte de crimes – il y avait beaucoup de problèmes liés à la drogue, aux bagarres, aux coups distribués derrière des portes closes –, mais en volant une voiture, on ne pouvait rien faire d'autre que la conduire à l'autre bout de Ceremony. On pouvait voler la voiture de Flynn et la faire plonger dans la mer, mais il suffirait de la repêcher et de lui donner le temps de sécher pour qu'elle fonctionne à nouveau. Elle avait vingt ans et n'était composée de rien d'autre que d'un lourd châssis en métal et d'un moteur diesel.

Flynn grimpa sur le siège conducteur et démarra. Il ressentit le vrombissement de la voiture jusque dans ses os. Il descendit du trottoir sans délicatesse, une main sur le volant, et quitta le centre-ville.

À mi-chemin, il passa la sortie qui menait au Granshire. Ils avaient installé de vieilles lanternes pour illuminer la vue – un mélange de cuivre, de verre et d'élégance. Ces lanternes étaient volées de façon régulière.

Après avoir tourné deux fois et attendu qu'un mouton se range sur le bord de la route pendant cinq minutes, la colonne blanche de l'ancien phare apparut sur le cap. Il se tenait là, tel un doigt d'honneur adressé au Granshire, qui avait tenté de l'acquérir quand il avait été mis hors service.

Heureusement, l'acte de propriété stipulait que le gardien du phare avait un droit de premier refus et bénéficiait d'une offre avantageuse s'il souhaitait acquérir le bien. Le père de Flynn avait été criblé de dettes jusqu'à sa mort. Après ses funérailles, alors que la tombe était encore fraîchement

13

creusée, Teddy Saint John avait fait une nouvelle offre. Flynn lui avait clairement dit où il pouvait se la mettre. Ceremony avait peut-être besoin de l'argent des Saint John et de ces familles huppées qui venaient au Granshire pour se marier, manger de la bonne nourriture et se saouler avec le whisky fabriqué sur l'île, mais personne ne les appréciait.

Sans compter qu'à cette époque, Flynn avait été en colère contre le monde entier – encore plus en colère que d'habitude. Il avait été heureux de trouver quelqu'un sur qui passer ses nerfs.

Il quitta la route pour emprunter le chemin en terre qui menait jusqu'au phare. La Land Rover cahota en montant la colline et arriva sur un bout de terrain approximativement plat, fait de terre et de dalles, qu'il utilisait comme parking. Un autre véhicule était déjà garé à cet emplacement : une voiture de sport grise et élégante recouverte d'une couche fraîche de poussière et de boue. En haut des marches qui menaient au phare, Flynn aperçut une braise rouge qui brillait dans l'obscurité. Sa lueur vacillante monta et descendit le temps qu'il se gare et sorte de la voiture.

— Je croyais avoir été clair, dit Flynn en grimpant les marches en béton recouvertes de mousse. Je ne souhaite pas mettre mon logement en location.

Nate Moffatt souffla un nuage de fumée blanche dans l'air. Il était assis, les jambes croisées, sur le vieux banc noir installé près de la porte. Cet endroit ne lui appartenait pas, mais cela ne semblait pas le déranger. Tel un chat, il considérait que sa présence améliorait n'importe quel endroit où il se trouvait.

Par principe, Flynn n'était pas d'accord avec lui. Cet homme était bien trop charmant pour qu'on aille dans son sens. Cela ne ferait que gonfler son ego.

— Ce n'est pas la raison de ma présence ici, dit Nate.

Il prit une autre bouffée de sa cigarette et jeta le mégot. Celui-ci vola vers le bord de la falaise dans une traînée éphémère d'étincelles et Nate lui sourit.

— Je voulais te demander un service.

— Un service ? répéta Flynn en glissant ses pouces dans les poches de son jean et en levant les sourcils, intrigué. Le coursier de la famille Saint John m'attend devant chez moi à cette heure tardive pour me demander un service ?

L'emploi du mot « coursier » fit vaciller le sourire de Nate, mais il ne disparut pas.

— J'ai essayé de venir à ta rencontre durant la journée, mais tu es difficile à trouver. Et, oui, je n'ai besoin que d'un service.

— Eh bien, je ne suis pas non plus intéressé par cette offre.

Cette déclaration fit disparaître son sourire. Flynn ignora la lueur de déception qu'il ressentit et, d'un coup d'épaule, il poussa l'homme hors de son chemin. Contrairement à sa voiture, il verrouillait la porte noire et imposante du phare. Il fallait insérer une longue clé ancienne dans le mécanisme en fer forgé pour la déverrouiller, mais les gonds résistèrent quelques instants. Assez longtemps pour permettre à Nate d'ajouter :

— Ça pourrait *vraiment* mettre Max en rogne.

Flynn mordit à l'hameçon. Il posa lourdement sa main contre la porte, ses doigts bronzés et marqués contrastant avec le bois sombre, puis il laissa échapper son agacement dans un souffle. Il observa Nate du coin de l'œil : celui-ci avait retrouvé le sourire et levait désormais un sourcil brun parfaitement dessiné en attendant sa réponse.

Bon sang. Il pouvait résister à tout sauf à la mesquinerie et aux beaux hommes. Ces deux éléments étaient désormais rassemblés dans un joli emballage.

Flynn posa son épaule contre la porte et la poussa. Elle s'ouvrit jusqu'à ce que le coin en fer vienne se bloquer dans le creux formé au sol après plus d'un siècle d'utilisation.

— Je ne te promets rien, gronda-t-il en lui faisant signe d'entrer.

— Je m'en doute.

Nate plongea entre Flynn et le mur pour entrer dans le phare, puis tourna sur lui-même pour observer les murs en plâtre incurvés et l'escalier en colimaçon qui dominait la pièce. Il semblait porter un regard intéressé, voire même approbateur, sur les lieux. Flynn réprima son envie étrange de lui expliquer pourquoi il avait fait des travaux de rénovation.

Flynn se demanda un instant s'il avait fait une erreur. Il savait quel genre d'homme était Nate. Il en avait déjà rencontré des comme lui. Nate demanderait un doigt, prendrait un bras et réussirait à vous faire croire qu'il vous avait rendu service. Mais maintenant qu'il était dans sa maison, Flynn pouvait au moins écouter ce qu'il avait à dire. Il pourrait se débarrasser de lui plus tard s'il en ressentait l'envie.

— Tu voulais me demander un service ?

Nate promena ses doigts le long de la rambarde en métal.

— Ça me plaît beaucoup, remarqua-t-il. Très fonctionnel.

— Ne disais-tu pas que c'était une faute de goût ?

— Ça dépend du contexte. Dans ce cas, ça fonctionne bien.

Nate caressa une dernière fois la rambarde, distraitement. Flynn lutta pour ne rien y voir de sensuel afin que son sexe ne durcisse pas et se retourna. Nate lui adressa un de ces sourires dont il avait le secret.

— Je veux bien un café si tu en prends un.

— Je n'en prends pas.

— Alors un thé ?

— Parle-moi de ce service.

Il y eut un silence. Nate prit une profonde inspiration et se balança nerveusement sur ses talons. Il faisait des gestes en parlant, chaque phrase ponctuée par un doigt tendu ou une paume ouverte.

— Je veux bien louer quelque chose. Mais ce n'est pas le phare.

Il joignit ses mains ensemble et forma une arme avec ses deux index, qu'il pointa vers la poitrine de Flynn.

— Je veux louer Flynn Delaney.

Le sexe de Flynn était partant, mais son bon sens lui indiqua qu'il était temps de mettre son invité dehors. Il trouva un compromis en lui disant d'aller se faire voir.

Il retira sa veste, l'accrocha au dos de la porte et se rendit dans la cuisine construite en longueur qu'il avait réussi à caler dans l'ancienne cabane à outils durant la rénovation. Elle était carrelée en noir et blanc parce que c'était ce qu'il avait trouvé de moins cher chez B&Q [2] et elle était parfaitement propre parce qu'il ne l'utilisait que rarement.

Il lui restait la moitié du plat à emporter qu'il avait pris la dernière fois : vindaloo et riz. Il le versa dans un bol blanc et le plaça au four micro-ondes. Lorsqu'il se retourna, Nate était appuyé contre le chambranle de la porte, les bras croisés, sa chemise rose pâle épousant son torse. Flynn fit semblant d'être surpris que Nate ne soit pas parti.

— J'ai une petite faim, dit Nate.

Il fit la grimace lorsque Flynn plissa les yeux, puis il se frotta la nuque.

— Laisse-moi au moins t'expliquer la situation. Ensuite, tu pourras me jeter dehors si tu en as envie.

La sonnerie du four à micro-ondes les interrompit. Le curry bouillonnait derrière la vitre trouble. Tant pis. Le bonheur du réchauffage était que l'on pouvait réchauffer à volonté.

— Je ne vais pas te nourrir.

---

2 : Chaîne de magasins britannique spécialisée dans le bricolage.

C'était à son tour de croiser les bras et d'appuyer sa hanche contre le plan de travail en bois décoloré. Ce mouvement provoqua une douleur dans son épaule, mais il l'ignora.

— Mais continue. Dis ce que tu as à dire.

Nate cligna des yeux. Il ne s'était sûrement pas attendu à ce que ce soit si simple.

— Tout le monde pense que j'ai besoin d'un petit ami. Alors je me suis dit que j'allais en trouver un… Un petit ami vraiment odieux, ou le pire que je puisse trouver sur cette île.

— Et tu as directement pensé à moi.

Dire qu'il avait trouvé insultant d'apprendre que cet homme vaniteux voulait se payer sa compagnie. S'il avait su ce qui allait suivre…

— Pourquoi moi ? Le pédophile de l'île a fini par rendre l'âme ?

III

« Es-tu inscrit sur Tinder ? Aujourd'hui, c'est sur ce genre d'applications que tous les hommes se rencontrent. »

NATE COMPRENAIT sa réaction. Ces mots, une fois prononcés à haute voix dans la cuisine de Flynn, sonnaient beaucoup moins bien que dans son esprit.

— Je comprends que ça puisse être blessant, dit-il avec prudence. Mais écoute ce que j'ai à dire.

Flynn le regarda d'un air dubitatif. Ses sourcils bruns et épais se froncèrent au-dessus de son regard gris et froid, mais il patienta. C'était un bon signe. Cela voulait dire qu'il était ouvert à la discussion, ce qui n'avait jamais été le cas lorsqu'il s'était agi de discuter de la possible location du phare pour servir de suite nuptiale.

Bien entendu, cela signifiait aussi que Nate devait trouver un autre moyen de lui faire part de sa stratégie sans que cela revienne à dire : *« Mes proches préféreraient que je passe le restant de mes jours seul plutôt que de me voir sortir avec toi »*. Étant donné que c'était la stricte vérité, ce ne serait pas facile. Nate se mordit la lèvre inférieure et chercha une manière moins violente de l'expliquer.

— Vas-tu finir par dire quelque chose ? demanda Flynn. Ou bien vas-tu rester là à faire le beau ?

— Est-ce que ça fonctionnerait ?

Flynn l'observa de la tête aux pieds, de ses cheveux jusqu'aux tennis qu'il finirait un jour par remplacer par des chaussures d'adulte. Cette observation lente et désinvolte réchauffa le corps de Nate, qui s'agita sous la gêne. Cela avait peut-être été la mauvaise approche pour séduire Flynn. Il semblait être le genre d'homme à tout prendre au pied de la lettre, mais Nate était ici pour qu'on arrête de se soucier de sa vie amoureuse, pas pour compliquer la situation. Flynn était bien plus sexy aujourd'hui, avec sa mâchoire joliment dessinée et ses pattes d'oies qui marquaient sa peau, que lorsqu'il était jeune, musclé et bronzé. Évidemment, Nate avait aussi été attiré par lui de manière très inappropriée à cette époque.

18

Une petite voix mesquine, qu'il n'avait plus entendue depuis un moment, vint le titiller en lui rappelant qu'il était inapproprié pour un adolescent de quinze ans de sortir avec un jeune homme de vingt ans. Par contre, des hommes de trente-huit et quarante-trois ans…

— Non. Tu n'es pas beau à ce point, dit Flynn sur un ton neutre, interrompant le fil de ses pensées. Écoute, je ne vois pas comment tu pourrais réussir à me convaincre de jouer les durs parce que tu n'as pas le courage de dire aux gens d'aller se faire voir. Alors trouve un moyen de me faire changer d'avis ou sors de chez moi pour que je puisse dîner en paix.

En temps normal, Nate n'avait pas de difficultés pour trouver des arguments qui allaient dans son sens. Il persuadait chaque jour des pères de mariées de verser un acompte important et non remboursable au Granshire. Il arrivait à convaincre les mariées de faire un compromis en acceptant que des hiboux volent jusqu'à l'autel pour déposer les alliances dans leurs mains. Il arrivait même à convaincre M. Saint John de revêtir son habit traditionnel irlandais pour faire une apparition lors de certains mariages. Cette fois-ci, il n'avait aucun tour dans sa poche.

Il s'en voulut d'avoir utilisé le fait de pouvoir énerver Max pour passer la porte d'entrée. S'il avait réfléchi à la mauvaise réaction qu'il allait obtenir en annonçant à Flynn qu'il voulait le « louer », il aurait gardé cette carte en main. Au lieu de ça, il ne lui restait plus que deux pauvres répliques qu'il avait été cherché au plus profond de ses réserves. Comme il se doutait que lui dire « je te paierai » ne ferait qu'aggraver la situation, il ne lui restait qu'une seule option.

— As-tu mieux à faire ?

Le silence se fit. Flynn le regardait fixement.

— Je travaille au centre de secours, finit-il par dire, chaque mot prononcé lentement au cas où Nate pourrait ne pas le comprendre. Je sauve des vies.

— Ce qui doit être très gratifiant, mais je doute que tu puisses organiser ton vendredi soir en te basant sur le fait qu'une personne va tomber dans un trou.

— Si tu savais, marmonna Flynn.

Il ouvrit la porte du four à micro-ondes et en sortit le bol de curry et de riz. Comme il était chaud, il le fit osciller entre ses deux mains.

— Si je voulais passer mes week-ends à m'amuser, je vivrais toujours à Londres.

D'après ce que Nate avait entendu dire, ce n'était pas une option. Mais il ne rebondit pas là-dessus et s'écarta pour permettre à Flynn de récupérer une fourchette dans un tiroir.

— Et si tu voulais être un ermite, tu aurais déménagé sur une plus petite île, répliqua Nate. Si tu sors avec moi pendant deux semaines, tu pourras participer à plein d'événements et te comporter comme un connard avec Max. Où est l'inconvénient ?

— Tu veux que je te fasse une liste ? demanda Flynn en pointant sa fourchette vers lui. Pour commencer, tu ne « sortirais » pas avec moi. Tu m'afficherais aux yeux de tous les habitants de la ville en faisant sonner une cloche et en hurlant « petit ami odieux » comme si j'étais une sorte de lépreux de l'amour. Je devrais mentir à tout le monde. Je devrais prétendre que j'ai envie de coucher avec toi.

C'était blessant. Nate avala cette pilule sans rien dire. Au moins, cela eut le mérite de diminuer l'emprise que la carrure large et musclée de Flynn avait sur lui.

— Et contrairement à ce que tu penses, tout le monde ne me déteste pas sur cette île. J'aimerais que ça continue. Avais-tu besoin d'autre chose ?

Cette liste étant assez explicite, Nate aurait dû répondre : « *pas vraiment, non* ». Flynn se dirigea avec détermination vers la porte, mais Nate ne bougea pas et lui bloqua le passage.

— Allez, Flynn. Tu sais que tu as une certaine réputation sur cette île. Personne ne te considère comme un prédateur, mais aucune grand-mère n'essaye de te caser.

— Bouge.

Nate sortit de la cuisine et se retrouva dans la grande pièce principale ronde et blanche. Il se laissa distraire un instant par cet espace. Le phare serait vraiment un endroit idéal pour certains couples – une douce évasion d'une nuit pour célébrer leurs noces. Même si l'argent finissait dans la poche de Flynn, le bouche-à-oreille fonctionnerait à merveille.

Lorsque Flynn tira une chaise et s'installa sur la table en pin, son esprit se recentra sur la raison de sa venue. Ça ne se déroulait pas aussi bien qu'il l'avait imaginé.

— Je ne te demande pas de me voler toutes mes économies et de poster une vidéo pornographique de moi sur Internet.

S'asseoir à table serait probablement la goutte d'eau qui ferait déborder le vase, alors Nate se contenta de prendre appui sur le dossier de la chaise qui se trouvait en face de Flynn. Il tapota ses doigts contre le bois.

— Sois simplement toi-même. Max sera énervé et je suis sûr que l'une des amies de ma mère se fera une joie de lui raconter que tu ne peux m'apporter que des ennuis. Ensuite, nous nous séparerons et ils arrêteront de me prendre la tête sans que j'aie à…

— Leur parler?

— Me disputer avec eux.

Flynn prit une bouchée de riz et de curry. Il s'essuya la bouche avec le revers de sa main, se recula dans sa chaise et passa un bras par-dessus le dossier. La manche de son t-shirt remonta sur son bras et dévoila un enchevêtrement de lignes tracées à l'encre noire autour de son biceps.

— Tu m'as demandé d'écouter ce que tu avais à dire. Je l'ai fait. Ça ne m'intéresse pas de jouer au petit ami détestable. Il est temps pour toi de partir, M. Moffatt.

Nate voulut répliquer, mais il n'en fit rien. L'objectif était d'éviter de sortir avec des hommes, pas de se retrouver directement dans une relation minable où l'on éprouvait de la rancœur envers l'autre. De plus, vu le mépris que Flynn ressentait à son égard, ce n'était peut-être pas une si bonne idée. Même si les histoires que l'on racontait à propos de Flynn Delaney et des raisons pour lesquelles il était revenu vivre sur l'île après vingt années passées sur le continent n'étaient pas vraies, cela n'enlevait rien au fait qu'il soit un pauvre type. Nate ne voulait pas tirer un trait sur les hommes. Pas définitivement. S'il passait deux mois avec Flynn, il finirait par installer la Wifi dans la cave du vieil ermite sur la plage pour s'y installer.

La douleur dans ses bourses démentit cela, mais il s'enferma dans ce mensonge.

— Oui, il est temps, dit-il en s'écartant de la chaise. Désolé pour le dérangement.

La seule réponse qu'il obtint fut un grommellement. Sur le chemin de la sortie, Nate se retourna. Se prendre une veste n'était jamais agréable, même si c'était dans le but de former un faux couple voué à la rupture. Son instinct l'encouragea à ne pas s'attarder là-dessus.

Le père de Max lui avait appris cela. Teddy Saint John n'échouait jamais. Il suffisait de voir la situation sous un autre angle pour discerner ce que l'on avait gagné.

— Au fait, maintenant que je sais enfin ce qui se cache à l'intérieur de cette bâtisse, je pense que cet endroit s'intégrerait parfaitement à l'une de nos formules pour les mariages. Je vais te rédiger une offre.

— Pas la peine.

— Ça tiendra sur deux feuilles, dit Nate en levant les yeux au ciel. Tu pourras la lire ou la brûler. Tu en feras ce que tu veux. Bonne nuit, M. Delaney.

Une fois dehors, la porte refermée derrière lui, il laissa tomber le masque. L'air de la nuit était froid contre son visage brûlant alors qu'il descendait les marches glissantes qui menaient à sa voiture.

C'était humiliant. Il se sentait idiot. Il avait l'impression d'avoir à nouveau quinze ans. Il était trempé de sueur après avoir essuyé le rejet de l'homme sur lequel il craquait. La seule différence était que la version adolescente de Nate avait pensé que ce genre de choses ne lui arriverait plus lorsqu'il serait adulte. Pourtant, il était à l'aube de la quarantaine, le bout de ses oreilles était brûlant et il n'avait qu'une envie : manger un paquet entier de Mars Mini.

Au moins, on gardait un peu de dignité en partant en voiture plutôt que d'essayer de faire une sortie retentissante sur un BMX.

— Tu DEVRAIS petit-déjeuner, dit Ally. C'est le repas le plus important de la journée.

Nate attrapa un toast et le mit dans sa bouche. Il arracha le coin et le mâcha pendant qu'il récupérait la carafe de café pour remplir sa tasse isotherme.

— Voilà !

Il prit une gorgée de café pour faire disparaître les morceaux de toast et se pencha pour embrasser sa mère sur la joue.

— Contente ?

Elle émit un son désapprobateur et ajouta délibérément une coupe de noix et de baies séchées à son propre petit déjeuner. La cuillère tinta avec complaisance contre la porcelaine lorsqu'elle mélangea les fibres à son yaourt.

— Ce n'est pas un petit déjeuner. C'est un ulcère assuré.

— Tu avais l'habitude de manger des chips au fromage et à l'oignon au petit déjeuner, lui rappela Nate. Tu disais que c'était deux de tes cinq fruits et légumes par jour.

— Et on m'a diagnostiqué un cancer, souligna-t-elle.

Elle utilisait cet argument comme une clause qui lui permettait de gagner chacune de leurs confrontations depuis qu'elle était tombée malade.

22

Et ça fonctionnait, même si ses cheveux commençaient à repousser en formant des petites boucles.

— Mange un peu de yaourt. Ou prends du muesli.

— Je n'ai pas le temps.

Techniquement, c'était la vérité. Il avait rendez-vous à la première heure avec Teddy, puis devait attendre l'arrivée du ferry pour rencontrer le président d'une association caritative qui voulait organiser une collecte de fonds à l'hôtel. Cependant, même s'il avait eu sa matinée, il n'aurait pas mangé de muesli. Ally le commandait sur le site Internet d'un fermier et il était aromatisé au fenouil et au thé vert. Les toasts, qui provenaient d'un pain essène probiotique, avaient au moins le mérite d'être assez brûlés pour n'avoir que le goût de croustillant.

— Et puis, une mariée arrive cette semaine avec sa famille pour peaufiner les derniers détails.

Ces mots firent oublier à Ally qu'elle voulait l'obliger à manger un aliment sain. Elle le regarda par-dessus son thé vert et lui demanda plus de détails. Nate s'épancha pendant qu'il ajoutait de la crème à son café, du sucre à la cannelle sur ses toasts et enfilait sa veste.

Sa mère était organisatrice de mariage et il avait acquis les compétences nécessaires pour le devenir à son tour en grandissant auprès d'elle. Ally aimait tout ce qui se rapportait au mariage, des photos de mariage de célébrités dans les magazines au fait d'organiser ceux de ses amis. Elle ne croyait pas au mariage, mais qui pouvait résister à un gâteau à trois étages et à une robe bouffante ?

— De la plongée ? Persuade-les de le faire après leur mariage. Une mariée a déjà assez mal aux pieds sans avoir à subir les coupures des rochers.

— Je suis déjà sur le coup, dit Nate en souriant.

Il boutonna sa veste et se retourna pour lui faire face, bras écartés pour qu'elle puisse l'admirer.

— Comment suis-je ?

— Très beau. Comme toujours. Dommage qu'il n'y ait…

— Maman.

— … que moi pour le voir. Tu passes tes journées à rendre les autres heureux. Quand vas-tu t'accorder du temps pour *être* heureux ?

— Je suis heureux.

— Les gens heureux ne mangent pas tout un paquet de Mars.

Nate se retint de répondre. Cela faisait un mois qu'elle était guérie, et désormais, elle n'avait plus la peau sur les os. Elle mangeait, faisait de l'exercice et se rendait de bon cœur à ses rendez-vous chez le kinésithérapeute. Nate avait encore l'impression qu'un mot de travers pourrait détruire tout cela. Il lui arrivait encore de s'emporter contre elle, mais il se sentait toujours mal ensuite.

Il s'efforça d'expirer à travers sa mâchoire serrée et remua la tête.

— Je vais bien, dit-il avant de récupérer les béquilles calées contre l'évier pour les lui apporter. Que vas-tu faire aujourd'hui ?

— Rien de spécial.

Elle attrapa les béquilles et glissa ses bras dans les embrasses. Les manches de son haut de pyjama se relevèrent lorsque son poids bascula sur les béquilles. Une jambe de son pantalon de pyjama retomba sur son chausson tandis que l'autre flotta dans le vide à partir de son genou.

— Ce matin, yoga. Cet après-midi, je vais au bureau pour voir quand je peux reprendre le travail.

— N'est-il pas trop tôt ? demanda Nate en fronçant les sourcils. Tu viens à peine de te remettre sur pied.

— Sur un pied.

— Maman…

Elle fronça le nez et lui mit un coup de coude dans les côtes, chancelante.

— Ne sois pas si sérieux, chéri. Je ne suis pas morte, alors tout ce qu'il me reste à faire est de vivre. Après tout, il faut bien que l'un de nous le fasse.

Après avoir lancé sa dernière pique de la matinée, Ally sortit avec détermination de la pièce. Nate la regarda partir avec une grimace sur le visage et passa ses doigts dans ses cheveux. Il se tint la nuque et regarda un instant le plafond.

— C'est toi qui lui as proposé de vivre ici, se rappela-t-il.

Il laissa ses cheveux tranquilles et se regarda dans le miroir en se rendant dans l'entrée. Sa coupe était assez chic pour qu'il puisse faire n'importe quoi avec ses cheveux sans qu'ils finissent autrement que soigneusement ébouriffés. Même lorsqu'il les empoignait sous le coup de la frustration, ça ne faisait que les densifier et ses boucles finissaient par retomber comme il fallait.

— J'y vais, maman, dit-il en s'arrêtant devant la porte de sa chambre. Ne fais pas trop d'efforts, d'accord ?

La seule réponse qu'il obtint fut un bruit inintelligible. Il attrapa son manteau sur le porte-manteau qui se trouvait en bas de l'escalier et l'enfila en passant la porte d'entrée.

Depuis que sa mère avait emménagé chez lui, il lui arrivait de se demander s'il était redevenu un adolescent de quinze ans ou si sa mère était redevenue une femme de quarante ans. Il passait son temps à lever les yeux au ciel tel un adolescent en pleine crise lorsqu'elle lui prenait la tête ou bien à lui faire des réflexions sur cette seconde vie qu'elle embrassait comme si elle était devenue une version féminine de Max.

Il se mit à rire en y pensant et déverrouilla sa voiture. Son rire lui valut un regard noir et suspicieux de Mme Saunders, sa voisine, qui franchissait le seuil de sa maison en chaussons et robe de chambre pour sortir la poubelle. Il lui adressa un signe de tête poli. Elle bomba le torse tel un pigeon offensé et disparut à l'intérieur. La porte claqua derrière elle.

Elle ne l'avait jamais apprécié. Nate ne savait pas si c'était parce qu'il était gay, parce qu'il était trop jeune pour être propriétaire d'une maison à Ceremony où les biens immobiliers étaient extrêmement chers, ou parce qu'il travaillait au Granshire. Il était possible que ce soit pour toutes ces raisons réunies.

Il s'installa dans sa voiture et alors qu'il s'apprêtait à quitter le trottoir, son téléphone se mit à sonner. Nate soupira et l'attrapa sans même regarder l'écran. C'était sûrement Max qui l'appelait pour lui demander de soumettre l'une de ses dernières idées à son père.

Il s'avéra que ce n'était pas Max.

— Je veux bien devenir ton mauvais petit ami, annonça Flynn.

Nate entendait les mouettes et le grincement du métal en fond sonore.

— À une seule condition, ajouta-t-il.

Un scénario très obscène apparut dans l'esprit de Nate – du moins, assez obscène. Cela incluait de la sueur, des courbatures et une substance collante. Il reprit ses esprits et jeta un œil vers la maison de Mme Saunders, au cas où elle sentirait une atmosphère gay s'éveiller. Les rideaux se refermèrent sous ses yeux ; elle avait peut-être un sixième sens.

— Quelle est cette condition ?

Avec un peu de chance, Flynn penserait que sa voix était cassée à cause de l'heure matinale à laquelle il appelait.

— Je refuse de me déguiser en mascotte ou de danser, ajouta-t-il.

Le rire qu'il entendit à travers le téléphone était aussi brut que le ronronnement d'un chat sauvage. Nate remua sur le siège en cuir et tira sur la jambe de son pantalon.

— Tu devrais peut-être te trouver de nouveaux amis. Si j'accepte ta proposition, tu devras arrêter de me pousser à faire la promotion du Granshire – pas de demandes, pas de liens sur Airbnb, pas d'offres, rien. Si Teddy Saint John veut profiter de mon phare, il peut venir chez moi et me supplier de le louer. Ça me donnera la satisfaction de lui dire d'aller se faire voir.

Nate réfléchissait depuis longtemps à l'idée de pouvoir proposer aux couples de passer une nuit romantique dans une demeure située sur le flanc de la falaise alors que la tempête faisait rage dehors. Cette offre aurait été attrayante, mais il devait admettre qu'il n'avait pas vraiment cru que Flynn changerait d'avis sur la question.

— Entendu. Alors…

— Je passerai te chercher pour notre premier rendez-vous. Envoie-moi un message pour me donner le lieu et l'heure.

Il raccrocha. Nate fusilla son téléphone du regard, mais sa grimace se transforma en un sourire réticent. Il avait demandé un petit ami odieux. Flynn semblait avoir pris les devants.

S'il voulait avoir le temps de prendre un café et de revoir ses notes au Granshire avant son rendez-vous, il devait partir maintenant, mais il se contenta de rester assis, les mains sur le volant, le regard fixé sur la rue.

Il venait de se rendre compte que si la situation dégénérait…

Il remua la tête et chassa cette idée de son esprit avant de commencer à imaginer tous les scénarios catastrophes les plus improbables. Son plan n'allait pas partir en vrille. Il était bien trop simple pour ça. Ils sortiraient deux fois ensemble en public, tout le monde serait consterné, puis ce serait terminé.

Son plan était infaillible.

Et il allait être en retard. Du moins, pas aussi en avance qu'il le souhaitait.

IV

« J'ai entendu dire qu'il avait révélé des informations confidentielles sur la mafia russe. Ils ont éliminé son partenaire, et maintenant, il est en cavale. Enfin, c'est ce que j'ai entendu dire. »

FLYNN JETA son téléphone – vieux de dix ans, usé comme s'il en avait cinquante – sur le bureau ancien et marqué qui était poussé dans un coin de la pièce. L'appareil rebondit sur la pile de reçus et de papiers administratifs qui s'accumulaient depuis six semaines ; il allait devoir mettre de l'ordre.

Mais pas tout de suite. Cette excuse était peut-être la raison pour laquelle il avait adhéré à l'idée ridicule de Nate.

Il se repensa à Nate dans sa maison, vêtu d'un costume taillé sur mesure, qui se mordait la lèvre en souriant et dont la coiffure laissait penser qu'il venait de sortir du lit. Cela n'avait rien de surprenant. Il n'arrêtait pas de penser à Nathan Moffatt depuis une semaine. Cet homme était assez beau pour devenir l'objet d'un fantasme en ne faisant rien d'autre que marcher dans la rue, alors c'était encore plus vrai lorsqu'il se trouvait dans le salon de Flynn à faire des propositions qui auraient pu être un peu plus indécentes.

Bien, il ne cherchait peut-être pas simplement à éviter les tâches administratives.

La porte du bureau s'ouvrit et Kenny passa la tête par l'embrasure. Une trace d'huile s'étendait de son arcade percée jusqu'à ses cheveux courts et décolorés.

— Patron ? M. Park est ici, dit-il en indiquant le garage par-dessus son épaule en faisant la grimace. Il aimerait vous parler.

La réelle signification de cette phrase était : *« M. Park aimerait se plaindre »*.

— J'arrive dans une minute.

Pendant que Kenny allait lui transmettre le message, Flynn fouilla dans ses papiers pour trouver la facture de Park. Elle était pliée en deux sous une lettre de son ancien capitaine qu'il n'avait pas encore pris le temps de lire. Un post-it sur lequel Flynn avait inscrit un numéro était collé dessus. Comme le numéro ne lui rappelait rien, il le jeta à la poubelle. Puis il plia la facture qu'il venait de récupérer et la glissa dans une poche au niveau de sa cuisse.

M. Park se tenait devant l'entrée principale du garage, ses pieds alignés à ses épaules, dans une posture qui montrait qu'il n'avait pas l'intention de laisser quelqu'un d'autre entrer. Un border collie noir et blanc se trouvait à ses pieds et semblait un peu gêné de se trouver là.

— M. Park. Êtes-vous venu régler votre facture?

Park prit un air indigné et une rougeur monta le long de son cou, puis à son visage.

— Régler ma facture? fulmina-t-il en remuant une main vers Flynn. Vous essayez de m'arnaquer, Flynn Delaney. Votre père doit être en train de se retourner. Dans. Sa. Tombe.

Sûrement, oui. Non seulement Flynn couchait toujours avec des hommes, mais il allait sortir avec une personne qui travaillait pour Teddy Saint John. Même s'il avait arnaqué Park, ce qui n'était pas le cas, cela n'aurait pas changé grand-chose.

— Je ne vous arnaque pas, M. Park.

Flynn croisa les bras et s'appuya contre le pare-chocs de la Volvo sur laquelle il était en train de travailler. Elle grinça sous son poids.

— Votre tracteur avait besoin de réparations. Je l'ai réparé. Vous devez payer.

— J'en ai discuté avec mon fils et il est allé vérifier sur Internet. Apparemment, le seul problème de mon tracteur était une panne d'engorgement. J'aurais pu le réparer moi-même.

— Si cela avait été le problème, vous auriez pu le réparer seul. Mais la pompe de gavage était cassée et aspirait de l'air, puis il y avait une accumulation de carbone au niveau des injecteurs. Quand je vous ai appelé pour savoir si vous vouliez que j'effectue les réparations, je vous ai expliqué quels étaient les problèmes et quel serait le montant des réparations.

— Oui, mais mon fils dit…

— Alors vous auriez dû demander à votre fils de le réparer, répliqua-t-il brusquement. Je vous ai dit ce qui n'allait pas et je l'ai réparé. Maintenant, vous devez me payer.

— Je pense toujours que c'est trop cher. Soixante livres de l'heure pour la main d'œuvre? En quoi votre temps est-il si précieux? Je paye des gars huit livres de l'heure pour travailler dans mes champs et ils travaillent bien plus dur que vous.

Flynn pencha la tête sur le côté. Le craquement de ses cervicales lui parut très bruyant.

— Si c'étaient *eux* qui avaient les clés de votre tracteur, ils pourraient vous réclamer plus d'argent. Soit vous me payez, soit je me rends chez vous pour récupérer la pompe de gavage.

— Je veux bien payer les pièces, dit-il avant de sortir de sa poche la facture que Flynn lui avait envoyée et de la déchirer. Et la moitié des heures que vous m'avez facturées.

Des morceaux de papier tombèrent sur le sol recouvert d'huile et de graisse. Le border collie baissa sa truffe pour renifler un bout de papier avec curiosité. Flynn attendit qu'ils soient tous tombés à terre, puis il sortit la copie de la facture de sa poche. Si Park avait fait partie des vieux fermiers de montagne qui essayaient de se relever après avoir perdu leurs moutons suite à un hiver meurtrier, il lui aurait fait un prix.

Mais Frank Park n'était pas dans le besoin. Il avait eu assez d'argent pour construire des parcs éoliens et transformer d'anciennes petites maisons de fermiers en chambres d'hôtes. Une facture pour la réparation d'un tracteur cassé n'allait pas le ruiner.

Park écrasa la facture dans son poing. Pendant une seconde, on aurait dit qu'il allait la jeter. Mais il se calma et la glissa amèrement dans sa poche.

— Bien, dit-il sèchement. Je vais vous payer, mais seulement parce que je sais que vous enverriez sûrement vos brutes chez moi si je ne le faisais pas. Une chose est sûre : je ne ferai plus appel à vos services. Ça fait vingt ans que je viens ici, depuis le jour où votre père a ouvert le garage, mais vous venez de perdre un gros client.

Flynn se gratta la mâchoire. Ses ongles frottèrent contre sa barbe de trois jours.

— Je peux vous donner les coordonnées d'un bon garage sur le continent. Par contre, je ne sais pas combien le ferry prendra pour le transport d'un tracteur.

Park le fusilla du regard et les muscles de sa mâchoire se crispèrent lorsqu'il retint sa rancune entre ses dents, mais il sortit son portefeuille de sa poche. Alors qu'il s'approchait de Kenny pour lui lancer sa carte de crédit, Flynn gratta les oreilles du border collie. Celui-ci remua la queue, ce qui dispersa les morceaux de papier.

Une fois le paiement effectué, Park arracha les clés de la main tendue de Kenny.

— J'enverrai un de mes gars pour récupérer le tracteur.

Il lança un regard noir à Flynn sur le chemin de la sortie.

— J'espère pour vous qu'il n'est pas défectueux, ajouta-t-il.

Le border collie resta immobile le temps d'une dernière caresse, puis il se précipita à la poursuite de son maître.

— C'est un homme sacrément en colère, dit Kenny en arrachant le reçu de la machine.

Il frotta distraitement le piercing qu'il avait à l'arcade et pencha la tête.

— Au fait, suis-je la brute dont il parlait ? Parce que je ne pense pas être à la hauteur.

La paume de Flynn était recouverte de poils de chien et de crasse. Il l'essuya sur sa cuisse. L'agacement lui avait laissé un goût amer dans la bouche. Pourtant, il devrait être habitué à la bêtise humaine.

— Retourne travailler, Kenny.

Flynn s'occupa d'une Volkswagen qui avait besoin de nouvelles vis platinées et d'une vidange. Il était en plein travail lorsque son bipeur se mit à sonner dans sa poche ; il laissa une trace de main sur le moteur en poussant pour rouler de sous la voiture.

— Kenny, je dois y aller.

Il retira son bleu de travail. Il portait un jean et un tee-shirt gris et sale avec un trou au niveau de la manche. Il jeta un œil à son bipeur. Kenny roula de sous le camion et se souleva sur un coude.

— Quelqu'un s'est blessé ?

— Il y a eu un accident sur la plage des merdes de chiens, répondit Flynn en utilisant le surnom peu flatteur que les habitants de l'île donnaient à ce littoral ouvert au public. Je t'appelle si j'ai besoin que tu fermes le garage.

Il attrapa ses clés et trottina jusqu'à sa Land Rover. Il lui fallait généralement quinze minutes pour se rendre à la plage depuis la périphérie de la ville. Étant donné qu'il était appelé en urgence et qu'il pouvait emprunter quelques raccourcis à travers les quartiers résidentiels, il pourrait y être en dix minutes.

L'EAU SALÉE était glacée contre les cuisses de Flynn lorsqu'il avança dans la mer. Ses bourses se contractèrent comme pour échapper au mordant des vagues. Le niveau de la mer atteignit son entrejambe – ce qui provoqua un hoquet de surprise –, puis son abdomen.

Le jet-ski montait et descendait au fil des vagues alors que la mer le poussait vers la côte, le dessin de l'Union Jack abîmé du côté où l'engin s'était fracassé contre les rochers à l'entrée de la baie. Le jet-skieur flottait dans son sillage et ses tentatives de pagayer d'une seule main le faisaient tourner en rond. Des traînées de sang se dessinaient derrière lui.

— J'ai entendu dire que quelqu'un s'était pris une gamelle, lança Flynn.

Il attrapa l'homme et le stabilisa.

— Ce ne serait pas vous ?

La panique s'empara de l'homme, qui s'accrocha frénétiquement au bras de Flynn. Ses dents claquaient à cause de l'angoisse et du froid, mais des années de pratique permirent à Flynn de comprendre ce qu'il disait.

— Merde. J'ai foncé dans le mur.

L'homme s'arrêta un instant pour reprendre son souffle ; la douleur qu'il ressentit en inspirant l'obligea à fermer les yeux.

— Oh, merde. Je crois que je suis blessé.

Flynn observa de manière professionnelle le corps de l'homme qui flottait.

— Oui, vous semblez un peu amoché.

Les blessures étaient assez graves pour faire grimacer Flynn, mais pas assez pour le faire paniquer. La combinaison de plongée en néoprène était déchirée à l'endroit où l'homme était entré en collision avec les rochers. Elle s'était décollée de sa peau comme la carapace d'une crevette cuite, mais elle lui avait permis de ne souffrir que d'égratignures et non de déchirures. Il était blessé au niveau des côtes sur le côté gauche et de sa cuisse. Il allait avoir besoin d'un peu de temps pour se rétablir.

Il était aussi blessé au bras droit, sûrement pour avoir tenté de se protéger lors de l'impact. Comme le néoprène n'était pas déchiré, il était difficile de constater les dégâts, mais son bras était soit cassé, soit déboîté. Flynn était prêt à parier qu'il était les deux à la fois. C'était sûrement ce qu'il y avait de plus grave, sauf s'il avait avalé une grande quantité d'eau.

— Ne vous inquiétez pas, le rassura Flynn. Nous allons vous sortir de là. Comment vous appelez-vous ?

Il dut répéter la question et attendre que l'homme cligne des yeux et déglutisse avant d'obtenir une réponse. C'était plus inquiétant que les éraflures et les lacérations.

— Mark. Mark Jameson, finit par répondre l'homme.

La peau de Mark était pâle et il semblait fiévreux. Flynn jeta un œil par-dessus son épaule. L'ambulance s'était garée sur le parking qui se trouvait en haut de la plage et son gyrophare bleu tournoyait au-dessus de la cabine. L'autre membre du centre de secours qui était en service venait d'entrer dans la mer. Jessie pataugea jusqu'à Flynn en traînant le brancard d'urgence derrière elle.

— Mark, nous allons vous ramener sur la terre ferme, dit Flynn. Mais d'abord, nous devons vous installer sur le brancard. Ça va faire un peu mal.

— J'ai déjà mal.

— Ça va faire un peu plus mal.

Il n'avait jamais compris quel était l'intérêt de mentir aux gens.

Jessica lâcha le brancard et alla se placer au pied de celui-ci. Elle dut entrer un peu plus dans l'eau lorsque les vagues devinrent plus puissantes.

— À trois, dit Flynn.

Il garda une main sous l'épaule de Mark et se déplaça sur le côté. L'eau sembla encore plus glaciale lorsqu'il effectua ce mouvement. Du coin de l'œil, il remarqua qu'un passant était entré dans la mer pour récupérer le jet-ski et le ramener sur la plage.

— Un. Deux. Trois.

Comme le sable était humide et glissait sous ses pieds, Flynn s'enfonça légèrement dans l'eau. Il maintint le corps de Mark pendant que Jesse plongeait le brancard sous l'eau. Le rebord rigide du brancard frappa Flynn à la cuisse, puis il laissa le poids du corps de Mark reposer sur le lit en plastique.

Ce léger mouvement fit pousser un cri à Mark. Entre l'état de choc et le froid, il ne pouvait pas devenir plus pâle, mais il parvint tout de même à paraître encore plus mal en point.

— Et voilà, dit Flynn. Maintenant, il ne nous reste plus qu'à vous ramener en haut de la plage et à vous envoyer à la clinique.

Il continua de parler sur un ton confiant et rassurant pendant qu'ils ramenaient le brancard vers la plage. Les ambulanciers les attendaient près de leur véhicule d'intervention, manches retroussées comme s'il faisait chaud là-haut.

Enfoirés.

À mi-chemin entre l'endroit où ils l'avaient retrouvé et la plage, ils durent soulever le brancard hors de l'eau. Flynn ajusta sa prise, ce qui tira sur les muscles de ses épaules, puis il mit un peu plus de puissance dans ses pas lorsqu'ils atteignirent le sable mouillé, où venaient s'échouer les vagues.

Mark grogna et les muscles de sa mâchoire travaillèrent sous sa peau livide lorsqu'il tenta d'étouffer ce bruit. Il s'accrocha au rebord du brancard avec sa main saine et le serra jusqu'à ce que les tendons de son poignet ressortent.

Les personnes qui les observaient depuis la plage s'écartèrent de leur passage. La plupart d'entre elles tendirent le cou pour avoir une bonne vue sur le corps meurtri de Mark. Deux personnes levèrent leur téléphone pour filmer la scène et continuèrent jusqu'à ce qu'ils atteignent la rampe usée en béton qui allait les mener jusqu'à la route où les ambulanciers attendaient pour prendre le relais.

— Contusions et égratignures sur le côté gauche de son corps et sur le visage, rapporta Flynn lorsqu'ils confièrent Mark aux ambulanciers. Le bras droit est soit cassé, soit déboîté, soit les deux. Il se peut qu'il ait avalé de l'eau.

— Merci, Flynn, mais cet homme était dans l'eau, fit remarquer le chef ambulancier avec ironie. Nous aurions pu le deviner seuls.

Le chef ambulancier était un homme baraqué, austère, avec des cheveux fins couleur gris souris. Son partenaire capta le regard de Flynn et haussa les épaules en guise d'excuse, puis ils portèrent Mark jusque dans l'ambulance.

— Crétin, lança Jessie.

Elle s'assit sur le sable, qui se colla à son fessier trempé, puis elle posa son pied sur son genou. Elle saignait au niveau du talon et retira un bout de coquillage tranchant comme de la céramique. Elle le jeta sur la plage et pencha la tête en arrière, un œil fermé face au soleil.

— Dis-moi, Flynn. Y a-t-il une part de vérité dans ce qu'on raconte sur toi ?

Il la regarda avec un sourire en coin.

— Rien n'est vrai, dit-il avant de marquer une pause et de hausser les épaules. Même si je ne peux pas dire autre chose, n'est-ce pas ?

Elle se mit à rire et accepta son aide pour se remettre debout. Cette blonde de Cornouailles avait commencé à travailler en tant que sauveteuse en mer – un job d'été alors qu'elle étudiait le droit –, mais cela faisait déjà deux ans qu'elle passait son été sur l'île et partait en Australie pour travailler l'hiver. Flynn se demandait si elle finirait un jour par obtenir son diplôme.

33

— On se voit ce soir au pub ? demanda-t-elle alors qu'ils rejoignaient leur véhicule. On pourrait chopper des touristes.

Flynn était sur le point de lui répondre « peut-être » et de chercher un moyen d'annuler avant 17 h, mais il se souvint qu'il avait une bonne excuse.

— Désolé, mais je sors avec quelqu'un.

Jessie le regarda avec surprise.

— Ah oui ? dit-elle en lui donnant un petit coup sur l'épaule. Tant mieux pour toi. Ça fait un moment… que toi et machin avez rompu.

— Kier.

Jessie haussa son épaule parsemée de taches de rousseur.

— J'aurais dû te prévenir : les relations longue distance ne fonctionnent jamais. Fais-leur l'amour et laisse-les partir. C'est ma devise.

— Il vit à trente kilomètres d'ici.

— Oui, mais en kilomètres insulaires, c'est une relation longue distance. N'hésite pas à ramener ton nouvel homme ce soir. Je serais heureuse de faire sa connaissance.

Flynn grommela sa réponse, ne voulant rien promettre, puis la salua lorsqu'elle quitta le parking en klaxonnant sur son scooter ridicule aux couleurs des zombies. Une fois seul, il appuya sans réfléchir sur la cavité émotionnelle que Kier avait occupée. Ce n'était plus douloureux, ce qui l'énervait au plus haut point.

Il refusait d'admettre que Kier avait eu raison en déclarant qu'ils se remettraient rapidement de leur séparation.

Il attrapa son téléphone pour prévenir Kenny qu'il serait bientôt de retour. Alors qu'il était en train d'écrire « *la sieste est terminée* », son bipeur se déclencha à nouveau et vibra contre le tableau de bord.

Flynn se pencha pour l'attraper. Il jura en lisant les lettres qui défilaient sur son écran. Un autre appel d'urgence, mais cette fois dans les collines. Cette journée allait être épuisante.

DANS SON message, Nate lui donnait rendez-vous au bar du Granshire à 20 h.

Flynn était en retard. Il aurait pu préparer des excuses, même si ce délai lui avait permis de se débarrasser de la sueur et du sel qui lui collaient à la peau, mais il était censé être un mauvais parti. Autant se montrer irrespectueux dès maintenant.

Il se faufila à travers la foule clinquante qui occupait le bar et des corps se heurtèrent au sien alors que les clients bougeaient de manière irrégulière au rythme de la musique. Ils ne dansaient pas vraiment – ils ne voulaient pas se décoiffer ou renverser leur verre –, ils bougeaient simplement des coudes jusqu'aux genoux.

Nate n'était pas installé au bar. Par contre, Max y était. L'héritier manifeste de l'hôtel jouait de son charme enfantin et préparait des cocktails très colorés depuis l'arrière du bar. Il échangea une bouteille de bière contre un bout de papier ; il le regarda, sourit et le glissa dans la poche de sa chemise.

Quand ce sale gosse prétentieux avait adressé ce regard à Flynn, il avait quinze ans, mais sa fausse carte d'identité lui en donnait vingt. Si Flynn avait été un peu plus saoul, il n'y aurait vu que du feu. Sa vie entière aurait pu être gâchée parce qu'un adolescent en rut avait eu des vues sur lui. Aujourd'hui, Max considérait Flynn comme un connard, car il avait dénoncé sa conduite auprès de son père.

À travers la marée de corps qui se mouvaient doucement, Flynn capta le regard de Max. Il lui adressa un sourire en coin et un hochement de tête. Un regard noir remplaça l'air suffisant de Max ; il le fusilla du regard jusqu'à ce qu'un client réussisse à détourner son attention. Flynn le laissa s'occuper de ses clients et partit à la recherche de Nate.

Il ne lui fallut pas longtemps pour le trouver. Cet homme se démarquait de la foule.

Il était à l'extérieur, dans le jardin, en train de fumer entre les rosiers. Son corps fin et ses longues jambes étaient soutenus par une clôture et sa tête était penchée en arrière alors qu'il soufflait doucement sa fumée en l'air. Il avait échangé son costume habituel contre un tee-shirt col en V bleu marine et un pantalon noir bien taillé, retroussé au niveau des chevilles pour laisser apparaître l'étoile de ses Converse grises. Même ses baskets paraissaient chics – tout droit sorties de leur boîte, comme si l'étiquette était encore collée dessus.

Heureusement que ce n'était pas un vrai rendez-vous, parce que Nate n'était pas le genre de Flynn. Il aimait les mains rêches, les jeans usés, l'après-rasage bon marché, les barbes de trois jours et les cheveux tondus – rien à voir avec des vêtements de marques et des boucles ridicules.

Par contre, son deuxième cerveau semblait très intéressé par les vêtements de marques et les boucles. Il déglutit et sortit du bar. La fraîcheur de l'air extérieur le soulagea suite à la chaleur produite par les corps à l'intérieur. Nate leva les yeux en entendant le bruit de la porte se refermant derrière lui. La surprise se lut sur son expression ouverte et douce, suivie d'une lueur d'appréciation lorsqu'il observa Flynn de haut en bas.

— Il était temps. Je commençais à me demander si tu m'avais posé un lapin.

Le gravier craqua sous les bottes de Flynn lorsqu'il traversa le jardin. Il glissa ses mains dans les poches arrière de son jean – peut-être pour voir la réaction de Nate face à la manière dont ses épaules roulaient sous sa chemise.

— J'aurais peut-être dû. Après tout, tu cherches un mauvais petit ami.

Nate esquissa un sourire.

— Je veux que tout le monde pense qu'il vaut mieux que je reste célibataire. Je ne veux pas qu'on me prenne pour un minable qui s'invente un petit ami imaginaire, mais qui s'attend quand même à le voir débarquer.

— Je comprends.

Flynn indiqua le muret qui clôturait le jardin. Nate le suivit et ils s'assirent dessus. Le clair de lune donnait une certaine délicatesse à la pente raide qui plongeait dans la mer, effaçait l'aspect tranchant des rochers et réchauffait le gris inquiétant de l'océan. Il se pencha, arracha la cigarette des doigts de Nate et la laissa tomber dans l'obscurité.

— Maintenant, quelle est la prochaine étape?

V

« Pensez-vous que quelque chose cloche chez lui ? Ne pas être en couple à son âge semble un peu bizarre, non ? »

NATE SE retint de sortir la première réplique qui lui vint à l'esprit. L'idée était de pousser les gens à arrêter de critiquer ses mauvaises habitudes, pas d'en ajouter une. Il résista à l'envie d'allumer une autre cigarette. Techniquement, il essayait d'arrêter de fumer.

— Suite à ton appel de ce matin, j'ai mis une stratégie en place.

Il frotta distraitement le lobe de son oreille – un tic nerveux.

— Malgré ce que tu penses, je ne veux mentir à personne. Pas plus que nécessaire. Si mon plan se déroule comme prévu, nous allons simplement devoir mettre en scène quelques situations pour provoquer la réaction voulue, puis nous laisserons les gens se faire leurs propres hypothèses. Même la rupture peut être…

Flynn entra dans son espace personnel et posa une grande main marquée sur son épaule. Les joues de Nate se mirent à rougir. Ce n'était pas simplement à cause de cette main sur son épaule. Flynn savait s'apprêter. La nuit précédente, il était séduisant avec son jean usé et son tee-shirt large. Mais ce soir, vêtu d'un pull en laine moulant et d'un jean slim noir, avec une barbe de trois jours poivre et sel ?

Oh mon Dieu.

Si cela avait été un vrai rendez-vous, Nate lui aurait pardonné son retard. Il lui aurait pardonné en passant aux choses sérieuses, peut-être même à deux reprises. Ses pensées ne lui rendaient pas service.

— Nous pourrions simplement improviser, suggéra Flynn en resserrant sa prise sur l'épaule de Nate.

Quand il comprit ce qui allait se passer, son dos se raidit ainsi… qu'autre chose. Ça ne lui rendait pas service non plus. Un sourire lent et satisfait se dessina au coin des lèvres de Flynn et creusa un éventail de rides causées par le soleil autour de ses yeux pâles.

— Fais-moi confiance. Je suis doué pour ça.

En plus des odeurs de sel et d'huile, Flynn sentait le parfum boisé et l'orange. Son souffle était chaud contre la mâchoire de Nate. Cela ne faisait pas du tout partie de son plan – du moins pas avant quelques semaines, lorsque Flynn et lui auraient une meilleure relation de travail –, mais qu'importe.

Il attrapa la ceinture du jean de Flynn avec une main, sentit le denim et le métal contre sa peau et l'attira vers lui pour effacer la distance. Ce baiser aurait dû être médiocre, faire partie de ceux dont on dit ensuite : « *Oublions ce qui vient de se passer. Nous réessaierons plus tard, sans aucune pression* ». Il aurait dû être maladroit, gauche, avec l'haleine enfumée de Nate et les lèvres gercées par le sel de Flynn.

Au lieu de ça, Nate avait l'impression d'avoir attendu ce baiser depuis toujours sans en avoir conscience.

En fond sonore, Nate entendait les murmures et les discussions entre les personnes qui faisaient la fête au bar. Les rires étaient perçants dans l'air frais de la nuit. Il pouvait aussi sentir la douce chaleur de la peau de Flynn contre ses doigts et le doux frottement de ses poils. C'était assez troublant.

— Bordel, Nate, tu ne devineras jamais qui vient de…

Lorsque Nate rompit le baiser, la voix de Max se brisa sous l'incrédulité.

— Qu'est-ce que tu fous, Nate ? Tu es saoul ?

Flynn adressa un clin d'œil à Nate.

— Tu vois ? articula-t-il silencieusement.

Oh. C'était donc ce que Flynn entendait par « improviser ». Nate ne savait pas quoi en penser, si ce n'est qu'il était impressionné par ses talents d'improvisation ; il y réfléchirait plus tard. Pour l'instant, il avait une fausse relation à vendre à son meilleur ami.

Il se tourna vers Max et ressentit une pointe de culpabilité en voyant un mélange de confusion et de trahison sur le visage bronzé de son ami. Max avait toujours été présent pour Nate. Ils avaient bu ensemble pour oublier leurs mauvaises conquêtes et dépensé leur argent de poche pour acheter des chemises de marque – ce dernier point concernait davantage Max que Nate. Même si son ressentiment envers Flynn était ridicule, il n'en était pas moins réel. Nate allait peut-être trop loin. Ou irait trop loin. Il pouvait toujours mettre un terme à son plan.

— Tu m'as dit que tu attendais quelqu'un, mais je pensais que tu mentais pour ne pas passer pour un pauvre type, bafouilla Max avant de diriger un doigt accusateur vers Flynn. Pas que tu avais perdu la tête. Tu sais qui c'est, n'est-ce pas ?

Nate serra la mâchoire si fort qu'elle en devint douloureuse. Finalement, il ne mettrait un terme à rien du tout.

— Évidemment que je le sais.

— Forcément… Après tout, il porte des bleus de travail avec son nom inscrit dessus.

Flynn laissa échapper un rire bref et observa longuement la tenue de Max.

— Mieux vaut ça qu'un polo sur lequel est inscrit le nom de mon père, tu ne penses pas ? répliqua Flynn, puis il effleura la joue de Nate de sa barbe pour y déposer un baiser. Je vais aller me chercher un verre. Viens me retrouver une fois que vous aurez fini de discuter.

Il se leva, adressa un sourire méprisant à Max et se rendit au bar d'un pas nonchalant. Même la manière dont il maintenait ses épaules exprimait le dédain.

— Quelle arrogance ! marmonna Max.

— Tu ne l'as pas vraiment accueilli à bras ouverts.

— Peut-être parce qu'il n'est pas le bienvenu ?

Son intonation en fin de phrase transforma son affirmation en question. Une question pleine de sarcasme.

— Aurais-tu oublié ce que ce salaud a fait ? Il m'a humilié et m'a fait passer pour un crétin aux yeux de toute l'île.

En effet. Du moins, selon la version de Max. Ce n'était pas – vraiment – un mensonge, mais ce n'était pas non plus – vraiment – la réalité. Nate avait toujours accepté l'interprétation de Max parce que c'était plus simple que de se disputer avec lui.

Nate avait assez de jugeote pour se rendre compte de la similitude entre cette vieille histoire et sa situation actuelle. Il n'avait pas besoin d'imaginer Flynn en train de lever un sourcil accusateur, même si son cerveau jugeait cela nécessaire. Il s'en fichait. Son cerveau pouvait lui adresser autant de regards accusateurs qu'il voulait, il ne prendrait pas le risque de prendre le parti de Flynn. Max était son meilleur ami et d'ici deux mois, Nate ne ferait appel à Flynn que pour réparer sa voiture.

— C'était il y a vingt ans. Nous avons tous grandi depuis.

— Parle pour toi.

Max se laissa tomber sur le muret près de Nate et fusilla du regard la porte vitrée qui menait au bar comme s'il pouvait discerner Flynn parmi la foule qui dansait à l'intérieur. Un instant plus tard, il soupira et but une gorgée de sa bière. Il secoua la tête, perplexe.

— C'est vraiment ton rencard ? Celui que tu attendais sans trop de conviction ?

— Oui.

Même si c'était la réaction qu'il voulait susciter avec cette « relation », il ressentit le besoin de le défendre.

— Ce n'est pas sa faute. Il a été appelé par le centre de secours.

Max leva les yeux au ciel.

C'était la manière dont Nate réagissait lorsque Max trouvait des excuses à son dernier amant en date. Tout bien considéré, c'était plus marrant dans l'autre sens.

— J'ai besoin que tu m'expliques. Un témoin sexy qui a la vingtaine n'est pas assez bien pour toi, mais le mécanicien en fin de vie de cette île est l'homme de tes rêves ? Qu'est-ce qui te prend ? Serais-tu excité par l'odeur du Deep Heat [3] ?

— Il a cinq ans de plus que moi, répliqua Nate, incrédule.

— Des années bien visibles, marmonna-t-il.

Max se calma sous le regard noir de Nate et choisit une différente approche.

— J'ai entendu dire qu'il avait une femme et un enfant sur le continent. Il n'est pas ouvertement homosexuel.

Nate ne pouvait pas le contredire sur ce point. Personne ne savait réellement ce que Flynn avait fait après avoir quitté l'île. Son père n'avait pas été le genre d'homme à se vanter ou à se plaindre de ses enfants. Quant à Flynn, il n'aimait pas parler de lui-même. Cependant, il se fichait clairement d'être vu en compagnie d'un homme – Nate se lécha distraitement les lèvres et se rappela le goût de leur baiser.

— Beurk !

Max l'interrompit dans sa rêverie et fit la moue.

— Arrête ça tout de suite. Tu vas me faire vomir. Je t'en prie, Nate. Il y a deux jours, tu n'arrêtais pas de me dire « *respecte mon célibat* », et maintenant, tu sors avec *lui*. Que se passe-t-il ?

3 : Crème chauffante qui permet de ressentir un soulagement musculaire quasi immédiat.

— J'ai essayé de le convaincre de louer le phare. Il a refusé, mais ensuite il m'a appelé pour m'inviter à sortir. Comme toi et maman n'arrêtez pas de me pousser à quitter le canapé et à sortir avec quelqu'un, j'ai accepté.

Max passa un bras autour des épaules de Nate et l'attira dans une accolade brusque et conciliante.

— Pauvre idiot, dit-il en lui ébouriffant les cheveux. Tu peux trouver mieux. Laisse-moi t'aider. Tu sais que je peux le faire. Le témoin était peut-être une erreur, mais je pensais que tu avais simplement besoin de… te soulager.

— J'ai trouvé quelqu'un par moi-même et je l'apprécie, alors laisse tomber, répliqua-t-il en lui donnant un coup de coude dans les côtes et en se libérant de sa prise. Je ne juge pas les hommes avec lesquels tu sors.

Max se pencha en arrière et le regarda avec scepticisme.

— Vraiment ?

— Pas tant que ce n'est pas terminé.

Nate avait mal au ventre. C'était soit dû au mensonge, soit dû à la persévérance de Max. Quoi qu'il en soit, il tendit une main à son ami. Max était parfois stupide, mais il arrivait aussi à Nate de l'être – moins souvent, selon lui, mais ça arrivait.

— Allez. Ce n'est pas comme si je l'avais invité au repas de Noël.

— Tu n'as pas intérêt de le faire. Je t'ai dit que mon père était à nouveau célibataire. Il y a de fortes chances pour qu'Ally et lui sortent ensemble.

Max attrapa la main de Nate et l'aida à sauter du muret.

— Ne sommes-nous pas trop vieux pour rejouer *À nous quatre* ? demanda Nate.

— Ça dépend, la version de Lindsay Lohan ou celle de Hayley Mills ?

— Et tu oses dire que Flynn est vieux.

Max se mit à rire, puis sembla regretter ce rire. Il renifla l'air et son nez se fronça.

— Est-ce qu'il fume ? Ça sent la cigarette.

Nate se racla la gorge de manière coupable.

— Ah oui ? Je… Je ne sens rien, dit-il en haussant les épaules. Il fume peut-être.

— Dans ce cas, je n'ai pas à m'inquiéter de la durée de cette relation puisqu'il mourra jeune. Enfin, relativement jeune. Sait-il combien il est dangereux de fumer ? demanda-t-il en secouant la tête et en faisant de grands gestes, frustré. C'est dangereux pour lui et pour tous ceux qui l'entourent. Et pour tes proches, suite au cancer d'Ally.

— Certaines personnes ont du mal à se débarrasser de leurs mauvaises habitudes.

— Eh bien, certaines personnes devraient essayer, marmonna-t-il en retournant au bar.

En suivant Max à l'intérieur, Nate frotta le lobe de son oreille et essaya de ne pas penser à son envie d'allumer une autre cigarette. Comme il venait de le souligner, il leur arrivait à tous les deux de se montrer stupide.

MAX SE racheta en leur offrant deux bouteilles de bière avec le sourire. Le logo affiché sur l'étiquette était un chardon ivre et la boisson se vantait de posséder des notes de raisin et, pour une raison inconcevable, de caoutchouc.

— Désolé pour tout à l'heure, dit-il en posant les bouteilles devant Flynn. J'ai juste été pris de court. Je ne savais pas que Nate était attiré par… eh bien, toi.

Flynn s'adossa à son tabouret, son coude posé derrière lui. Il haussa les épaules et jeta une cacahuète dans sa bouche.

— Je suis irrésistible.

— Oui, c'est sûrement grâce au Deep Heat, remarqua Max.

Il leva immédiatement les yeux vers Nate et sa bouche se tordit en une grimace brève et confuse.

— Je vais vous laisser profiter de votre rendez-vous.

Son ami se retint de mettre des guillemets autour de ce dernier mot, mais Nate les perçut dans sa voix.

— Merci, répliqua-t-il sèchement.

Max haussa furtivement les épaules.

— Je dois retourner travailler, dit-il en frappant l'épaule de Nate sur son passage. On se voit demain.

— Il sera peut-être un peu en retard, l'avertit Flynn d'une voix empreinte de mystère et de suggestivité.

Max se contenta de rire.

— Je ne suis jamais en retard, expliqua Nate. Depuis que nous avons dix ans, il fait exprès d'arriver en retard à chacun de ses rendez-vous. Pour équilibrer les choses, je suis pathologiquement ponctuel.

Flynn attrapa Nate par le poignet et le fit avancer d'un pas vers lui.

— Parce que tu n'es pas encore sorti avec moi.

— Tu es si doué que ça?

Il promena une main rêche le long du bras de Nate, puis la fit redescendre dans une caresse lente qui provoqua des frissons sur son passage. Sa bouche se courba en un sourire lent et intense qui fit plisser le coin de ses yeux. Une lueur d'humour se lisait dans leur gris.

— Non. Mais il n'y a aucune horloge dans le phare.

Ce n'était pas si marrant que ça, et pourtant, cette remarque le fit éclater de rire. Nate continua de rire jusqu'à ce qu'il soit obligé de s'appuyer contre le bar et d'essuyer les larmes de ses yeux. Au fil des années, Max et lui avaient attribué beaucoup de qualificatifs à Flynn, mais jamais ils n'auraient pensé qu'il puisse être marrant.

— Désolé pour Max, dit-il après avoir réussi à maîtriser son fou rire. Il est… enfin, pour être honnête, c'est simplement qu'il ne t'aime pas.

— Je sais. Le sentiment est mutuel.

Flynn récupéra sa bouteille par le goulot et observa l'étiquette de manière dubitative.

— Il sait que je conduis, n'est-ce pas? demanda-t-il en levant les sourcils.

— Je ne pense pas que tu puisses te saouler avec ça.

— Est-ce une bière sans alcool?

Flynn en prit une gorgée et faillit s'étouffer. Il réussit à ne pas la recracher, mais fit la grimace lorsqu'il dut l'avaler.

— Non, c'est juste imbuvable, répondit Nate.

Il prit les deux bouteilles et les glissa plus loin sur le bar.

— L'île possède des distilleries qui produisent du bon gin et du whisky de moyenne qualité, mais Max arrive toujours à trouver des agriculteurs qui fabriquent leur propre bière.

Il se pencha par-dessus le bar et chercha à capter l'attention d'un employé. Le jeune homme brun arrêta de verser sa pinte de bière et leva un doigt pour lui dire qu'il serait à lui dans une minute. Un instant plus tard, un homme distingué installé de l'autre côté du bar se plaignait déjà qu'une personne se permette de passer avant tout le monde.

— Alors, as-tu sauvé quelqu'un aujourd'hui? demanda Nate lorsqu'il reprit place.

Flynn se gratta la barbe.

— Personne n'était en danger de mort, non. J'ai récupéré un homme en mer qui s'était cassé la jambe, puis un gosse s'est retrouvé coincé sur la falaise en voulant aller chercher des œufs de mouette.

Sa journée semblait avoir été meilleure que celle de Nate. Il n'avait pas réussi à convaincre Teddy de renoncer à sa dernière idée folle et, au fil de la journée, son épaule était devenue de plus en plus moite à force d'épancher les pleurs d'une mariée qui avait été abandonnée par son futur mari. Il ne l'avait pas abandonnée devant l'autel – il prévoyait toujours d'être présent pour le mariage –, mais à cause de ses engagements professionnels, il avait dû laisser sa future femme prendre le ferry seule. Ce n'était pas la manière dont elle ou Nate avait prévu de commencer cette semaine féerique.

— J'avais l'habitude de faire la même chose, dit Nate. Enfin, je veux dire que j'allais chercher des œufs de mouette, pas que j'allais secourir des gens.

Flynn promena son regard sur Nate, de ses genoux à ses boucles.

— Je n'arrive pas à t'imaginer en train d'escalader des rochers.

— Je voulais impressionner les garçons et je n'étais pas bon en sport. Ma seule autre option était de voler des œufs d'oiseaux.

— Ça a fonctionné ?

— Pas aussi bien qu'on pourrait le croire, répondit-il avec un hochement de tête grave.

Quand il eut terminé de servir sa bière, le barman leur apporta deux limonades roses, artisanales et pressées à la main. C'était ce que Nate commandait quand il organisait une fête qui durait toute la nuit. Les invités pouvaient se montrer très insistants quand ils voulaient qu'on se joigne à eux pour trinquer et ce liquide acide et trouble ressemblait à une boisson alcoolisée. Nate remercia l'employé et poussa un verre vers Flynn.

— Je n'ai jamais trouvé d'œufs, admit-il. Ni de garçon qui veuille sortir avec moi.

— Je ne suis pas sûr que tes chances de trouver un petit ami auraient augmenté si tu avais trouvé un œuf. Par contre, tu as bien fait de devenir ravissant en grandissant.

Ce n'était pas la *meilleure* phrase pour séduire, tout comme sa blague n'avait pas été vraiment marrante, mais Nate sentit ses oreilles chauffer en entendant ce compliment. Il lui adressa un sourire en coin et s'appuya contre le bar.

— Comme mes cheveux sont devenus gris avant mes vingt ans, il fallait bien que la vie me fasse un cadeau. Puis quitter l'île m'a aussi fait beaucoup de bien. Les hommes gays sur cette île étaient soit trop jeunes, soit trop vieux, soit Max.

Ils tournèrent instinctivement les yeux vers le bar, où Max était en train de jongler avec des shakers devant quelques femmes bourrées qui portaient la même robe à motif floral, mais en différentes variations de couleurs pastel.

— Je comprends que ça t'ait rebuté, remarqua Flynn, impassible.

Il but une gorgée de sa limonade et grimaça en sentant le goût acide sur sa langue.

— Dis-moi, combien de fois penses-tu que nous allons devoir nous montrer en public avant de pouvoir mettre fin à cette mascarade ?

Lorsque le ice-bucket challenge était devenu viral, Nate y avait participé. À cet instant, il ressentait presque la même sensation que lorsqu'il s'était vidé un seau d'eau glacée sur la tête. Il toussa pour gagner quelques secondes. À quel moment avait-il oublié que ce n'était pas un vrai rendez-vous et qu'ils ne cherchaient pas à se séduire ? Le fait d'avoir commandé de la limonade aurait dû le lui rappeler.

— Je pense que Max essaye déjà de nous faire rompre, alors avec un peu de chance, ça ne prendra pas longtemps.

Ils trinquèrent à cela. La limonade était encore plus acide que d'habitude. Nate posa son verre sur le bar et l'éloigna de lui.

Peut-être que le bar avait acheté une mauvaise bouteille de grenadine.

VI

« Vous savez que je ne suis pas une commère, mais... apparemment, il croulerait sous les dettes. Il ne possède rien. Sa maison serait aux mains d'un grand mafieux irlandais. Je déteste les commérages, mais si c'est la vérité, nous méritons de le savoir. »

FLYNN SE réveilla en sueur d'un rêve dans lequel il avait dû sauver Nate, coincé sur une falaise de granit interminable. Il était en érection, mais heureusement, son cerveau avait piégé une version adulte de Nate sur cette falaise. Cela aurait pu être pire. Il retira le drap de son corps humide et le lança hors du lit jusqu'à ce qu'il ne forme plus qu'un tas sur le sol. Le soleil matinal entrait par les fenêtres et baignait la lourde étendue de son corps, des épaules jusqu'aux pieds. Son sexe était courbé au-dessus de son abdomen, telle une barre tendue de chair solide. Un filament de liquide pré-séminal brillait sur son gland, comme si une bouche impatiente venait d'y déposer de la salive.

Un grondement sourd remonta dans sa poitrine lorsqu'il se souvint d'un passage de son rêve, dans des couleurs vives et irréelles. Le granit était tranchant sous les mains de Flynn alors que Nate libérait son sexe à travers les sangles du harnais de sécurité et ronronnait sa gratitude d'avoir été secouru en enveloppant sa bouche autour de ce sexe fièrement érigé.

L'inspection du travail n'approuverait certainement pas cette pratique.

Flynn laissa échapper un rire et tendit le bras pour glisser une main autour de son pénis. Il serra la base de son sexe avec force et sentit cette pulsation habituelle dans ses bourses, à mi-chemin entre le plaisir et la frustration. Elle se répandit dans ses muscles et une douleur sourde se fit sentir dans son estomac et dans ses cuisses.

Il fit remonter sa main le long de son sexe dans un mouvement lent et délicat. La peau fine se froissa sous son poing et glissa contre son érection. Le plaisir se faufila sombrement et doucement dans son système nerveux, comme du miel chaud. Il se mordilla la lèvre inférieure et se déplaça sur le lit pour pouvoir écarter les cuisses.

Un rapide coup d'œil vers son radio-réveil lui confirma qu'il allait bientôt devoir se rendre au travail. Le garage n'allait pas s'ouvrir tout seul. Il pencha la tête contre les oreillers, les muscles de son cou saillants, et fixa le plafond du regard pendant qu'il se masturbait avec des caresses vives et méthodiques.

Tout ce dont il avait besoin était de se soulager – non pas de se compliquer la vie en réfléchissant trop à ce qu'il faisait.

Le plaisir et la pression montèrent dans ses bourses, les faisant remonter contre son sexe. Il replia un genou et ancra son pied contre le matelas. Il siffla entre ses dents, de manière ferme et rapide, au rythme de ses caresses.

Malgré ses bonnes intentions, il ne put empêcher son esprit de vagabonder. Sa collection personnelle d'images, celle qui lui permettait à coup sûr de jouir rapidement en se masturbant – Brad Pitt, des scènes pornographiques dont il se souvenait, son ancien collègue de travail qui possédait une bouche terriblement agile –, n'arrêtait pas de lui échapper. À la place, il imaginait des mains manucurées dont les paumes étaient toujours ornées de notes quasiment effacées, des traits fins et élégants accompagnés d'un sourire rusé et sexy, ainsi que la *douceur* des boucles brillantes et joliment coiffées de Nate contre ses cuisses.

Un son guttural s'échappa de sa poitrine. Il mordit sa lèvre inférieure et libéra son sexe le temps de cracher dans sa main. La moiteur lui permettait de se caresser plus rapidement et de prétendre qu'il n'était pas en train de se masturber seul.

Il resserra sa main libre contre les draps et les empoigna en imaginant qu'il s'agissait d'une poignée de boucles grises et brunes – de la chaleur d'une bouche humide et affamée au lieu de sa paume, de la douce pression d'une langue contre son gland au lieu de la rugosité de son pouce.

Il savait déjà que la bouche de Nate était douce et qu'elle avait le goût de la cigarette, avec des notes de menthe.

Flynn effectua un mouvement de rotation le long de sa verge, de la base au gland, et caressa à nouveau cette peau sensible de son pouce. Son sexe se raidit, du point de contact jusqu'à ses bourses qui se faisaient lourdes. Le souvenir de Nate dans son rêve, la bouche enveloppée de manière obscène autour de son érection et les mains accrochées aux sangles noires de son harnais, surgit dans son esprit. Soudain, son corps prit le relais et il n'eut besoin de rien d'autre que d'une dernière caresse pour terminer.

Sa semence humide et collante recouvrit ses doigts ainsi que son abdomen, tapissant les poils grisonnants qui menaient à son entrejambe.

Flynn laissa son sexe glisser hors de son poing et retomber sur la peau échauffée et frissonnante de sa hanche. Il essuya sa main sur sa cuisse et croisa les bras derrière sa tête. Il avait l'impression que son corps était un chiffon qui aimait se faire essorer.

Que lui arrivait-il?

Quelques nuits auparavant, Nate Moffatt n'était qu'un larbin du Granshire aux yeux de Flynn. Un larbin séduisant – Flynn ne lui avait porté aucun intérêt, mais il n'était pas aveugle –, mais pas vraiment exceptionnel. Puis il avait usé de son charme pour passer le pas de la porte et le sexe de Flynn s'était mis au garde à vous lorsque Nate avait essayé de louer ses services. Apparemment, les hommes dédaigneux et désespérés l'excitaient.

Il devait admettre qu'il avait accepté ce plan ridicule en espérant profiter d'une liaison exempte de sentiments. Cependant, il n'avait pas signé pour des rêves érotiques et des fantasmes invasifs. Cette histoire était programmée pour se finir mal et il n'avait aucune intention d'empirer la situation en s'attachant à Nate.

Son alarme se mit à sonner. Il soupira et roula hors du lit. La pesanteur lui rappela rapidement que, peu importe ce qu'il faisait dans ses rêves, il n'avait plus vingt ans et n'avait pas pris soin de son corps lorsqu'il avait été jeune. Des endroits craquaient lorsqu'il s'étirait – un cric, crac, croc d'articulations usées par le temps et de muscles douloureux – et il ressentait des douleurs qui, par expérience, seraient toujours présentes lorsqu'il retournerait se mettre au lit ce soir.

Tôt ou tard, il allait devoir admettre qu'il se faisait trop vieux pour travailler au centre de secours. Cependant, il se faisait la réflexion depuis des années. Flynn se moqua de lui-même et se rendit dans la salle de bain. Elle était nichée dans l'espace incurvé qui se trouvait derrière le lit; des briques de verre et un sol creusé et carrelé empêchaient la chambre d'être inondée.

Il ouvrit le robinet et se plaça sous le jet d'eau chaude à haute pression jusqu'à ce que la chaleur imprègne sa peau et le réchauffe.

AVANT DE se rendre au travail, Flynn fit un détour par le centre de secours pour apporter un sandwich au bacon et une tasse de café à Jessie. Elle était assise sur le sentier en pierres, ses pieds nus à moitié enfouis dans le sable, et regardait un cavalier galoper à cheval. Ses yeux étaient cachés derrière des lunettes de soleil polarisées aux verres roses, mais sa peau bronzée était un peu plus pâle que d'habitude.

— Gueule de bois ?

Elle tendit les bras vers les vivres et fit semblant de les attraper avec ses doigts. Flynn les lui donna. Elle posa le sandwich emballé sur ses genoux et enveloppa ses deux mains autour de la tasse pour respirer l'odeur du café chaud et du caramel.

— Non, répondit-elle.

Jessie but une gorgée de café. Apparemment, cela suffit à la revitaliser, car elle poussa ses lunettes de soleil sur sa tête. Elle se pencha en arrière, se reposa sur son bras libre et le regarda en plissant les yeux. Les coins de ses lèvres se soulevèrent dans un sourire béat.

— Bon sang, j'adore les demoiselles d'honneur. Il y en a toujours une qui est partante pour coucher et elles s'en vont la semaine qui suit.

Flynn s'installa près d'elle, se pencha en avant et posa ses coudes sur ses genoux. Le cheval dansait nerveusement dans les vagues et ses sabots faisaient jaillir l'eau et le sable.

— Un de ces jours, tu vas te réveiller mariée.

— Pfft.

Jessie avala une nouvelle gorgée de café et posa sa tasse près d'elle pour déballer son sandwich. Une goutte de sauce brune et beurrée s'échappa du sandwich et atterrit sur son genou. Elle l'essuya de son pouce, puis le lécha.

— C'est plutôt toi qui devrais t'inquiéter de ça, dit-elle avant de prendre une bouchée de son repas et de lui sourire, la bouche pleine. Tu sors avec un organisateur de mariage.

Évidemment. Tout ce qui se passait sur l'île finissait par alimenter les conversations. Flynn se gratta la mâchoire. Il n'avait pas pris la peine de se raser et ses ongles crissèrent contre ses poils.

— Je n'ai passé qu'une soirée avec lui.

Il haussa les épaules et prit le café des mains de Jessie. Il était trop sucré pour lui, mais l'impact de la caféine était le bienvenu.

— Je pense qu'il est plus intéressé par moi que je ne le suis par lui.

C'était un mensonge, mais le rire dubitatif de Jessie n'était pas nécessaire.

— Tu es aveugle ou quoi ? Nathan Moffatt est un magnifique spécimen.

— Tu es lesbienne.

— Oui, mais je ne suis pas aveugle, dit-elle en agitant son sandwich dans sa direction.

Un bout de bacon se détacha et tomba sur le sable. Il y avait du laisser-aller chez les mouettes.

— C'est un homme très séduisant, reprit-elle. S'il avait un clone en version féminine et qu'elle avait ses goûts vestimentaires, je coucherais avec elle sans hésiter.

— Je n'ai pas dit que je ne voulais pas coucher avec lui. C'est simplement que je n'aime pas discuter le lendemain matin.

Jessie termina de manger et essuya ses mains sur ses cuisses.

— Qui aime ça ?

— Nathan aime parler.

Bien entendu, cela ne l'avait pas vraiment dérangé. Il avait réussi à mettre Max Saint John, l'enfant privilégié, hors de lui *et* à faire rougir Nate à deux reprises. Après deux années passées à enchaîner les coups d'un soir, où les mots «*tu veux baiser ?*» passaient pour de la séduction, il était agréable de constater qu'il n'avait pas perdu la main.

— Dans ce cas, il n'y aurait que neuf chances sur dix pour que je couche avec son clone féminin, dit-elle en écrasant l'emballage de son sandwich avant de l'enfoncer dans sa tasse vide. La météo dit que le temps va changer cet après-midi. C'est peut-être nous qui allons trinquer.

Flynn acquiesça.

— La plupart des touristes rentreront se mettre au chaud quand il commencera à faire froid. Fais juste attention aux personnes qui seraient en quête d'aventures périlleuses. As-tu toujours l'intention de te rendre sur le continent, demain ?

Jessie hocha la tête et passa une main dans ses cheveux, oubliant que ses lunettes s'y trouvaient. Elle les sauva de ses boucles emmêlées par le sel et les reposa sur son nez.

— Si je ne dépose pas ma demande demain, je n'obtiendrai pas un nouveau délai. Mais si vous avez besoin de moi…

— Non. Davey peut s'occuper de la plage pour la journée. Je préviendrai le reste de l'équipe que nous sommes en sous-effectif sur cette partie de l'île afin qu'ils nous rejoignent au plus vite si nous sommes appelés à intervenir.

Au bord de la mer, le cheval s'arrêta, leva la queue et ignora les bottes qui le frappaient contre son flanc pour déposer un bon crottin sur le sable. Flynn et Jessie observèrent la scène en silence et Jessie fit la grimace.

— Heureusement que tu n'as pas la gueule de bois, dit Flynn en lui mettant une tape amicale sur l'épaule tout en se relevant.

Elle laissa échapper un son écœuré. Avant de partir, Flynn récupéra la tasse qui servait maintenant de réceptacle à déchets et la jeta dans la poubelle en métal qui se trouvait à l'entrée du parking.

LA PETITE Chevrolet bleue avait presque vingt ans et n'avait servi qu'une fois : lorsque Maud avait demandé à son neveu de la conduire au contrôle technique. Flynn installa le nécessaire pour mesurer le taux d'émission de CO_2 et laissa son équipement faire le travail. Il récupéra un mug de thé sur le plan de travail et en but une gorgée. Il était froid.

Il grimaça en sentant le goût amer du tanin et reposa le mug. Si tout se passait comme d'habitude, il finirait son thé avant la fin de la journée, une gorgée désagréable à la fois.

Le taux d'émission de CO_2 était correct. Les freins étaient en bon état. Il devait juste changer les pneus arrière et un essuie-glace.

Il passa un bras à l'intérieur de la voiture par la vitre côté conducteur et se pencha pour ouvrir le capot. Une fois ouvert, il vérifia le niveau d'huile. Le moteur sentait le pétrole, l'huile et – bizarrement – l'urine de chat. Flynn supposa que l'un des chats qui vivaient dans la grange avait décidé que la voiture, constamment garée au même endroit, pouvait lui servir de litière de luxe.

L'arrêt du grondement d'un moteur attira son attention, suivi par le claquement doux d'une portière, caractéristique d'une voiture bien équipée.

— Installez-vous. Je suis à vous dans une minute. J'ai presque terminé.

— Je ne suis pas pressé, dit Nate.

Flynn avait des nerfs d'acier, ce qui lui permit de ne pas se cogner la tête contre le capot. Seuls les muscles de ses épaules et de son dos se crispèrent. Il essuya la jauge sur sa manche, ajoutant une autre ligne de crasse à la douzaine déjà présentes, et la remit en place.

— Je ne m'attendais pas à te voir si tôt.

Il retira la barre de support et laissa le capot claquer pour se refermer.

— Les mauvais garçons aiment faire languir leurs conquêtes. J'avais l'intention de ne pas t'appeler avant au moins une semaine.

Nate se percha sur l'accoudoir du canapé au lieu de s'asseoir. Son pied, toujours protégé par une Converse, frappait doucement contre le tweed usé. Il cessa tout mouvement lorsqu'il vit Flynn dans son vieux bleu de travail sale.

La vue ne semblait pas le déranger.

— En fait, c'est ce que font les enfoirés, rectifia Nate. Beaucoup de personnes ne font pas la différence.

Flynn récupéra un chiffon humide et essuya ses mains dessus.

— Je sais que les gens parlent de nous. Ton plan fonctionne ?

Une lueur d'agacement apparut sur le visage de Nate. Ses lèvres se plissèrent, ainsi que les coins de ses yeux, puis cette lueur disparut. Son pied se remit à balancer et Nate hocha la tête.

— Max est énervé, mais pas assez. Il pense que je me sers de toi pour me remettre de ma rupture, avec beaucoup de retard. Il a déjà établi une liste de remplaçants potentiels.

De vieilles cicatrices apparurent sur les phalanges de Flynn lorsque sa main se resserra autour du chiffon. Cet élan de colère le surprit. Celle-ci était aussi ancienne que ses cicatrices, mais ces temps-ci, peu de choses arrivaient à la déclencher.

— Je vois, dit-il en décrispant sa main avant d'enfoncer le chiffon plein d'huile dans sa poche. Max ne serait-il pas attiré par toi ?

Cette idée fit rire Nate, mais selon Flynn, cette possibilité ne devait pas être exclue. Max semblait très impliqué dans ce que son meilleur ami faisait de sa vie sexuelle.

— Enfin bref, passons. Demain, j'emmène des clients déjeuner au Tax Shelter. Je me suis dit que tu pourrais nous accompagner et servir de tampon entre les mères.

— Pourquoi ferais-je ça ?

— À mon avis, tu prends le temps de déjeuner le midi, puis ça te donnera une occasion de porter autre chose que ça, dit-il en indiquant son bleu de travail taché et ses bottes usées.

Flynn leva les sourcils et écarta les bras, paumes levées vers le haut.

— Quoi ? Ça ne te plaît pas ?

Nate plissa les lèvres et pencha la tête pour l'observer attentivement. Le bout de ses oreilles rougit.

— Je n'ai jamais dit ça, répondit-il en haussant les épaules.

Il se leva et essuya les peluches sur son pantalon d'un coup de main.

— Mais je pense que le Tax Shelter a un code vestimentaire. Pas de taches d'huile, pas de chaussures de sécurité, pas de ceinture à outils.

— Je suis mécanicien, pas Batman.

Nate sourit et usa de son charme.

— Je vais conduire mes clients jusqu'à ce restaurant depuis le Granshire. Si tu veux te joindre à nous, nous y serons vers 13 h. J'ai réservé une table pour six au nom de Moffatt.

— Six ? répéta Flynn en défaisant les fermetures de son bleu de travail pour sortir ses bras de ces grandes manches. C'est un mariage très moderne.

Nate se mit à rire et marcha à reculons vers la porte.

— Si seulement, dit-il en levant les bras comme s'il était terrorisé. Ce sont les parents.

Il lança un dernier salut par-dessus son épaule en passant le seuil. La porte se referma derrière lui. La cloche installée au-dessus tinta doucement. Flynn récupéra sa tasse de thé en se demandant s'il devait y aller.

Ce n'était pas comme si ce plan était devenu meilleur suite à sa masturbation matinale. Flynn grimaça et jeta un œil à l'intérieur de sa tasse. Le thé ne s'était pas réchauffé.

VII

« J'aimerais te présenter à mon ami Barry. Je pense que vous vous entendrez à merveille. Après tout, vous êtes tous les deux gays. »

Katie McCreary était plus petite en réalité qu'elle ne le paraissait à la télévision. En tant que plus petit membre de la famille McQueen dans *Hollyoaks*, elle passait son temps à vaciller en talons hauts avec son épaisse chevelure rousse. Aujourd'hui, elle était installée sur le siège passager de l'une des voitures de fonction du Granshire – Nate adorait sa voiture de sport, mais elle n'était pas adaptée aux routes de l'île, encore moins au transport d'une mariée et de deux mères qui se chamaillaient – et n'avait rien de rebelle. Le roux de ses cheveux avait été décoloré pour devenir quasiment blanc pour le grand jour. De l'anticerne et du fond de teint avaient effacé les preuves de sa crise de larmes, mais elle était toujours démoralisée et timide – contrairement à sa mère qui se trouvait sur la banquette arrière.

L'exubérance de Fiona McCreary ne laissait aucun doute quant aux raisons pour lesquelles un futur marié se retrouvait subitement en retard. Son verre n'était jamais vraiment vide. Il attendait toujours d'être à nouveau rempli de champagne.

— Quelle île magnifique, roucoula-t-elle derrière Nate.

Il sentit son siège pencher en arrière lorsqu'elle s'y agrippa pour observer les champs inclinés à travers sa vitre.

— Même les moutons ont l'air propre, ajouta-t-elle.

— Pour l'amour du ciel.

Sheila Ferguson était sûrement une femme adorable, mais Nate était prêt à parier que lorsque le personnage de Katie avait été tué dans *Hollyoaks*, elle avait encouragé son étrangleur. Elle n'exprimait son opinion qu'en laissant échapper des rires incrédules ou des marmonnements qu'elle pouvait ensuite nier, mais elle ne le faisait pas de manière discrète.

— Dommage que Billy n'ait pas pu nous accompagner, soupira Fiona en se rasseyant sur son siège. Il aimerait vraiment visiter l'île.

Nate détacha brièvement son regard de la route sinueuse pour lui adresser un sourire à travers le rétroviseur intérieur.

— Je suis sûr qu'il passe un bon moment en compagnie de M. Saint John sur le terrain de golf, mais je pourrais organiser une…

— Je croyais qu'il était baron ou quelque chose de ce genre? l'interrompit Sheila sans lui laisser le temps de proposer une visite.

Son ton était sec et légèrement accusateur, comme si elle l'avait pris sur le fait.

— Il l'est, mais il trouve que se faire appeler Sir Saint John par des personnes qu'il côtoie quotidiennement est un peu idiot.

Sheila émit un son dédaigneux, clairement déçue. Nate vit Katie lever les yeux au ciel. Elle sortit ses lunettes de son décolleté et les glissa sur son nez. Puis elle joignit ses mains sur ses genoux et se gratta les ongles nerveusement. Des morceaux de vernis rose pâle tombèrent sur son jean abîmé.

Son mariage avait lieu dans deux semaines. Ses ongles auraient le temps de repousser. En supposant que son mari ne fasse rien d'autre pour la mettre sur les nerfs.

— Vous vous souvenez certainement de Star, Katie. C'est la pâtissière que nous avons engagée pour préparer votre gâteau. Elle est aussi copropriétaire de ce restaurant. Leurs plats sont délicieux, mais les desserts sont à tomber.

Katie soupira.

— Je vais peut-être commencer par manger un gâteau. Puis reprendre du gâteau. Et si elle pouvait me mettre un peu de gâteau dans mon verre, ce serait parfait.

— Comment? Ne veux-tu pas qu'ils ajoutent du vin sur ton gâteau? demanda Sheila dans un rire forcé. Ou bien as-tu juré de ne plus jamais boire après la nuit dernière?

Nate remarqua qu'il appuyait trop fort sur la pédale d'accélération. Il leva le pied et freina légèrement pour ralentir – juste à temps pour passer un dos d'âne et être secoué. Sur la banquette arrière, Fiona et Sheila soufflèrent leur mécontentement. C'était leur seule réaction commune depuis que la journée avait commencé.

— Si vous gardez les yeux rivés du côté passager, vous aurez peut-être la chance de voir un cerf dans les kilomètres qui suivent.

Même Fiona tourna la tête pour chercher un cerf. Elles passèrent les minutes suivantes à tendre le cou et à s'extasier lorsque Fiona indiqua une biche qui traînait en haut de la colline. Nate pria pour qu'il n'y ait pas de venaison au menu du Tax Shelter. Cela ne plaisait pas à grand monde de découvrir que le Bambi qu'ils avaient observé en faisant des «oh!» et des «ah!» pouvait se retrouver sous forme de saucisse dans leur assiette.

Quand ils arrivèrent au restaurant et trouvèrent une place de parking, Nate pria pour que Flynn soit en train de les attendre, ne serait-ce que pour se plaindre à quelqu'un.

Mais il n'était pas là.

Nate ravala sa déception et fit installer tout le monde à table. Il traîna Star hors de la cuisine dans sa tenue de chef, ses doigts tachés de colorants alimentaires, afin qu'elle déclare combien elle était ravie de revoir Katie.

— Ce gâteau est le plus beau que j'aie jamais fait, affirma-t-elle avec sincérité. Il est tellement parfait, et j'adore les framboises.

Il s'avéra que ce n'était pas le cas de Sheila. Ce qui n'était pas surprenant.

Cependant, elle concéda que le Tax Shelter était un endroit charmant, même si elle le fit à contrecœur. Le restaurant était décoré avec du bois décoloré et du cuivre martelé. Les tables étaient couvertes de longues nappes imprimées à l'acrylique où l'on pouvait voir les différents paysages offerts par l'île. Sur leur table apparaissait une lignée de petites maisons en briques, chacune avec une porte de couleur différente.

— J'habite… commença Nate en promenant son doigt le long de la table, poussant le sel et le poivre de son chemin. Juste ici. Nous avons repeint les portes depuis que cette photo a été prise.

Katie jeta un œil par-dessus son menu pour regarder la photo.

— Devez-vous tous vous mettre d'accord? demanda-t-elle.

— Oh oui, répondit-il en levant les yeux au ciel. C'est toute une histoire. La dernière fois que nous avons repeint nos portes, deux anciens pêcheurs ont failli en venir aux mains parce qu'ils n'arrivaient pas à se mettre d'accord entre le bleu bleuet et le bleu turquoise.

En fait, ils n'en avaient rien eu à faire. Ces deux hommes s'étaient disputés pour savoir lequel d'entre eux allait peindre sa porte en rouge cette année. Quand l'assemblée avait commencé à parler aux personnes qui devaient peindre leurs portes dans des variations de bleu, ils avaient simplement donné leur avis pour se sentir impliqués. Si Nate n'avait pas déjà eu les cheveux gris, ce mois-ci les lui aurait donnés.

En tout cas, cela fit rire Katie. Même Sheila esquissa un sourire.

Un serveur leur apporta des menus supplémentaires et une bouteille de champagne «offerte par la maison». En réalité, le Granshire avait sa propre caisse de bouteilles dans ce restaurant afin que les couples se sentent célébrés. Nate déboucha la bouteille et servit toute la table. Fiona rigola lorsque les bulles dépassèrent du verre. Sheila pinça les lèvres de manière réprobatrice, mais le laissa lui servir un demi-verre.

— À Katie et Bradley, trinqua Nate.

Il évita de faire référence au mariage. Sheila ne prononça pas le prénom de Katie en levant son verre à son fils, mais cela passa inaperçu grâce à la réponse enthousiaste de Fiona qui couvrit les voix de tout le monde.

Ils commandèrent tous un café et lurent le menu. Heureusement, il n'y avait pas de saucisse de venaison. Nate venait de porter son choix sur le plat du menu qui contenait le plus de sauce lorsque Katie leva ses sourcils pâles en jetant un œil par-dessus son épaule.

— Dois-je comprendre que le couvert supplémentaire a été installé pour lui? dit-elle.

Nate se retourna sur sa chaise. Le serveur était en train de guider Flynn à travers la salle. Il avait laissé son bleu de travail chez lui. Son jean et son tee-shirt noir n'étaient pas aussi habillés que ce qu'il avait porté la nuit dernière, mais ils lui allaient très bien.

Un murmure grave et désapprobateur passa de table en table. Les clients regardèrent Flynn avec un mélange de curiosité et d'hostilité. Cet homme n'était pas populaire auprès des habitants de l'île.

— Oui. C'est pour lui. Excusez-moi une minute, Katie.

Il se leva alors que Flynn passait près de Dottie Tancredi et de son énorme sac à main qui ronflait de manière suspicieuse. Elle éloigna sa chaise de lui et le fusilla du regard.

— Je n'étais pas sûr que tu viendrais.

— Tu pensais que j'allais te faire faux bond?

Flynn esquissa un sourire dans lequel apparut une lueur d'humour.

— Ça ferait de moi un petit ami vraiment odieux, tu ne trouves pas?

Il glissa une main autour du cou de Nate, ses doigts chauds et rêches contre sa peau, et déposa un baiser furtif sur sa bouche. Leurs lèvres ne firent que s'effleurer. L'haleine de Flynn avait l'odeur de thé et de menthe. Ce n'était pas un baiser passionné, mais Nate ne put s'empêcher de l'approfondir en glissant une main autour du bras de Flynn comme s'il voulait l'attirer à lui.

Il mit cela sur le compte de la curiosité. Il avait passé une partie de son adolescence à se demander comment embrassait Flynn, question qui avait occupé une grande partie de ses heures d'ennui. Juste après « *Comment embrasse Brad Pitt?*» et «*Ma mère me détesterait-elle si elle découvrait que je suis homosexuel?*».

Comme il n'aurait probablement plus jamais la chance d'embrasser Flynn une fois que la clause consistant à le laisser tranquille serait invoquée, autant profiter de cette opportunité pour obtenir sa réponse – même si ce n'était qu'un baiser de démonstration. Mais le baiser se prolongea plus longtemps que nécessaire pour dire «bonjour» alors qu'ils se trouvaient dans un lieu public. Un instant plus tard, Flynn s'écarta et Nate le laissa faire. Ses doigts glissèrent le long de son bras – musclé et chaud.

— Flynn, je te présente Katie McCreary, accompagnée de sa mère, Fiona, et de sa future belle-mère, Sheila. Cet homme est mon petit ami, Flynn.

Le mensonge glissa aisément sur sa langue. Il eut un sentiment étrange, comme s'il s'attendait à ce qu'une personne se mette à hurler de rire en le traitant de menteur. Puis il apprécia bien trop le fait de le présenter comme son petit ami.

— Ravi de faire votre connaissance, dit Flynn en se penchant au-dessus de la table pour prendre la main de Katie – dont les ongles étaient rongés. Félicitations, Katie.

Elle rougit légèrement et le remercia tout en ricanant. Nate se rassit à sa place. C'était rassurant de savoir qu'il n'était pas le seul à trouver ce ton grave et rauque… troublant.

Flynn s'installa près de Nate, lui donna un coup de genou sous la table et jeta un œil au menu. Lorsque leurs compagnes de table commencèrent à se disputer à propos des mérites de leurs plats favoris, il se pencha vers Nate, passa son bras par-dessus le dossier de la chaise et l'enroula autour de ses épaules.

— Que suis-je censé faire? demanda-t-il en murmurant. Manger la bouche ouverte et faire des avances au serveur?

Une image traversa l'esprit de Nate: le serveur penché au-dessus du bar avec Flynn grondant des paroles salaces à son oreille. C'était ridicule, mais cela provoqua tout de même une montée de désir qui le fit s'étouffer avec son café.

Il marmonna une excuse en disant que le café était plus chaud qu'il ne l'avait cru, posa sa tasse sur la soucoupe et récupéra sa serviette pour s'essuyer les lèvres.

Avant qu'il puisse dire que ce n'était pas ce qu'il attendait de lui, Flynn se mit à rire de manière ténébreuse et frotta sa barbe contre la joue de Nate avant d'y déposer un baiser.

— Ne t'étouffe pas. Je vais me tenir à carreau, promit-il.

— En récompense, je peux t'offrir une caisse de la bière artisanale de Max.

Flynn éclata de rire, sortant Katie de son débat qui consistait à savoir si elle pouvait manger une côte de bœuf en espérant pouvoir rentrer dans sa robe. Elle observa curieusement Nate de ses grands yeux bleus.

— Max? répéta-t-elle. Le gérant du bar?

— Oui. Max est un vieil ami à moi et…

— Contrairement à ses bons goûts en amitié, il a très mauvais goût en matière de bière, intervint Flynn en ébouriffant les cheveux de Nate. Je préférerais encore qu'on me mette le nez dans l'ensilage plutôt que de boire certaines de ses bières. Et je me suis *déjà* retrouvé le nez dans l'ensilage.

Katie s'accouda à la table et posa son visage dans ses paumes.

— Je ne sais pas quelle question poser en premier, dit-elle sur un ton rieur.

— Moi je sais, intervint Fiona. Max est-il mignon?

— Maman! Papa est à l'hôtel.

— Je peux admirer, répliqua Fiona. Nous vivons dans un pays libre.

Sheila les ignora, même si le tremblement au coin de ses lèvres révéla que ce n'était pas chose facile pour elle.

— Êtes-vous agriculteur, Flynn? demanda-t-elle. C'est un métier difficile.

— En effet, répondit-il en esquissant un sourire plein d'autodérision. Trop difficile pour moi. Je suis mécanicien.

Sheila ajouta deux carrés de sucre dans son café et le touilla avec ferveur.

— C'est aussi un métier difficile, dit-elle en posant délicatement sa cuillère sur la soucoupe. Mon défunt mari travaillait à Swindon pour l'usine Honda. C'est là-bas que nous nous sommes rencontrés. Je me demande ce qu'il penserait de cet endroit.

Il était compliqué de savoir si elle parlait de ce restaurant ou de Ceremony.

— Eh bien, s'il pensait comme moi, il se dirait que ce restaurant est bien trop cher. Et comme ce n'est pas moi qui invite, je vais prendre le steak.

Cela fit rire Sheila. Apparemment, elle appréciait au moins une chose sur cette île et c'était Flynn. Avant que la conversation ne puisse se poursuivre, le serveur débarqua à leur table. Nate remarqua qu'il avait un menton fuyant, mais la jalousie qu'il avait ressentie un peu plus tôt semblait toujours planer.

— Puis-je prendre votre commande ?

Flynn commanda un steak et Sheila fit de même, tout en lui adressant un petit sourire conspirateur. Cela ne posait aucun problème à Nate. Ce n'était pas cher payé pour la garder de bonne humeur.

Enfin si, c'était un peu « cher » étant donné qu'ils déjeunaient au Tax Shelter, mais c'était acceptable.

Nate réussit à se détendre – un peu. Flynn laissa son bras sur le dossier de la chaise, ce qui lui réchauffa les épaules. Des bribes de commentaires réprobateurs filtrèrent à travers le brouhaha du restaurant et attirèrent son attention.

— … en public, comme ça. Ils n'ont vraiment aucune…

— … Flynn Delaney et le fils Moffatt. Et sa pauvre mère, qui est pratiquement sur son lit de mort…

— … apparemment, il a été viré pour avoir accepté des pots-de-vin…

— … peut-être qu'il le paye…

Nate résista à l'envie de se retourner pour trouver la personne qui avait prononcé ces mots et lui demander qui, selon elle, payait l'autre.

— C'était un plaisir de faire votre connaissance, Flynn, dit Sheila lorsqu'ils quittèrent le restaurant avec des boîtes en carton roses et élégantes contenant les restes de leur dessert.

Elle lui tendit une main sur laquelle elle portait une fine alliance en or. Lorsque Flynn prit sa main dans la sienne, elle s'y accrocha et se pencha vers lui pour murmurer :

— Vous n'êtes pas du tout l'homme auquel je m'attendais.

Nate ou Flynn devaient se sentir insultés par ces mots, et selon Nate, c'était à lui de se sentir offensé. La tempête s'était formée pendant qu'ils déjeunaient, mais elle n'avait pas encore frappé. Elle se faisait menaçante au-dessus de leurs têtes, rassemblant de gros nuages noirs. Un vent humide refroidit sa nuque et ses doigts.

Ils attendaient Katie et Fiona, qui n'avaient cessé de se rendre dans les cuisines pour tenter de voler un échantillon du mystérieux gâteau de mariage.

— Je vais patienter dans la voiture pour que vous puissiez vous dire au revoir, dit Sheila avec un sourire crispé qui semblait presque sincère. Par contre, je refuse de faire le trajet retour sur la banquette arrière après la quantité de champagne qu'elle a ingurgité.

Presque sincère.

Nate soupira et lui remit les clés. Elle adressa un dernier hochement de tête à Flynn, puis elle traversa rapidement le parking alors que le vent soufflait contre son pantalon.

— Je dois t'avouer quelque chose, dit Flynn en passant un bras par-dessus l'épaule de Nate et en frottant sa barbe contre sa joue. J'ai l'impression qu'elle pense que je mérite mieux que toi.

— Je ne suis pas dans ses bonnes grâces, admit Nate.

Il adressa un sourire forcé et un salut à Sheila lorsqu'elle se tourna pour les regarder.

— Mais ça pourrait être pire, reprit-il. Elle pourrait être ma belle-mère.

Flynn se mit à rire et se tint plus droit, mais sa main resta posée sur l'épaule de Nate.

— Dis-moi, ce déjeuner faisait-il partie de ton plan ou cherchais-tu simplement quelqu'un pour te prêter main forte à table ?

— Un peu des deux, concéda Nate. Désolé. Si nous sortions vraiment ensemble, je te remercierais comme il se doit.

— Mmh-mmh, fit Flynn en caressant le cou de Nate de son pouce. Et comme nous ne sortons pas vraiment ensemble ?

Si on lui avait donné le temps de réfléchir à sa réponse, Nate aurait trouvé tout un tas de répliques charmantes et directes à cette question – le genre de réponse qu'un adulte proche de la quarantaine donnait lorsqu'il sentait le désir monter en lui. Comme il n'avait pas le temps de réfléchir, il fit ce qui lui semblait le plus juste.

— Et si tu gardais les macarons ?

Il fourra la petite boîte de gâteaux entre les mains de Flynn. Mauvaise réponse, à en croire la confusion sur le visage de celui-ci. Pourtant, Nate continua sur sa lancée :

— C'est moi qui régale.

Flynn baissa les yeux et leva les sourcils, incrédule.

— Merci, dit-il sèchement. J'apprécie.

Avant que Nate puisse trouver autre chose à dire, Katie guida une Fiona éméchée hors du restaurant. Elles étaient de bonne humeur et ricanaient. Leur interruption était la bienvenue. Nate ne pensait pas pouvoir s'enfoncer davantage, mais il ne voulait pas tenter le diable.

— Je t'appelle plus tard, dit Nate.

— D'ici là, je vais manger ces gâteaux, répondit Flynn en soulevant la boîte rose. Katie, j'espère que votre mariage se passera bien.

Il se retourna et partit. Sa grande Land Rover moche ne passait pas inaperçue.

— Cet homme est tellement sexy, dit Fiona.

Elle cligna des yeux lorsque Katie hurla « *Maman !* », mortifiée.

— Quoi ? répliqua-t-elle. Je suis mariée. Il est gay. Mais je ne suis pas aveugle et cet homme est torride.

— Désolée, articula silencieusement Katie, avant de reprendre à voix haute. Nous devrions rentrer à l'hôtel. J'aimerais essayer d'avoir Bradley au téléphone pour lui raconter ce qui se passe ici. Il est inquiet de savoir si sa mère apprécie « toutes ces mondanités ».

— Qu'est-ce qu'elle aime, de toute façon ? demanda Fiona. Elle n'aime même pas le champagne. Qui n'aime pas le champagne gratuit ?

Sa question fut suivie d'une crise de rire qui faillit les faire tomber.

Nate regarda une dernière fois Flynn avec regret. Dans un soupir, il tira un trait sur cette histoire de boîte à gâteaux et attrapa le bras de Fiona pour la soutenir.

— Retournons à l'hôtel.

La tempête frappa alors qu'ils n'avaient pas encore rejoint la voiture. La pluie rebondissait sur le goudron et s'accumulait le long des pentes et dans les creux. Même s'ils ne coururent que quelques mètres sous la pluie, cela suffit à les tremper et à dégriser un peu Fiona.

— Oh ! s'exclama-t-elle avec grande déception. Mon gâteau est trempé.

Nate savait ce qu'elle ressentait – en quelque sorte.

VIII

« Après tout ce qu'il a fait subir à son père, il devrait avoir honte de remettre les pieds sur cette île. »

CELA FAISAIT presque une semaine et son téléphone n'avait pas sonné. Flynn avait mangé tous les macarons. Alors que la pluie s'abattait contre le phare, il s'avachit dans le vieux fauteuil en cuir noir et se demanda s'il n'avait pas mis la charrue avant les bœufs. Quand on vous proposait une partie de jambes en l'air, mais qu'on finissait par vous offrir des restes de gâteaux, le message était clair : peu importe la tendresse des baisers échangés et la manière dont les oreilles de votre partenaire chauffaient, cette personne n'était pas intéressée.

Même si Nate avait été intéressé, Flynn aurait-il vraiment été prêt à jouer le rôle du petit ami détestable ? Nate n'avait pas eu tort quand il avait parlé de ce que les habitants de Ceremony pensaient de lui. Autre part, on aurait pu considérer son retour comme celui du fils prodigue, mais selon les habitants de l'île, il n'avait pas eu d'autre choix.

Il était revenu parce qu'il devait enterrer son père et il était resté parce qu'il en avait pris l'habitude.

Tu ne partiras jamais. L'écho de sa dernière dispute avec Kier résonna à l'intérieur de son crâne. *Tu penses toujours être ce gamin rebelle qui a quitté l'île en prenant un aller simple sur le ferry et sa veste en cuir noir, mais ce n'est pas le cas. Tu es trop vieux pour porter cette putain de veste. Trop vieux pour avoir ce comportement. Il faut que tu règles ce problème ainsi que les différends que tu as avec ton père.*

Il se recroquevilla en se rappelant ce jugement acerbe, tout comme il l'avait fait lors de la vraie dispute. Il n'était plus ce jeune homme de vingt ans, avec une enveloppe de liquide dans sa poche arrière, qui n'éprouvait que du ressentiment envers cette île, mais cela ne changeait rien. Sa vision de la vie n'était pas de porter des vêtements de travail et d'avoir une ardoise au bar. Il pouvait encore partir.

Par contre, Nate ne partirait pas. C'était l'un des garçons du Granshire. Son amitié avec Max le liait aussi étroitement à la famille Saint John que n'importe quelle personne qui portait leur nom – ce lien était encore plus fort que les liens du sang. D'ailleurs, à une époque, des rumeurs avaient couru sur le fait que la seule chose qu'il manquait à Nate était de porter le nom des Saint John. Sa mère n'avait jamais révélé l'identité du père de Nate et la seule fois où quelqu'un avait abordé ce sujet en présence de Teddy, il l'avait mal pris.

Flynn fit glisser sa langue à l'arrière de ses dents, comme si le goût du sang était encore frais dans sa bouche.

Une partie de jambes en l'air serait la bienvenue, mais ça n'arriverait pas. Il ne se passerait rien entre eux. Et pourtant – il attrapa son téléphone et vérifia son écran –, il attendait toujours son appel comme un adolescent.

Imbécile.

Son téléphone lui échappa des mains lorsqu'il entendit un vibreur. Il le fixa un instant, mais celui-ci resta noir et silencieux. Ce n'était pas le téléphone. Ce n'était pas Nate. Flynn attrapa son bipeur. C'était le RNLI, un appel d'urgence pour les bénévoles qui participaient aux sauvetages en mer.

— Merde, marmonna-t-il.

Il bondit hors du fauteuil, attrapa sa veste – la veste abîmée en cuir noir que Kier détestait tant – et courut vers la porte. La pluie lui tomba dessus telle une nuée d'aiguilles lorsqu'il mit les pieds dehors. Elle s'infiltra dans ses oreilles et coula le long de sa nuque, glaciale. Il glissa dangereusement en descendant les marches érodées, plus traîtresses que d'habitude à cause de la pluie, et grimpa dans sa Land Rover.

Le chronomètre s'enclencha dans son esprit. Cinq minutes pour atteindre le centre du RNLI et huit jusqu'à la mise à l'eau du bateau de sauvetage. Le trajet était plus simple depuis le garage, mais s'il se dépêchait, il pouvait le faire.

Quatre minutes.

EN ARRIVANT sur le parking, Flynn remarqua la voiture de Nate garée près de la marina. La pluie glissait sur la peinture de sa carrosserie, vert kaki et brillante, comme elle le faisait sur un canard. L'idée que Nate puisse être l'une des nouvelles recrues lui traversa l'esprit, mais il la rejeta immédiatement. Même s'il appréciait l'élégance et les jolies mains de Nate, l'imaginer accroché au rebord d'un bateau de sauvetage était ridicule.

Il n'avait pas de temps à perdre en pensant à Nate. Il se gara et sortit précipitamment de sa Land Rover. Son jean se retrouva rapidement mouillé jusqu'à mi-mollet alors qu'il courait dans les flaques. À l'intérieur, Albert, un barreur trapu et vigoureux, lui lança sa tenue et lui ordonna de monter sur le bateau.

Flynn se dévêtit rapidement jusqu'à se retrouver en sous-vêtement et en tee-shirt. Après toutes les années qu'il avait passées à faire cela, il n'était plus vraiment pudique. Il portait des boxers pour éviter que les nouvelles recrues rougissent – sans compter que parfois, on devait enfermer son sexe à l'intérieur de la combinaison de plongée d'une autre personne.

Il fit entrer ses pieds dans des bottes en caoutchouc jaune et tira sur la fermeture qui traversait son torse en diagonale. Aussitôt, il commença à transpirer et se retrouva piégé dans la moiteur de la combinaison. Cela allait changer dans peu de temps.

— Oh mon Dieu !

Une voix perçante et terrifiée fendit le murmure professionnel qui régnait dans le hangar à bateaux.

— Je n'arrive pas à y croire. Mon Dieu.

Il récupéra son gilet de sauvetage et observa son environnement en l'enfilant. À l'entrée du hangar, Nate, toujours vêtu d'un costume, retenait une femme à la chevelure blond platine qui se débattait pour se précipiter vers le bateau de sauvetage. Un bénévole tentait de la calmer. Sans succès.

Soudain, Flynn se souvint du futur marié qui prenait son temps pour arriver sur l'île. Durant le drôle de déjeuner qu'ils avaient partagé, Nate avait fait remarquer que l'heureux couple avait aussi la possibilité de revenir le week-end suivant. Ce pauvre imbécile devait encore une fois être en retard. Comment s'appelait-il, déjà ? Brian ? Bradley ?

— Prêt ? demanda Albert en attrapant les sangles du gilet de sauvetage de Flynn.

Il tira dessus avec assez de force pour faire chanceler Flynn. Une fois correctement équipé, il le poussa vers le bateau et attrapa Deano Mac, un jeune homme boutonneux, pour réajuster sa capuche avant qu'il ne soit trempé.

— Je suis sûr que je connais cette femme, dit Deano alors qu'ils se mettaient en position. C'est une actrice ou quelque chose de ce genre.

— Ne t'occupe pas d'elle, répliqua sèchement Albert. Concentre-toi sur ton travail.

Dès que le bateau arriva en haute mer, Flynn oublia qu'il était en sueur. C'était encore humide, mais les gouttelettes de pluie que le vent lui jetait au visage étaient glaciales. Il ne sentait plus son nez et ses joues lui faisaient mal lorsqu'il hurlait ses réponses à Albert.

Ils ne mirent pas longtemps à repérer le bateau – ou plutôt le nuage de fumée épais dissout par la pluie. Flynn se retourna en gardant une main accrochée à la corde qui était reliée à l'ancre, puis il fit signe à Albert de faire tourner leur embarcation. Celui-ci hocha la tête et fit dériver le bateau vers la gauche. Lorsqu'ils furent assez proches pour constater les dégâts causés par l'accident – un moteur qui brûlait lentement, un navire gîté à tribord et deux hommes tremblants et trempés en chemises à manches courtes –, il coupa le moteur.

— Est-ce que vous allez bien ? demanda Flynn d'une voix forte pour se faire entendre par-dessus le vent. Êtes-vous blessés ?

L'un des deux hommes lui semblait vaguement familier. Il avait les cheveux gris et un joli bronzage – il n'était pas simplement buriné. Flynn n'arrivait pas à retrouver son nom. Cet homme ne devait pas vivre sur l'île, mais il l'avait déjà croisé. L'autre homme devait être le fiancé de Katie. Il avait les cheveux coupés très court et un visage large et sérieux qui, à cet instant, paraissait un peu bleuâtre.

— Seulement frigorifiés, bégaya-t-il.

— Vous devez être Bradley. J'ai rencontré votre future femme.

Flynn attrapa une corde d'amarrage au fond du bateau. Il en jeta une extrémité à Deano, qui l'attrapa et l'accrocha à un taquet, pendant que lui faisait un nœud à l'autre extrémité.

— Entre nous, est-ce votre manière de vous faire pardonner de ne pas avoir été présent la semaine dernière ?

Bradley laissa échapper un rire tremblant et attrapa le nœud que Flynn lui lança.

— Si… si seulement c'était au… aussi simple.

— Je ne sais pas ce qui s'est passé, dit le propriétaire du bateau en attrapant la corde tressée.

Elle glissa entre ses doigts engourdis et il l'attrapa à nouveau.

— Je n'ai eu aucun problème à me rendre jusqu'au continent. L'entretien du bateau a été fait au début de l'été.

Deano et Flynn tirèrent le bateau à moteur jusqu'à leur flanc en caoutchouc. Flynn garda un œil méfiant sur le moteur qui fumait. Ce n'était que du pétrole qui s'évaporait, mais cela n'empêchait pas les poils de sa nuque de se dresser. Ils sortirent les deux hommes de leur embarcation et les enroulèrent grossièrement dans des couvertures de survie.

— Je me sens ridicule, marmonna Bradley.

Malgré ses plaintes, ses mains glacées, devenues roses comme si on les avait brûlées, empoignèrent la couverture et la firent remonter jusqu'à son menton.

— Ce n'est pas comme si j'avais couru un mara… marathon.

C'était un bon signe que leurs dents claquent et qu'ils tremblent. Cela signifiait qu'ils avaient froid, mais qu'ils n'étaient pas en hypothermie.

Deano monta sur le bateau gîté, bras écartés pour faire balancier, et le brida pour qu'ils puissent le ramener sur la terre ferme. Le problème venait sûrement de la pompe à eau du moteur, mais Flynn ne réparait pas les bateaux, alors il n'avait pas à s'en faire.

— Vous n'allez pas me donner un ve… verre de whisky ? demanda Bradley en essuyant son nez qui coulait du revers de la main. Pour nous réchauffer ?

— C'est ce que ferait un saint-bernard, répondit Flynn en lui empoignant l'épaule. Nous, nous ne faisons que donner une leçon sur la sécurité en mer et une tasse de soupe bien chaude quand nous arrivons à quai.

Le propriétaire du bateau, qui s'était fabriqué une capuche avec sa couverture, renifla.

— Une fois à quai, j'appellerai mon avocat. Je vais… Je vais porter plainte.

Flynn était heureux de ne s'occuper que de voitures et d'engins agricoles.

— Si j'étais vous, je commencerais par boire une soupe.

Deano sauta sur le bateau de sauvetage. Pauvre idiot. Son pied glissa sur le caoutchouc trempé et le vent lui fit perdre l'équilibre. Il faillit tomber à la renverse, en pleine mer, mais Flynn l'attrapa par son gilet de sauvetage et le redressa.

— Merci, haleta Deano.

Il se remit en position et s'essuya le visage.

— Je n'ose même pas imaginer ce qui serait arrivé si j'étais tombé.

Il n'en serait pas mort – c'était une rafale, pas une tempête –, mais cela n'aurait pas été agréable. Il aurait mis beaucoup de temps à s'en remettre.

— Prêt ? vérifia Flynn.

Deano hocha la tête. Flynn se retourna pour faire signe à Albert de les ramener à quai.

TOUT LE monde était parti. Le hangar à bateaux était calme et la soupe se solidifiait doucement dans la tasse qu'on avait remise à Flynn. C'était toujours de la soupe au poulet. Au fil des années, il avait fréquenté cinq hangars à bateaux et le personnel pensait toujours que la soupe au poulet était le meilleur choix.

Flynn était assis dans le vestiaire vide et attendait de trouver la motivation de se lever. Il posa ses coudes sur ses genoux et joignit ses mains sur sa nuque pour masser ses muscles noués. Le froid s'était infiltré jusque dans ses os, et comme la mission de sauvetage n'avait pas été difficile, son excès d'adrénaline s'était transformé en douleur au niveau de ses muscles.

— Je me fais trop vieux, marmonna-t-il dans cette pièce vide.

Ces mots résonnèrent contre le carrelage. Dommage qu'il ne se souvienne jamais de son âge au moment de monter sur le bateau de sauvetage.

Il se frotta les cheveux. Ils étaient quasiment secs et raides à cause du sel.

— Flynn?

Il tourna la tête, jeta un œil à travers le creux formé par son bras et vit Nate penché dans l'embrasure de la porte. Son nez se fronça brièvement lorsqu'il sentit les odeurs de caoutchouc, de sel et de sueur, puis il entra dans le vestiaire. Il avança d'un pas hésitant, ses semelles en caoutchouc crissant contre le carrelage.

— Tu vas bien?

— Très bien, répondit Flynn en se redressant.

Il aurait probablement répondu la même chose si son genou n'avait été rattaché à sa cuisse que par quelques ligaments ainsi que l'espoir. La fierté était une chose cruelle. Il rentra son ventre et attrapa son pull.

— Que fais-tu encore ici?

D'un geste de la main, Nate repoussa une mèche de cheveux mouillés de son front.

— Tout le monde est parti. J'ai renvoyé Katie et Bradley à l'hôtel dans un taxi.

— Il devrait aller à l'hôpital.

Ce n'était probablement pas nécessaire, mais il valait mieux prévenir que guérir.

— Teddy a appelé son médecin traitant pour qu'il vienne ausculter Bradley, dit Nate avant de glisser ses mains dans ses poches et de se balancer sur la plante des pieds. C'était...

— Stupide, l'interrompit Flynn.

Cet élan de colère le surprit. Il enfila son pull, dissimulant son faux petit ami bien trop séduisant avec de la laine. Il était toujours de mauvaise humeur lorsqu'il en ressortit sa tête.

— Qu'est-ce qui t'a pris d'envoyer un crétin sur un bateau à moteur dans ce déluge ? demanda-t-il en indiquant la mer.

Le vent hurlait toujours à l'extérieur, même si la pluie s'était calmée lorsqu'ils avaient ramené le bateau de sauvetage au hangar. Ce n'était plus qu'un crachin piquant.

Nate resta figé, puis il se reprit avec indignation.

— Bradley était encore en retard. Il a raté le ferry. La météo n'était pas si mauvaise quand Tomas est parti. Il y avait un petit crachin et une brise fraîche. Jamais on n'aurait pu se douter que le temps allait se dégrader ou que le bateau allait rencontrer un problème technique.

Flynn se leva et fusilla Nate du regard.

— Que ce serait-il passé si quelque chose était arrivé à Bradley ? Penses-tu vraiment que Teddy Saint John aurait pris ta défense lorsque les avocats l'auraient appelé ?

Des hommes meilleurs que Teddy avaient abandonné Flynn lorsqu'il avait rencontré des problèmes.

— C'est exactement comme les mettre dans un taxi, contesta Nate. Quoi ? Aurais-je dû vérifier la météo avant de leur faire prendre la route ?

— C'est la mer ! On ne prend pas de risques avec la mer. Il faut *toujours* partir du principe qu'il va se passer quelque chose. Comme ça, tu as une chance de...

— Oh, tais-toi, répliqua Nate avant de l'embrasser.

Surpris, Flynn vacilla en arrière, aussi loin que le permettait Nate qui le retenait par son pull. Ce n'était pas la réaction habituelle qu'il obtenait quand il hurlait sur des gens. Évidemment, il s'agissait de Nate. Cet homme était bizarre. Il avait les lèvres froides, mais sa langue était chaude lorsqu'elle plongea dans la bouche de Flynn.

Cette montée de colère était satisfaisante, lui permettant de dépenser toute son énergie nerveuse. Mais elle se dissipa lorsque son désir prit le dessus. La chaleur fit disparaître le froid qui avait infiltré sa moelle et s'installa dans ses bourses. Flynn enfouit sa main dans les cheveux bouclés

69

et humides de Nate, puis il prit sa tête dans sa paume. Il lui rendit son baiser avec une assurance retrouvée, pressant ses lèvres et sa langue contre les siennes.

Cette fois, Nate avait initié le baiser et il n'y avait personne à convaincre – à moins que les combinaisons de plongée pendues autour d'eux n'aient rejoint le cercle des commères.

Alors il se laissa aller. Ce ne serait pas la première mauvaise décision qu'il prendrait de sa vie.

Flynn attrapa la lèvre inférieure de Nate entre ses dents et tira dessus, puis il relâcha cette douce courbe et rompit le baiser.

— J'espère que tu ne veux pas que je te rende les gâteaux. Je les ai mangés.

Ce souvenir fit rougir les oreilles de Nate. S'il décidait un jour de se lancer dans une carrière de joueur de poker professionnel, ce détail le ruinerait.

— Je croyais t'avoir dit de te taire, répliqua Nate. Tu ferais mieux de m'écouter.

Il poussa Flynn sur le banc et s'installa sur ses genoux. Son fessier appuya contre le sexe de Flynn et cette pression délicieuse rendit ses bourses douloureuses. Il grogna et Nate lui sourit.

— Par contre, tu peux grogner quand tu veux, concéda-t-il.

Cette remarque le fit rire. Il poussa la veste de Nate par-dessus ses épaules et déposa des baisers humides et brûlants le long de son cou. Ses dents marquèrent des ovales sur la peau blanche de Nate. C'était probablement malvenu de sa part, mais voir des signes de possession sur ce cou élégant ne fit qu'attiser son désir.

Cela excita aussi Nate. Il se mit à genoux sur le banc et se frotta contre Flynn. Il n'y avait que deux couches de vêtements qui séparaient leurs érections. Bordel. Flynn ancra ses pieds sur le carrelage, les muscles de ses cuisses contractés, et glissa ses mains le long du dos de Nate pour empoigner ses fesses. Il l'attira contre lui en se demandant à quand remontait la dernière fois qu'il avait été sur le point de jouir dans son pantalon. Probablement la dernière fois qu'il avait tiré un coup rapide dans un vestiaire.

Il n'eut pas le temps d'y réfléchir. Nate plaqua brusquement ses lèvres affamées sur les siennes et trifouilla impatiemment son jean. Flynn souleva les hanches pour l'aider à faire glisser son jean sur ses cuisses. Les doigts de Nate étaient froids lorsqu'ils effleurèrent son ventre plat et encore plus lorsqu'ils s'enroulèrent autour de son membre.

— Bordel de merde, gronda Flynn contre la bouche de Nate.

Les lèvres pressées contre les siennes se relevèrent dans un sourire satisfait.

Le plaisir palpita le long de son sexe et se répandit dans son aine alors que la pression liquide gonflait. Nate caressa son sexe avec des doigts experts, d'un geste plus brusque que celui qu'il avait l'habitude d'adopter et avec une impatience qui excitait Flynn. Le frottement de la vieille laine contre sa peau sensible était moins agréable.

Il se pencha maladroitement en arrière et retira son pull, un bras après l'autre. Nate se redressa sur les genoux. Il lâcha le sexe de Flynn pour ouvrir son propre pantalon. Son érection se dressait contre son abdomen et son gland déposait des taches de liquide pré-séminal sur son tee-shirt.

— Je t'interdis d'aller où que ce soit, gronda Flynn en empoignant sa chemise.

Nate laissa échapper un rire disgracieux lorsque Flynn l'attira à nouveau contre lui. Il glissa une main entre leurs corps et dessina les lignes de son torse musclé. Son souffle chatouilla les lèvres de Flynn lorsqu'il marmonna :

— Je ne retirerai jamais ma chemise en ta présence.

— Tu es sublime, déclara Flynn.

C'était la stricte vérité, mais il se sentit gêné d'avoir prononcé ces mots.

— Tant que ta bouche reste fermée, ajouta-t-il.

— Ah oui ?

Nate l'observa d'un regard intense et amusé, puis il afficha un sourire espiègle.

— On ne s'est jamais plaint de ce que je faisais avec ma bouche.

Pour se préserver, Flynn attrapa Nate par l'arrière de sa tête et l'attira dans un baiser. S'il n'arrêtait pas immédiatement de penser à toutes les possibilités qu'offrait cette bouche, il n'allait pas tenir longtemps.

Nate accepta d'être réduit au silence et lui rendit son baiser avec ferveur. Il reprit le sexe de Flynn dans sa main et le pressa contre le sien. Leurs érections, coincées entre leurs corps, frottaient l'une contre l'autre à chacune de ses ondulations. La ligne de poils qui descendait le long de l'abdomen de Flynn était recouverte d'un mélange de sperme et de sueur et picotait contre la peau sensible de son sexe. Il sentait la double pulsation de leurs érections et la manière dont le sexe de Nate glissait sur la droite à chaque mouvement de reins.

Flynn éloigna sa bouche de celle de Nate à contrecœur et déposa des baisers le long de sa mâchoire. Il se sentait étrangement bien en frottant sa barbe de trois jours contre ce visage ciselé. Cela semblait plus intime que ça n'aurait dû l'être – il discerna l'humain qui se cachait derrière l'image impeccable que Nate renvoyait. Il avait le goût de sel et de cet alcool avec lequel on fabriquait le parfum. Il avait aussi un léger goût de cigarette.

Nate jura de manière inintelligible et pressa son visage contre l'épaule de Flynn. Son souffle était chaud contre sa peau humide et il mordit brusquement la chair tendue qui se trouvait au-dessus de la clavicule de Flynn.

La pression liquide dans ses bourses semblait sur le point de jaillir et il avait du mal à maîtriser toute la tension qui s'accumulait à la surface de son corps à chaque mouvement de reins. Il fit descendre sa main le long du dos de Nate et trouva une étendue de peau nue entre l'ourlet de sa chemise et la ceinture de son pantalon. Il continua à descendre jusqu'à ce que sa main repose sur une fesse nue, dont les muscles se contractaient et se relâchaient à chaque ondulation.

Nate fut le premier à jouir, prononçant des mots incompréhensibles dans le cou de Flynn. Sa semence se retrouva étalée sur le membre de Flynn, collée sur leurs ventres et entre ses doigts. Le simple fait d'y penser suffit à Flynn pour lui faire perdre le peu de contrôle qui lui restait. Il plaqua Nate contre lui, pressa leurs corps jusqu'à ce que c'en devienne douloureux et se laissa consumer par les vagues de son orgasme.

Ils restèrent affalés l'un contre l'autre pendant un instant. Nate finit par se déplacer et s'allonger sur le banc. Il laissa ses jambes posées sur les cuisses de Flynn et passa ses doigts dans sa chevelure humide de sueur. Une partie de sa semence avait atterri sur sa chemise et le reste séchait doucement sur son sexe.

— As-tu une idée de la raison pour laquelle tu as fait ça ? demanda Flynn.

Nate se releva sur les coudes et haussa les épaules.

— Sur le long terme ? Non.

— Et sur le court terme ?

Il marqua une pause.

— J'en avais vraiment envie.

IX

« Je crois que mon cousin est gay. Il dit qu'il ne l'est pas, mais il adore la mode. Serais-tu d'accord pour que je vous arrange un rendez-vous ? »

LE PETIT déjeuner au lit était offert par la maison au couple de futurs mariés. Quant au petit déjeuner de Nate, il consistait en une tartine de pain noir aux olives et une sortie furtive de la maison avant que sa mère ne puisse lui poser des questions.

Nate était installé à son bureau, les sourcils froncés, et observait distraitement la vue splendide que lui offrait cette baie vitrée immaculée. La manière dont il avait fui sa maison ce matin était contre-productive ; ce n'était pas comme ça qu'il allait réussir à faire croire que son petit ami était odieux. C'était difficile d'être scandalisé par une chose dont on n'était pas au courant. Nate avait juste besoin de temps pour assimiler ce qui s'était passé. Une partie de jambes en l'air dans un vestiaire ne faisait pas vraiment partie de son plan.

La sueur, le sel et la poigne ferme de Flynn sur son corps. L'érection de Flynn frottant contre la sienne et leurs semences mélangées sur son abdomen – le souvenir était si clair qu'il pouvait presque sentir le goût de Flynn sur sa langue. Ses bourses se contractèrent sous ce désir intense.

Il devait admettre que cela avait été inattendu, mais pas déplaisant.

Nate remua sur sa chaise et se força à ne plus penser à ce qui s'était passé dans ce vestiaire. Il avait du pain sur la planche, et au moins, son travail était un domaine qu'il maîtrisait.

Le mariage de Katie et Bradley – si l'on oubliait l'épisode de la quasi noyade – était réglé comme du papier à musique. La séance photo avait été reportée pour donner le temps à Bradley de se remettre de ses émotions et son rendez-vous chez le tailleur avait été repoussé en début de soirée. Il n'y aurait aucun autre incident, sauf peut-être au dernier moment, étant donné qu'un problème de dernière minute venait souvent lui mettre un léger coup de pression.

Il ne lui restait plus qu'à s'occuper des vingt-cinq autres mariages qui étaient prévus, à contacter une douzaine de clients potentiels et à prospecter quelques nouveaux fournisseurs. Il avait assez de travail pour ne pas penser à ces lèvres gercées par le sel et à ce corps fin et outrageusement musclé.

Il attrapa le téléphone.

— Allô ? répondit une voix agréable à l'autre bout du fil.

En fond sonore, on pouvait entendre une voix vaguement électronique crépiter en chantant « *The Wheels on the Bus* ».

— Fi Calder de Harpy Endings, que puis-je faire pour vous ?

Le nom de la société fit grimacer Nate. Certains couples appréciaient tout ce qui était mignon, mais cela dit.… C'était le problème de Mme Calder, pas le sien.

— Nate Moffatt à l'appareil. Je vous appelle de la part du Granshire Hotel. Vous m'avez envoyé votre…

— Oh, M. Moffatt, bien sûr.

Il entendit une porte s'ouvrir et se refermer.

— Avez-vous besoin de mes services ? Je suis assez occupée en ce moment, mais si vous avez des dates précises à me proposer, je peux vérifier si je peux vous caser dans mon planning.

— L'un de nos clients apprécie beaucoup la manière dont vous jouez du *reel* [4], mais nous devons nous mettre d'accord sur certains détails avant de parler de contrat.

— Comme quoi ? demanda-t-elle avec curiosité.

Nate compatit. Il était aussi resté perplexe en passant en revue tous les détails avec la mariée et ses représentants.

— Vous devrez signer un accord de confidentialité, dit-il en s'adossant à sa chaise et en posant les pieds sur son bureau. Vous devrez aussi autoriser la fixation et la diffusion de votre image.

Elle laissa échapper un rire incrédule.

— Sérieusement ?

— Oui. J'ai bien peur que ce ne soit pas négociable auprès de la mariée. Elle est intéressée par quelques autres musiciens, mais si vous…

La porte s'ouvrit et Max entra en marchant de biais, sa langue légèrement tirée sur le côté. Il tenait deux tasses de café bien remplies dans ses mains.

— Merde, marmonna-t-il lorsque du café déborda et coula sur ses doigts.

— Pardon ? demanda Fi, troublée.

---

4 : Le *reel* est une musique qui accompagne la danse irlandaise ou écossaise.

— Excusez-moi. Mon autre téléphone a sonné, mentit Nate avec aisance.

Il leva un regard curieux vers Max, mais lui indiqua le canapé près de la fenêtre. Ce n'était pas souvent qu'il voyait son ami debout de si bonne heure, et quand il l'était, c'était généralement pour supplier qu'on lui apporte du café, pas pour en offrir. Pendant que Max se mettait à son aise et ajoutait une tache de café au tapis, Nate se concentra sur son appel.

— Si ça vous intéresse, nous devrons organiser une audition avec le couple.

Elle fit des «mmh» et des «euh», puis ils fixèrent une date. Nate raccrocha et fit défiler plusieurs écrans pour retrouver sa boîte de messagerie. Il pianota tout en retirant ses pieds du bureau pour se mettre debout et rédigea un e-mail à la société de production pour qu'ils ajoutent cette date à leur planning.

C'était une idée de Teddy. Selon Nate, ces auditions étaient organisées pour satisfaire l'intérêt personnel qu'il portait aux émissions de télé-réalité et non pour que l'hôtel en retire des bénéfices. Cependant, le Granshire lui appartenait, alors c'était à lui de décider.

Nate appuya sur «envoyer», se laissa tomber sur le canapé et posa ses jambes sur l'accoudoir.

— Du café?

— À la vanille et à la noisette, dit Max en lui tendant une tasse. Dure matinée?

— Productive. Même si je sais que pour toi, sortir du lit avant midi signifie que la matinée a été difficile.

Max s'avachit dans le canapé et posa son bras le long des coussins en cuir. Son t-shirt moula ses épaules lorsqu'il trinqua de façon moqueuse avec Nate.

— Ne parle pas sans savoir. Je n'ai pas encore été au lit.

Max marqua une pause, se pinça les lèvres et se corrigea:

— Enfin si, j'étais au lit. Par contre, je n'ai pas dormi.

En temps normal, Nate aurait répliqué de manière désobligeante, mais il avait encore des entailles aux genoux à cause du banc sur lequel il s'était agenouillé la nuit précédente. Ses sentiments étaient partagés entre la satisfaction d'avoir enfin une vie sexuelle plus trépidante que celle de Max et le regret de ne pas avoir pensé à le faire dans un lit.

75

— Alors maintenant, quand tu voudras te vanter des hommes avec lesquels tu couches, j'aurais droit à un café? demanda Nate avant d'en boire une gorgée. Ça me plaît.

— Que veux-tu, je suis doué dans ce domaine, dit Max avant de se gratter le nez. Parle-moi un peu de toi. Que s'est-il passé hier soir?

— Quoi? s'exclama Nate en s'étouffant sur une gorgée de café, avant de se gratter la nuque. Rien du tout. Tu sais bien qu'il ne m'arrive jamais rien. Je suis simplement rentré à la maison. Pourquoi?

Max pencha la tête et plissa les yeux, sceptique.

— Ah oui? Tu n'aurais pas failli perdre un client en pleine mer, par hasard?

Évidemment. C'était la raison pour laquelle Max avait posé cette question. Nate laissa retomber sa main sur ses genoux, l'enroula autour de sa tasse de café et essaya de prétendre qu'il ne venait pas de paniquer comme un idiot.

— Je ne l'ai jamais vraiment perdu. Je savais où il se trouvait. Il était simplement… en mer. Le bateau a rencontré un problème sur le chemin du retour. Ce n'était pas génial, mais…

Max le fixait du regard.

— Quoi? fit Nate.

Max plissa les yeux et des rides se creusèrent autour d'eux.

— Serait-ce du correcteur sur ton col, Nate?

Techniquement, c'était une bonne couche de fond de teint. Nate baissa les yeux pour trouver la tache dont son ami parlait. Même s'il savait que cela n'allait rien arranger, il se lécha le pouce et frotta la trace de Maybelline.

— La nuit a été longue, expliqua Nate. Après une nuit pareille, personne ne veut avoir affaire avec un organisateur de mariage qui a ton allure.

D'habitude, Max aurait accepté cette moquerie avec bonhomie avant de répliquer. Mais pas cette fois. Il tendit un bras et passa sa main dans le cou de Nate; ses doigts ressortirent couverts du fond de teint qui avait dissimulé la rougeur des marques laissées par une bouche sur la peau de Nate.

— Des suçons? demanda Max, incrédule, en essuyant sa main sur son jean. Pour l'amour du ciel, Nate, je sais que tu en pinçais pour Mimi Delaney quand on avait quinze ans. Pas la peine de te comporter comme si c'était toujours le cas.

Mimi Delaney était le surnom qu'ils avaient donné à Flynn à l'époque. Nate essaya de ne pas rougir en se rappelant l'adolescent gêné qu'il avait été, sans succès.

— Crois-moi : à quinze ans, je n'aurais jamais fait ce que j'ai fait la nuit dernière.

Il en aurait probablement eu envie. En toute honnêteté, il en aurait même carrément eu envie. Mais il ne serait pas passé à l'action. Il avait toujours été timide alors que Max avait été sociable et dévergondé.

— Beurk, dit Max en faisant la grimace. Je n'arrive pas à croire que tu puisses me faire ça après tant d'années d'amitié. Tu sais ce que je pense de Flynn Delaney.

— Je sais qu'il y a des règles en amitié, mais elles ne s'appliquent pas pour un homme sur lequel tu avais des vues il y a vingt ans. D'ailleurs, c'est un peu l'hôpital qui se fout de la charité. Si je me rappelle bien, Flynn ne te répugnait pas tant que ça à l'époque.

Cette nuit-là, ils étaient entrés en douce dans un club, puis étaient restés adossés pendant une heure contre un mur à encourager l'autre à accoster quelqu'un. Lorsque Flynn était entré dans l'établissement, avec sa veste en cuir noir et sa démarche arrogante. Max avait trouvé le courage de l'aborder. Quant à Nate, il avait découvert qu'il n'aimait pas la vodka coca.

— Peut-être, mais qu'est-ce que j'y ai gagné ? demanda Max, ses joues rougissant sous la colère.

Nate se demanda encore une fois pourquoi Max éprouvait tant de ressentiment.

— Flynn Delaney m'a jeté sur le ferry, traîné jusqu'à la maison, puis il a révélé à mon père que j'étais gay parce que c'est un crétin. À l'époque, c'était un abruti. Aujourd'hui, c'est un pauvre pervers. Tous les habitants de cette île savent comment il est, Nate. Il n'est même pas venu voir son père quand il était mourant. Il n'a même pas assisté à ses funérailles.

L'estomac de Nate se noua. La plupart des rumeurs concernant Flynn étaient sans fondements et totalement fausses. On disait qu'il appartenait à un gang, qu'il avait abandonné femme et enfants, qu'il avait été affecté à un programme de protection des témoins. Par contre, il n'avait vraiment pas assisté aux funérailles de son père. C'était le genre de chose qui ne passait pas inaperçu à Ceremony. Il y avait toujours du monde aux enterrements, même si les personnes en deuil venaient simplement pour commérer et déguster des friands.

— Certaines personnes ne s'entendent pas avec leur famille.

— Évidemment. Les enfoirés et les psychopathes. Excuse-moi, mais il ne me semble pas que Mike Delaney était un monstre.

— Je n'assisterai pas aux funérailles de mon père.

— Tu ne l'as jamais connu, répliqua-t-il immédiatement. Par contre, je suis sûr que tu ne manqueras pas les funérailles de mon père.

Nate prit sur lui. Il n'avait aucune raison de défendre Flynn. Ses proches n'étaient pas censés l'apprécier. C'était le but de cette opération.

— Ne devais-tu pas t'occuper de tes affaires et me laisser vivre ma vie ?

Max se renfrogna et prit une autre gorgée de son café.

— Je pensais que tu ne sortirais qu'une fois avec ce pauvre type et que tu retrouverais tes esprits. Tu mérites mieux que ça.

— Comme qui ? demanda-t-il plus sèchement que prévu. Je suis un homosexuel d'âge mûr qui vit avec sa mère et travaille dans un milieu exigeant qui l'oblige à faire des heures impossibles. Et je vis à Ceremony. Flynn n'est peut-être pas parfait, mais je l'aime bien. Alors à moins que tu aies quelqu'un d'autre à me proposer…

Max le fixa un instant, les lèvres pincées.

— Pourquoi pas moi ? demanda-t-il brusquement.

Nate se réinstalla et attendit qu'il élabore. Son café était en train de refroidir, mais cela ne prendrait pas longtemps.

— Enfin, en théorie.

Son visage affichait un mélange d'obstination et de panique, comme s'il venait de se rendre compte qu'il avait la gueule de bois.

— Pourquoi pas ?

— Eh bien, pour commencer, parce que la dernière fois que tu m'as vu tout nu, tu as dit : « *C'est tout ?* ».

— J'avais regardé beaucoup de porno, s'excusa-t-il maladroitement. Et il faisait froid, donc tu n'étais pas… à ton avantage.

Nate laissa échapper un rire incrédule.

— Tu es mon meilleur ami, Max, mais si nous sortions ensemble, je t'étoufferais dans ton sommeil. Pour être franc, quand nous étions colocataires, j'ai passé quelques nuits debout à ton chevet avec un oreiller dans les mains.

— Très marrant, dit Max en boudant.

Il s'avachit encore plus dans le canapé et traça distraitement le rebord de sa tasse.

— Faut-il vraiment que ce soit Flynn ?

— Je l'aime bien. C'est peut-être un crétin, mais je me sens bien avec lui.

Max fit semblant de s'enfoncer un doigt dans la gorge et de vomir. Puis il soupira, passa un bras autour du cou de Nate et posa sa tête contre la sienne.

— Tu veux vraiment faire ça ? Avec lui ?

— Oui. Il me rend heureux.

C'était idiot de dire ça après seulement deux rendez-vous, même s'ils avaient vraiment eu lieu. Pourtant, il le dit avec tellement de conviction qu'il faillit y croire. En temps normal, il n'était pas si bon menteur. C'était peut-être pour cette raison que Max le croyait.

— Bien, grommela son ami avant de retourner à sa place. Même si je pense que tu es en train de creuser ta propre tombe. Et ce crétin n'assistera sûrement pas à tes funérailles.

— Au moins, j'aurais droit à des funérailles. La semaine dernière, j'étais voué à être mangé par des chats.

Max leva les yeux au ciel, termina de boire son café et se vautra à nouveau dans le canapé. Il attrapa un coussin et l'installa sous sa tête.

— Quand tout partira en vrille, je me ferai un plaisir de dire que je t'avais prévenu.

Nate se sentit agacé. Il savait que son histoire avec Flynn était vouée à l'échec, mais seulement parce qu'il possédait toutes les informations. Max ne faisait qu'émettre une hypothèse. Si Nate appréciait vraiment Flynn, cette relation aurait pu fonctionner.

Il n'avait pas le temps de se disputer avec Max, alors il prit sur lui et se focalisa sur un problème plus immédiat.

— Qu'est-ce que tu fais ?

Max posa un bras par-dessus ses yeux.

— J'ai besoin d'une sieste.

— Tu as un lit.

Max releva son coude pour lui adresser un regard espiègle.

— Tu disais ne pas être intéressé, mais maintenant, tu veux en savoir plus sur mon lit, dit-il en levant le seul sourcil que Nate pouvait voir.

— Sors de mon canapé, ordonna-t-il en lui donnant une tape sur la jambe.

Cela ne changea rien.

— Il y a quelqu'un dans mon lit. Et papa me cherche. Laisse-moi juste dormir pendant une heure, Nate. Tu peux continuer à juger mes choix de vie tant que tu es encore en position de supériorité morale.

Nate récupéra un coussin et fit semblant d'étouffer son ami. Finalement, le coussin ne servit qu'à le frapper. Nate récupéra sa tasse de café et la ramena sur son bureau. Il devait encore appeler six personnes afin de leur demander de participer aux auditions pour jouer lors du mariage, dont un musicien «terriblement décalé», puis il pourrait se concentrer sur le mariage de Katie et Bradley.

Il vérifia l'heure et découpa le reste de sa journée en segments. C'était faisable – si une certaine personne ne continuait pas à détourner son attention.

Comme de fait, Max se mit à ronfler.

— C'EST TELLEMENT bizarre, dit Katie.

Elle était assise sur la causeuse, jambes croisées, et portait un pantalon de yoga rose fluo et une brassière. Cette vue ne provoquait aucune réaction chez Nate, mais il ne put s'empêcher de remarquer qu'elle avait aussi des abdominaux. Il essaya de se redresser. Il devrait peut-être penser à faire de l'exercice. Katie ne remarqua rien.

— Nous avons rencontré votre petit ami la semaine dernière, puis il a sauvé la vie de mon fiancé, dit-elle en se frappant les cuisses pour ajouter de l'intensité à ses paroles. C'est comme si c'était le destin.

Son fiancé lui adressa un regard affectueux et légèrement sceptique.

— Je n'étais pas sur le *Titanic*, mon amour. J'aurais sûrement pu nager jusqu'à la côte si cela avait été nécessaire.

Nate était né sur cette île et en connaissait les dangers. Même en plein été, ce bout de mer était trompeur, avec des courants imprévisibles et aucune côte sur laquelle il était facile d'amarrer. Alors au pire moment de la saison, dans la nuit, en pleine tempête? Bradley était peut-être un athlète, mais il ne suffisait pas d'être en bonne forme physique pour s'en sortir. Nate leur aurait bien raconté la manière dont l'île avait perdu un rugbyman dans ses eaux durant le mois d'août – saoul, idiot et pour gagner un pari –, mais ce n'était pas approprié.

— Je suis heureux que l'histoire se termine bien pour tout le monde.

Katie ricana.

— Qu'y a-t-il ? demanda Bradley en levant les yeux d'un livre sur les cocktails.

Elle pinça les lèvres.

— Rien, mon amour, dit-elle de manière innocente.

— J'ai appelé le tailleur, dit Nate. Il passera ce soir, vers 18 h.

Cela faisait un moment qu'il n'avait pas eu recours à des sous-entendus et il n'était plus habitué à faire dans la subtilité.

— Il peut apporter n'importe quelle retouche à votre costume, Bradley. Afin que tout soit prêt pour le grand jour.

— Bien.

D'après l'expérience de Nate, la manière dont Bradley venait d'allonger la syllabe de ce simple mot ne présageait rien de bon.

— J'y ai réfléchi, ajouta-t-il.

Oh, c'était encore pire que la manière dont il avait prononcé le mot « bien ». Même Katie semblait inquiète – elle devait à nouveau douter de sa volonté de s'engager.

— De quoi parles-tu, bébé ? As-tu finalement décidé de porter le kilt ?

— Non. Maman dit que j'aurais l'air ridicule. Le problème, Nate, c'est que je déteste les cravates. Pourrais-je ne pas en porter ?

Katie cligna rapidement des yeux. Elle semblait faire son possible pour ne pas paraître horrifiée.

— Je peux demander à Harvey de vous proposer d'autres options, dit-il en rédigeant une note sur son téléphone. Nous pourrions vous faire porter une chemise sans col avec votre costume pour voir ce que ça donne… ou bien essayer des épingles de cravate. Ensuite, Katie et vous pourrez décider ce qui vous plaît le plus.

Ils évoquèrent rapidement les autres aspects du mariage. Nate était sur le point de s'éclipser quand ils entendirent frapper à la porte.

— Entrez, répondit Katie.

L'arrivée des invités était prévue pour aujourd'hui et demain. Nate s'attendait à voir débarquer une demoiselle d'honneur, un grand coéquipier de Bradley ou bien son témoin de mariage. Au lieu de ça, Teddy Saint John entra dans la pièce.

— Je voulais passer vous présenter tous mes vœux de bonheur, dit-il avec effusion.

Bradley eut droit à une poignée de main ferme et à une bise sur la joue, puis il serra la main de Katie.

— Je suis navré de ce qui s'est passé la nuit dernière.

Les joues de Katie rosirent.

— Oh, ne vous inquiétez pas pour ça. Bradley va bien et rien de tout cela ne serait arrivé s'il n'avait pas manqué le départ du ferry. D'ailleurs, Nate, pourriez-vous transmettre un message de ma part ? demanda-t-elle en se tournant vers lui, les yeux écarquillés sous des sourcils bruns et soignés. Nous aimerions que Flynn assiste à notre mariage. Il est tellement charmant. Sans compter que sans lui, notre mariage aurait pu tomber à l'eau.

Avant que Nate puisse répondre, Teddy tapota la main de Katie.

— J'ai bien peur que M. Delaney soit trop occupé. Il y a tant de chiens à secourir lors des marées hautes.

L'expression de Katie changea subtilement, son sourire devenant plus forcé que gentil.

— Mais j'aimerais qu'il soit présent.

— Comme nous tous, dit Teddy. Mais il y a...

Derrière elle, Bradley fit silencieusement comprendre à Nate qu'il préférait qu'elle passe ses nerfs sur Teddy plutôt que sur lui. Bradley sous-estimait peut-être Teddy. D'après son expérience, une mariée s'attendait à obtenir ce qu'elle voulait pendant vingt-quatre heures, alors que Teddy Saint John le faisait depuis presque soixante-dix ans.

— Je lui transmettrai le message, intervint Nate. J'espère qu'il pourra se libérer.

La gentillesse se lut de nouveau sur le visage de Katie. Elle promit de trouver un carton d'invitation pour Flynn et de payer le couvert supplémentaire. Teddy ne semblait pas enchanté par cette idée, mais il changea poliment de sujet.

— Si vous voulez bien m'excuser, dit-il avec douceur. Je vous enlève Nate un instant. Passez une bonne journée et dites à votre père que je serai ravi de faire une nouvelle partie de golf avec lui.

Ils échangèrent encore quelques civilités, puis Teddy ouvrit la marche vers la sortie. Nate le suivit, tête baissée pour vérifier rapidement sa boîte de messagerie. Il avait reçu quelques e-mails pendant qu'il discutait avec Katie, mais rien d'alarmant ni de pressant.

—Y a-t-il un problème ? demanda-t-il lorsque les portes se refermèrent derrière eux.

Ils longèrent le couloir qui menait aux escaliers. Des ombres dansaient entre les rayons du soleil qui brillaient à travers les grandes fenêtres.

— La société de production a-t-elle appelé à propos du gâteau ? Parce que je leur ai dit d'amener un autre chef s'ils ne voulaient pas faire d'histoires. Ce n'est pas Star qui est en...

— Non. Il n'y a aucun souci de ce côté-là. Pour être tout à fait franc, je ne veux pas que Flynn Delaney soit présent lors d'un événement qui se déroule dans mon hôtel.

Cette déclaration pesa lourdement dans l'air. Nate cessa de marcher et le regarda s'éloigner, bouche-bée. Il ne savait pas quoi répondre. Il ne s'était pas attendu à ce que la défiance envers Flynn dépasse le cadre de sa vie personnelle. Surtout pas de la part de Teddy, qui avait enduré la parade des conquêtes de Max.

Une fois l'effet de surprise passé, Teddy avait déjà descendu la moitié des marches et se tenait fermement à la rambarde. Sa cheville devait lui faire mal. Il se l'était cassée l'an dernier en descendant de cheval, mais il refusait de prendre l'ascenseur de service.

Nate prit sur lui et le suivit dans l'escalier, puis le long du balcon qui décorait l'avant de l'hôtel. Des mouettes s'envolèrent lorsque Nate referma les portes vitrées derrière lui.

— Katie veut inviter Flynn. C'est son mariage, mais je doute qu'il veuille venir.

— Même pour te voir ? demanda sèchement son patron.

Teddy se tourna alors vers lui avec un questionnement dans le regard, son sourcil levé. Cela faisait des années que Max essayait de reproduire ce regard, sans succès.

— Pour voir son... petit ami ?

Nate s'accorda un instant pour ne pas donner de réponse trop hâtive. Le ton adopté par Teddy le mettait en rogne, mais il espérait avoir mal compris, mal entendu.

— Jusqu'ici, Flynn n'est qu'un homme avec lequel je sors, dit-il en croisant les bras. Je ne veux pas l'effrayer en brûlant les étapes.

Il avait utilisé un ton plus sec que prévu. À en croire la rougeur qui apparut sur le visage de Teddy – deux bandes rouges sur ses joues, comme s'il avait reçu une gifle –, son ton était encore plus mordant lorsqu'il arriva aux oreilles de son patron.

— Il n'est pas le bienvenu ici, dit-il catégoriquement. Même s'il t'accompagne.

Nate prit une grande bouffée d'air frais et salé.

— Dans ce cas, je vais devoir commencer à passer mes soirées en ville.

— Tu seras toujours le bienvenu ici. Toujours, dit-il avec fermeté. Mais pas avec lui. Cet homme ne peut rien t'apporter de bon. C'est une source d'ennuis. Il l'a toujours été. Même Mike Delaney s'en est vite rendu compte.

— Les pères ne sont peut-être pas les mieux placés pour juger leurs fils.

Apparemment, Teddy n'était pas le seul à pouvoir faire preuve d'indélicatesse. La tension était palpable et Nate avait du mal à la supporter. Il voulait s'excuser. Ce n'était pas la peine de se fâcher avec Teddy, qui était son ami et son patron, par rapport à l'aversion que lui inspirait un homme qui n'était même pas son petit ami – ni même l'homme avec lequel il sortait. Mais les mots ne réussirent pas à se frayer un chemin à travers sa mâchoire serrée.

— J'ai toujours cru que tu étais un homme sensé. Mais après tout, je ne suis pas ton père. Ton comportement déraisonnable ne me regarde pas. Par contre, le Granshire est sous ma responsabilité et je ne veux pas que Delaney y soit associé. Sur ce, je te laisse retourner au travail.

Teddy partit et ferma les portes vitrées derrière lui. Nate le regarda disparaître dans le couloir, puis il se laissa retomber contre le mur. Cet échange avait été poli, sinon abrupt, mais son impact était celui d'une dispute : son cœur battait trop vite, il était en sueur et il avait mal au crâne.

Il avait envie de frapper quelque chose. D'ailleurs, il avait mal aux doigts, comme s'il l'avait déjà fait. Il avait envie d'une cigarette. Il avait envie de dire à Teddy qu'il se trompait à propos de Flynn. Même s'il était possible qu'il ne se trompe pas. Il s'adossa contre le mur en pierre. Voilà ce que c'était de sortir avec l'homme le moins apprécié de l'île. Ce n'était pas aussi amusant qu'on pouvait le croire.

Bordel.

X

« Eh bien… tu sais comment était sa mère. Les chiens ne font pas des chats. »

TRADITIONNELLEMENT, LES personnes qui vivaient sur une île n'aimaient pas les mouettes. C'était une race aviaire avide et sans manières, toujours prête à déféquer sur une voiture ou à voler une poignée de frites. C'était assez contradictoire d'en nourrir une, même si cet oiseau était un triste spécimen.

Flynn était installé sur le petit balcon qui entourait le sommet du phare. Ses jambes pendaient dans le vide alors qu'il jetait des morceaux de biscuit vers la mer. La pauvre mouette qu'il avait observée ces dernières semaines les choppait au vol.

Entre chaque lancer, elle venait se percher de manière instable sur le balcon, gonflait ses plumes blanches et lui hurlait dessus en montrant l'intérieur rose vif de son bec jusqu'à ce que Flynn lui lance un autre biscuit.

— Fin du paquet, l'oiseau, dit-il en faisant tomber le dernier biscuit dans sa main.

D'un coup de poignet, il le jeta comme un frisbee. La mouette se laissa tomber du balcon pour récupérer sa friandise. Pendant une seconde, elle tomba comme une pierre couverte de plumes, puis le vent lui permit d'ouvrir ses ailes et elle attrapa le biscuit alors qu'il avait à peine commencé sa chute.

Comme d'habitude, elle effectua un atterrissage bancal sur le métal et lui hurla dessus. Une de ses pattes était abîmée. Du tissu cicatriciel permettait à sa palme de tenir le choc. Elle avait tout aussi bien pu être victime d'une otarie chanceuse que d'un filet de pêche.

— Tu ne lâches rien, toi, dit-il en esquissant un sourire. Je devrais t'appeler Nate.

La mouette pencha vivement la tête et l'observa de son œil jaune et perçant. Flynn se redressa en entendant quelque chose grincer sous son genou, ce qui fit fuir la mouette. Elle ne revint pas.

Elle était peut-être plus maligne que Flynn. Elle menait une vie simple.

Il retourna dans sa chambre. La couette était froissée à l'endroit où il s'était effondré sur son lit la nuit dernière. Sa peau avait encore l'odeur de sexe et d'homme chic. Il résista à l'envie d'attraper un coussin pour voir si l'odeur avait imprégné le tissu.

Il ne regrettait pas ce qui s'était passé. Ce n'était pas souvent que Flynn se faisait monter par un si bel homme, alors il ne considérait pas avoir pris une mauvaise décision. Ce qui le tracassait, c'étaient les répercussions. Il avait fini par accepter qu'il ne se passerait jamais rien de sexuel entre eux, mais c'était arrivé. Maintenant, il s'inquiétait de savoir si ses autres hypothèses allaient devenir réalité…. Leur relation pouvait-elle devenir plus sérieuse ? Avait-il vraiment envie de cela ? Nate était séduisant et sûr de lui, mais Flynn n'arrivait pas à l'imaginer dans sa vie. À quoi ressemblerait-elle ? Y aurait-il des Converses dans sa cuisine, des cendriers dans sa chambre et des numéros de footballeurs dans son répertoire ? Max viendrait-il déjeuner chez eux ?

Non, se corrigea-t-il. Les employés du Granshire prenaient sûrement un « *brunch* ».

Ils seraient tous les deux coincés sur cette île et fréquenteraient les mêmes bars, les mêmes restaurants et les mêmes personnes jusqu'à ce qu'ils deviennent vieux.

Il s'étira et sentit un nœud sous son épaule, suivi d'un craquement. Enfin, jusqu'à ce qu'ils deviennent *plus* vieux.

Le café était prêt dans la cuisine et son arôme corsé embaumait l'air. Flynn s'en versa une tasse et ajouta du lait. La première gorgée lui brûla la langue et le fit grimacer. Il s'adossa au comptoir et en prit une autre.

Il devait arrêter de douter des intentions de Nate. Ce que suggéraient ses actions n'avait aucune importance. Il avait été parfaitement clair dans ses paroles : il ne voulait pas d'une relation sérieuse. Il ne voulait que d'un petit ami odieux.

Flynn n'était peut-être pas aussi détestable que les habitants de Ceremony voulaient bien le croire, mais toutes ses relations s'étaient mal terminées. Il ne devait pas être taillé pour ça. Et si Nate voulait à nouveau le monter, Flynn le laisserait faire. Après tout, ses anciens amants l'avaient considéré comme un enfoiré, mais cela ne les avait pas empêchés de coucher avec lui.

Ou de finir par l'entuber.

D'HABITUDE, FLYNN s'installait au bar lorsqu'il se rendait au Hairy Dog, mais comme il s'agissait d'un rendez-vous galant, il s'était installé à une table. Cela offrait une vue à 360 degrés aux curieux. Ce soir, son objectif avait été d'utiliser toutes ses mauvaises expériences en matière de relation de couple – il avait même griffonné une liste de ce que ses anciennes conquêtes lui avaient reproché, de son indisponibilité au fait qu'il se pense supérieur à eux de par son travail. Malheureusement, il était menacé par le fait que Nate se révèle être un pire rencard que lui ; il avait passé ces dix dernières minutes à regarder son téléphone. Il l'avait posé deux fois et l'avait récupéré dès qu'il avait sonné.

— As-tu vraiment du mal à rester célibataire ? demanda Flynn.

Nate ne détacha pas son regard de l'écran et grogna de manière distraite. Un instant plus tard, lorsque son cerveau termina d'analyser ce qu'il venait d'entendre, il leva les yeux. Son expression oscilla entre la confusion et l'agacement. La confusion l'emporta. Il mit son téléphone en mode silencieux et le retourna sur la table.

— Désolé.

Il se redressa contre sa chaise et prit sa pinte. La longue étendue de son corps détourna un instant l'attention de Flynn. La manière dont il aspira la mousse de sa bière, les doigts humidifiés par la condensation, n'arrangea pas les pensées obscènes qui occupaient son esprit. Nate essuya ses lèvres de son pouce et ajouta :

— Même si, à ma décharge, je n'ai jamais dit ça.

— Ah non ?

— On pourrait me faire entrer dans un couvent, dit-il gaiement.

Il posa son verre et leva une main pour énoncer ses arguments en les comptant.

— Je travaille trop. Les hommes prennent peur quand ils voient que je passe mon temps à imaginer des mariages. Je vis de manière excessivement malsaine. Je suis infidèle sur le plan émotionnel à cause de mon téléphone. Au final, tout le monde se porte mieux si je reste célibataire. Cette relation, dit-il en indiquant chacun d'eux tour à tour, sert simplement à prouver à mes amis et ma famille qu'il vaut mieux que je reste célibataire. Comme ça, ils arrêteront d'essayer de me caser avec tous les homosexuels qu'ils croisent.

L'agacement dans sa voix était étrangement charmant, comme si cela ne pouvait être charmant que dans sa bouche. Flynn but une gorgée de sa bière et leva les sourcils.

— Tu as du bagout, mais j'ai entendu dire que tu avais un beau tableau de chasse.

— Max a un beau tableau de chasse, le corrigea Nate avant de tapoter deux fois sa poitrine du doigt. Moi, je suis un monogame en série.

— Quelle est la différence ?

Il y eut un silence, puis Nate observa le fond de sa pinte. L'expression de son visage devint triste, un coin de sa bouche se relevant pour former un sourire empreint d'autodérision. Cela ne dissimula pas vraiment son regret.

— Max n'essaye jamais de transformer un coup d'un soir en une relation sérieuse.

Flynn grimaça. Il avait prévu de jouer les crétins, pas d'en être un. Ce n'était peut-être pas une blessure ni même une cicatrice, mais il avait visiblement touché un point sensible. Il avait pris la décision de ne pas s'impliquer plus sérieusement dans cette relation, mais sa résolution vacilla. Il avait envie de réconforter Nate en le voyant si vulnérable.

Heureusement, il avait toujours été mauvais pour ça.

— Tu sais ce qu'on dit. Mieux vaut avoir aimé et perdu que…

— Non, je ne pense pas, l'interrompit Nate.

Non. Il avait sûrement raison. Flynn prit une gorgée de sa bière. Il sentit le goût amer de la jalousie et une sensation pénible dans sa gorge, ainsi que le houblon. Il l'ignora. Il devait arrêter de se prendre la tête – que ce soit à propos de Nate ou de lui-même.

— Je dois aller aux toilettes, dit Nate, brisant le silence.

Il se glissa hors de son siège et se leva.

— Commande-moi une autre bière si Gennie nous apporte nos plats, d'accord ?

Flynn admira le corps de Nate lorsqu'il se leva et s'éloigna. Même pour boire un verre dans un pub, Nate portait un t-shirt en soie et un jean dont l'étiquette de la marque devait être cousue quelque part. Vu la manière dont le fessier de Nate était accentué, Flynn se demanda s'il devait cesser de penser que payer si cher pour un jean était une perte d'argent.

Il but une gorgée de sa bière. L'un des piliers du bar, un roux vêtu d'un survêtement brillant, vacilla jusqu'au juke-box et y inséra des pièces. Les meilleurs tubes des années 90 retentirent et Britney Spears demanda à quelqu'un de la frapper une nouvelle fois.

— Seigneur, marmonna Flynn.

Pendant que le rouquin se disputait avec ses amis au bar – apparemment, ils n'avaient rien d'autre à faire un mardi soir –, Gennie apparut avec deux assiettes. Elle approcha d'un pas raide et les posa brusquement sur la table.

— Voici.

Elle sortit de sa poche deux lots de couverts enroulés dans des serviettes et les plaqua sur la table. Sa bouche s'étira en un sourire vide et rouge vif. Elle avait du rouge à lèvres sur les dents. Elle baissa d'un ton afin que sa voix soit couverte par le refrain du juke-box.

— Puisses-tu t'étouffer.

Flynn cligna des yeux, surpris. Gennie n'avait jamais eu de problème avec lui par le passé. Il payait ses consommations et restait discret. Elle se fichait de ce qu'il faisait du reste de son temps. Du moins, jusqu'à aujourd'hui.

— Comment?

Gennie laissa échapper un rire incrédule.

— Ally Moffatt a été merveilleuse avec mon fils durant toute sa scolarité, lui a trouvé un stage et me demande encore de ses nouvelles lorsque je la croise dans la rue. C'est une femme bien, vraiment, et je n'aime pas te voir profiter de son fils.

— C'est un grand garçon.

— Il a suffisamment à faire en ce moment avec la maladie de sa mère. Il ne mérite pas que tu l'exploites pour obtenir un contrat avec les Saint John. Ce n'est pas bien, Flynn.

Elle souffla avec dédain, tourna les talons et repartit. Quelques-uns des habitués du bar hochèrent la tête pour montrer qu'ils étaient d'accord avec elle. Park était installé au fond du bar, le visage rougi par le whisky, et semblait satisfait des rumeurs qu'il était en train de faire circuler.

— Je pourrais avoir deux autres pintes de bière? cria-t-il à Gennie. Merci.

Apparemment, peu importe ce qu'elle ressentait à son égard, cela ne s'étendait pas à son argent. Elle servit deux pintes et les plaqua sur le bar – au moment même où Nate sortait des toilettes en essuyant soigneusement ses mains sur une serviette en papier. Flynn leva une main pour attirer son attention et indiqua les bières qui attendaient.

Nate tendit un billet de dix livres à Gennie, discuta une minute avec elle, puis apporta les bières à leur table.

— Apparemment, je mérite mieux que toi, dit Nate, déconcerté.

Il tendit une bière à Flynn, s'assit et fronça les sourcils en observant la pile de salade surmontée d'un crumble de fromage et d'amandes broyées.

— Qu'est-ce que c'est que ça?

— Tu m'as dit de te prendre ce qui me semblait bon.

Il déroula la serviette pour prendre son couteau et sa fourchette. Pour sa part, il avait commandé du chili & chips – la spécialité de Gennie. Une croûte de fromage frémissante était en train de fondre doucement dans la bouillie épicée. Elle recouvrait les macaronis qui se trouvaient à l'intérieur et imprégnait les frites.

— La salade me *semblait* bonne. En plus, ce n'était pas cher.

— Tu es censé être un mauvais petit ami, lui rappela Nate en saupoudrant une couche généreuse de sel sur son assiette.

La salade se mit immédiatement à flétrir sous l'assaut du sodium. Nate regarda les frites de Flynn avec envie.

— Tu devrais m'encourager à manger des onion rings et du poulet frit.

Flynn tourna son assiette afin que Nate soit obligé de se pencher de tout son long pour lui voler des frites.

— Jamais de la vie, dit-il en pointant Nate avec une frite. Apparemment, je sors avec toi pour profiter de tes relations, alors je dois te garder en vie et en bonne santé aussi longtemps que possible.

— Je suis déçu qu'on ne pense pas que tu sortes avec moi pour mon derrière.

Nate fit des manières en faisant rouler une tomate hors de sa salade pour la placer sur le rebord de son assiette. Apparemment, elle était destinée à regarder le reste de la salade se faire manger. Les dents de la fourchette tintèrent contre le grès alors que Nate découpait sa salade, puis ses yeux, cachés sous sa frange, se levèrent vers Flynn.

— Concernant ce qui s'est passé vendredi. C'était…

— C'était sympa, l'interrompit Flynn, préférant faire éclater cette bulle lui-même. Et nous étions sous l'effet de l'adrénaline. C'est à peu près ça, non?

Il mangea sa frite. Elle était encore à moitié congelée au milieu. Il grimaça et lança un regard noir à Gennie, qui était assidûment occupée à nettoyer les pintes derrière le bar. Quand il posa à nouveau son regard sur Nate, il aperçut la lueur d'une expression quitter son visage. C'était peut-être du désaccord, voire même du regret, mais Flynn avait décidé de ne plus se prendre la tête.

— Oui, je suppose. Même si ce n'était pas simplement dû à l'adrénaline.

— Comment ça ?

— La combinaison de plongée et l'odeur de musc apportée par toute cette virilité ont aussi eu leur petit effet.

Nate leva les yeux au ciel en voyant le regard que lui adressa Flynn et un sourire triste se dessina sur son visage.

— Je sais, je sais… J'aime les marins. Je suis un cliché vivant. N'enfonce pas le clou.

La tomate avait, semblait-il, assez souffert. Nate planta sa fourchette dedans et la porta à sa bouche. La gorge de Flynn se noua. Il ne savait pas si c'était à cause de la désinvolture avec laquelle Nate avait nié leur attirance mutuelle – même si Flynn l'avait fait en premier – ou de l'étiquette de « marin » qu'il lui avait collée, mais il dut faire passer la pilule en prenant une gorgée de bière.

— Tu sais, je n'ai pas toujours été sauveteur en mer. Je faisais partie de l'armée.

Cette déclaration était plutôt prosaïque, mais c'était seulement la deuxième fois que Flynn partageait cette information avec un habitant de l'île. Le premier à l'apprendre avait été son père et il n'avait pas été impressionné. Aucune autre personne à Ceremony ne se souciait assez de lui pour l'interroger sur sa vie. Ils préféraient inventer leurs propres histoires et Flynn se fichait de savoir ce qu'ils pensaient connaître de lui.

Par contre, il semblait se soucier de ce que *Nate* pensait de lui – ou bien le fait de le regarder s'étouffer avec une tomate sous le coup de la surprise était étrangement plaisant.

— Putain de merde, jura Nate.

Il toussa et cligna des yeux pour chasser ses larmes. Il but une gorgée de bière et plissa les yeux en regardant Flynn, dubitatif.

— Tu te moques de moi ?

Flynn plongea une frite dans le fromage.

— Non.

C'était lui qui avait abordé le sujet, mais il le regrettait déjà. Il se prépara au flux de questions auxquelles il n'aimait pas répondre, même dans son propre esprit : pourquoi avait-il quitté l'armée ? Est-ce que ça lui manquait ? Est-ce que…

— As-tu toujours ta tenue ?

Il ne s'était pas attendu à cette question. Flynn croqua dans une frite et regarda Nate avec curiosité.

— L'uniforme? Non. Je ne voyais pas l'intérêt de le trimballer partout avec moi.

— Dommage.

Nate prit deux grandes gorgées de sa bière et reposa sa pinte. Il leva les sourcils en regardant Flynn. Contrairement à ses cheveux, ils étaient bruns, sans une once de gris.

— Ça te dirait qu'on aille s'amuser un peu?

Ce fut au tour de Flynn de s'étouffer lorsqu'une frite se coinça dans sa gorge.

— Quoi?

— Ça t'apprendra, répliqua Nate en lui adressant un sourire en coin.

— Alors, tu plaisantais?

— Non. Je le pensais vraiment.

Nate posa sa pinte et se mit debout. Sa veste était suspendue sur le dossier de sa chaise; il la récupéra pour l'enfiler.

— Mais ça t'apprendra quand même. Alors, veux-tu profiter de moi ou non?

Le chili n'était plus le plat le plus appétissant au menu. Flynn but sa bière d'une traite et se leva à son tour. Il s'approcha de Nate et glissa une main sur sa nuque.

— Dans ce cas, je te laisse payer l'addition, gronda-t-il contre cette peau chaude.

Ses lèvres effleurèrent la peau de Nate. Il sentit le goût de l'alcool et du parfum contre sa langue, puis les muscles de Nate se contractèrent lorsqu'il déglutit.

— Comme ça, je peux profiter doublement de toi.

XI

« Tout le monde sait que le problème, c'est qu'il est amoureux de son ami. Il a simplement besoin de l'oublier. »

GENNIE EXPRIMA sa désapprobation lorsque Nate vint payer l'addition. Elle demanda aussi des nouvelles d'Ally et promit de l'appeler. Il n'en parlerait pas à sa mère. D'après son expérience, la plupart des gens pensaient que promettre de rendre visite à quelqu'un revenait au même que d'y aller. En temps normal, une brève discussion au sujet de sa mère aurait tué sa libido. Mais… Flynn Delaney avait été soldat. Flynn Delaney et les soldats avaient été deux de ses fantasmes les plus tenaces durant son adolescence – et il avait continué à fantasmer sur les soldats jusqu'à l'aube de ses trente ans. Il avait un faible pour les hommes en uniforme, qui étaient bourrus et portaient des jeans délavés. Nate rangea sa monnaie dans sa poche, sortit par la porte déjà ouverte et se retrouva sous un crachin.

En plus, rien de tout cela n'était réel. Cette relation avait une date de péremption, alors il n'avait aucune raison de s'inquiéter par rapport à… eh bien, par rapport à toutes les choses qui le préoccupaient généralement durant ses rendez-vous galants.

Ses amis n'aimaient pas Flynn, mais cela n'avait aucune importance puisqu'ils ne seraient plus ensemble dans un mois. Si Flynn ne répondait pas à un message, ce n'était pas parce que Nate en faisant trop ou pas assez. C'était seulement parce que cette relation n'était pas réelle. Si Nate ne gardait pas un équilibre entre l'homme sexy, élégant et facile à vivre et l'homme névrosé, en contrôle et toujours en avance à ses rendez-vous, cela n'avait pas d'importance puisqu'il ne cherchait pas à convaincre Flynn d'accepter un troisième rendez-vous.

Encore mieux : Nate ne perdait plus son temps – qui devenait précieux au fil des années – à se demander si l'homme avec lequel il sortait allait devenir son partenaire sur le long terme. Parce que ce n'était pas son objectif.

Il s'arrêta pour admirer Flynn, qui était adossé contre la portière abîmée de sa jeep, les bras croisés et le regard sombre. Cet homme était une source d'ennuis haute d'un mètre quatre-vingt-cinq. Sa bouche devint sèche. La nuit dernière, il avait tenté de faire des pompes, mais en dehors de cela, son arrangement avec Flynn se passait comme sur des roulettes.

— Tu ne me coûtes pas cher, dit Nate en rappelant à ses pieds d'avancer. J'ai même eu droit à de la monnaie.

Cela fit sourire Flynn. Le crachin avait mouillé ses cheveux bruns et lorsque Nate approcha, il remarqua les gouttes de pluie qui brillaient sur sa barbe.

— Ce n'étaient que les frais de réservation.

Il passa ses doigts dans la ceinture du pantalon de Nate et le fit avancer de deux pas – suffisamment près pour s'embrasser. Des frissons descendirent le long de la nuque de Nate. C'était une chose d'embrasser un homme au Tax Shelter, où la pire chose qui pouvait arriver était qu'une vieille dame riche se mette à caqueter sa désapprobation et qu'on publie une remarque sur votre comportement à la manière des commères de l'île : en faisant une remarque désobligeante à votre mère. C'était un peu plus risqué à l'extérieur du Hairy Dog, où l'on consommait plus d'alcool et où les clients étaient rancuniers.

Cela n'empêcha pas Nate de se pencher pour l'embrasser. Il glissa ses bras autour de de la taille de Flynn pour lui empoigner les fesses – ses muscles fermes se contractèrent sous ses doigts – et mordilla sa lèvre inférieure avec satisfaction. Flynn enfouit sa main libre dans les cheveux de Nate, enroula ses doigts dans ses boucles et plongea sa langue dans sa bouche.

Lorsque Flynn poussa brusquement sa langue entre les lèvres de Nate, il ressentit un éclair de désir le long de sa colonne vertébrale qui lui fit serrer les fesses. Il grogna. Le son se bloqua dans sa gorge lorsqu'il se pressa contre ce corps long et musclé. Son esprit ne se priva pas de lui rappeler, en haute définition, ce qui se cachait sous la veste en cuir et le t-shirt de Flynn – une peau basanée, des poils bien taillés descendant de son nombril à son sexe et des muscles qui semblaient avoir été façonnés dans du métal.

C'était le genre de corps qui vantait les mérites des pompes, du moins jusqu'à ce que vous vous retrouviez au milieu d'une série… d'une seule pompe.

Une voiture les interrompit en passant près d'eux en feux de route. Le conducteur klaxonna, émettant un joyeux bruit de ferraille. Il semblait vouloir dire « *heureux de vous voir ici* » plutôt que « *je vais revenir vous mettre une raclée, enfoirés* ». Nate s'écarta quand même. Il se lécha les lèvres et sa langue s'attarda à l'endroit où sa peau avait été irritée par la barbe de Flynn.

— Tu as le goût du chili.

La main de Flynn était toujours enfouie dans ses cheveux. Il utilisa sa prise pour pencher la tête de Nate en arrière et faire ressortir les muscles de son cou.

— Les mauvais garçons n'utilisent pas de pastilles à la menthe, gronda Flynn en exagérant l'éraillement habituel de sa voix.

— Ils devraient y songer.

Nate prit le visage de Flynn dans sa paume et sentit le frottement de sa barbe. Il passa son pouce sur la ligne de ses lèvres.

— Nous devrions quitter cette rue.

Flynn mordit son pouce, d'une morsure vive et brusque. L'une de ses incisives était ébréchée. Nate sentit son côté tranchant contre la chair de son pouce. Cette sensation lui donna des frissons et son esprit s'empressa d'imaginer ce que cela pourrait provoquer sur d'autres parties de son corps.

Honnêtement, Nate n'était pas vraiment sûr de vouloir le découvrir, mais à cet instant, son sexe insistait sur le fait qu'il y prendrait du plaisir.

Il était tellement distrait qu'il faillit ne pas entendre la question de Flynn.

— Chez toi ?

Seigneur, non. Nate voulait que sa mère découvre qu'il sortait avec un homme qui se trouvait du côté obscur de la force, mais il ne voulait pas que ça se passe comme la fois où elle avait découvert qu'il était gay. Il y avait des limites à l'humiliation. Nate avait atteint sa limite en *une seule* fois, lorsque sa mère l'avait interrompu alors qu'il se trouvait avec son petit ami en leur apportant le thé et une assiette de préservatifs à la place des biscuits.

Le phare paraissait… trop intime. Nate connaissait peut-être le goût du sperme de Flynn sur ses doigts, mais il n'avait jamais vu sa chambre. De plus, le phare était au cœur de la promesse que Nate avait faite à Flynn de le laisser tranquille une fois que cette mascarade serait terminée. Cet endroit semblait interdit.

Il se creusa les méninges, puis se rendit compte que la solution était évidente. S'il devait revivre son adolescence en profitant des joies du sexe – dont il n'avait fait que rêver à l'époque –, autant le faire jusqu'au bout.

— J'ai une idée, dit-il en esquissant un sourire espiègle. Allons au château.

Flynn leva les yeux au ciel.

— Tu plaisantes ?

En temps normal, cela aurait été une plaisanterie. Ou bien, si cela n'en avait pas été une, il aurait prétendu ne faire que plaisanter. Il haussa les épaules et son sourire disparut sur ses lèvres rougies par la barbe de Flynn.

— Allez. Ce n'est pas comme si tu n'avais jamais emmené quelqu'un là-haut.

Flynn laissa échapper un rire incrédule et passa une main sur son visage.

— Renseigne-toi. Tu découvriras que j'ai déçu beaucoup de filles en montant là-haut quand j'étais adolescent.

Nate se demanda comment il n'avait pas entendu parler de cela. Puis il se souvint qu'à l'époque où Flynn avait fait semblant d'être attiré par les filles, lui avait prétendu que son vélo était KITT. C'était bizarre. Nate ne comprenait pas comment Max faisait pour enchaîner les hommes qui n'étaient même pas nés lorsque *K 2000* avait été diffusé, mais qui l'avaient été lors de la sortie de son mauvais reboot.

Dans son esprit, il entendit la réponse suggestive de Max. « *Nous ne prenons pas vraiment le temps de discuter* ». Nate était peut-être injuste, mais après des dizaines d'années d'amitié, l'image qu'il se faisait de Max était plutôt conforme à la réalité. Par contre, il n'avait pas à s'en mêler, tout comme Max n'avait pas à se mêler de son histoire avec Flynn.

— Alors pourquoi ne pas y aller avec une personne que tu ne décevras pas ? demanda Nate, puis il jeta un œil au ciel et grimaça en recevant des gouttes de pluie. Au moins, nous serons au sec.

Après une fraction de seconde, Flynn poussa un grognement de frustration et l'attira de nouveau contre lui pour un baiser rapide et brutal.

— Comment arrives-tu à me convaincre de faire des choses alors que je sais que ce ne sont pas de bonnes idées ? grommela Flynn entre leurs lèvres humides.

— Oh, je connais la réponse, dit-il en tapotant la joue de Flynn. C'est parce que tu veux coucher avec moi.

Il s'écarta de lui, en ignorant le grognement de Flynn, et fit le tour de la voiture par devant pour rejoindre le siège passager. Son pantalon trempé crissa sur le faux cuir lorsqu'il s'installa sur son siège et tira sa ceinture. Il jeta un œil par la vitre côté conducteur et vit Flynn secouer la tête avant de monter dans la jeep.

— Si le père Bly ramène ses vieilles fesses pleines d'arthrite pour nous chasser, je te laisserai lui faire du bouche-à-bouche quand il fera une crise cardiaque, grommela Flynn.

Cela fit rire Nate. À l'époque où ils fréquentaient encore le lycée, le père Bly n'avait pas souffert d'arthrite et avait causé le trouble. Ses sermons violents sur les dangers du sexe avant le mariage, prononcés près des voitures dans lesquelles se trouvaient des adolescents en émoi, étaient légendaires.

— Faisait-il vraiment ce que l'on raconte ?

— Il m'a surpris deux fois, dit Flynn en démarrant et en passant une vitesse.

Le grondement de la voiture couvrit les bavardages provenant du pub.

— Je ne sais pas qui était le plus soulagé : moi, ma petite amie ou Bly, étant donné que je m'étais confessé à lui la semaine précédente. Je parie qu'il a cru que ses quinze «*Je vous salue Marie*» m'avaient rendu hétérosexuel.

— Combien de temps cela a-t-il duré ?

Le coin de la bouche de Nate se releva dans un sourire lent et lubrique.

— Pas longtemps.

Nate haussa les épaules alors qu'ils quittaient le trottoir. Ses bourses lui faisaient mal sous les couches de soie et de jean. Son téléphone vibra silencieusement dans sa poche. Il ne savait pas ce qu'il avait le plus envie de toucher.

Enfin si, il le savait ; c'étaient ses bourses. Cependant, son téléphone était distrayant.

— Au moins, ça me donnait matière à discuter les dimanches, remarqua Flynn.

La rugosité de sa voix, comme de la soie sauvage sur sa peau, fit frissonner Nate. Il se détendit sur son siège et regarda défiler le paysage sombre et humide à travers la vitre. Ses nerfs crépitèrent sous sa peau et son cœur battit la chamade. Il tendit le bras par-dessus le frein à main et caressa la cuisse de Flynn. L'estomac de Nate se noua d'impatience en voyant la manière dont le muscle se contracta sous ses doigts et en entendant le son grave qui s'échappa de la gorge de Flynn.

Parfois, il avait l'impression de tomber amoureux en sortant avec Flynn, sans avoir la pression de vraiment le faire.

Soit ça, soit il était en train de faire une crise cardiaque.

Si vous demandiez aux nouveaux venus sur l'île où se situait le château, la plupart d'entre eux vous indiqueraient le Granshire. L'hôtel avait des tourelles et une grande salle de bal. Il accueillait même un fantôme, si l'on en croyait les rumeurs.

Ce que n'avait pas le vrai château. Il n'avait même pas de toit. Un banquier avait acheté le terrain pour construire une résidence secondaire, mais en plein milieu du chantier, il n'avait plus eu l'envie ou les moyens de le terminer. La plupart des murs extérieurs étaient construits, ainsi qu'une cuisine aménagée dont il ne restait que les restes usés par le temps, mais l'intérieur n'était que plaques de plâtre humides et sols à moitié carrelés. Pour un enfant de cinq ans, c'était un terrain de jeu et les toilettes noires qu'ils avaient laissées au milieu du salon constituaient un magnifique trône. Pour un adolescent de quinze ans, la grande allée à moitié goudronnée et à moitié recouverte de graviers était l'endroit idéal pour obtenir un peu d'intimité – que ce soit pour coucher ou pour vendre de la drogue ou des bouteilles d'alcool.

Du moins, il l'avait été. Ce soir, l'endroit était désert, l'étendue de goudron ne portant aucune trace de pneus. C'était peut-être à cause de la période de l'année ou bien du mauvais temps. Ou peut-être que désormais, les jeunes achetaient leur drogue sur Internet et se la faisaient livrer directement chez eux.

Nate n'en avait pas grand-chose à faire. Il était penché par-dessus le frein à main et la barre s'enfonçait dans sa hanche pendant qu'il embrassait Flynn. C'était brûlant, brutal et plutôt amusant puisque, d'un côté, Flynn jurait contre sa bouche à cause de son volant qui l'empêchait de se mouvoir et, de l'autre, Nate n'arrivait pas à se libérer de sa ceinture.

— Ne pourrions-nous pas abandonner cette idée et trouver un lit ? grommela Flynn en promenant sa main de l'épaule de Nate jusqu'à sa hanche. Ou au moins trouver quelque chose avec de meilleurs ressorts.

Malgré ses plaintes, il accrocha ses doigts à la ceinture du pantalon de Nate et l'attira vers lui.

Maintenant que Nate sentait la salive de Flynn dans son cou et son souffle dans sa bouche, son hésitation à se rendre au phare semblait ridicule. Ce n'était pas comme si la décision de laisser Flynn tranquille allait pouvoir être absolue. Ils vivaient sur une petite île.

D'un autre côté…

— Veux-tu vraiment arrêter? demanda-t-il en posant sa main sur l'érection de Flynn à travers son jean.

La braguette se fit rêche contre ses doigts lorsqu'il resserra sa prise sur l'érection de Flynn, qui jura et ondula contre sa main. Ses cuisses cognèrent contre le volant et il laissa échapper un autre juron à travers ses dents serrées.

— Je n'arrive pas à croire que tu aies réussi à me convaincre de venir ici.

Flynn tendit un bras entre son siège et sa portière, puis il tira sur la manette pour l'allonger. Ses jambes s'étendirent et les muscles de son corps bougèrent sous Nate.

Nate lécha la courbe des lèvres de Flynn.

— Ça ne m'a pas demandé beaucoup d'efforts, fit-il remarquer.

Il promena ses lèvres le long de la mâchoire de Flynn, puis descendit le long de son cou. Un suçon ne se verrait pas sous la barbe qui lui chatouillait les lèvres, mais Nate le marqua quand même. Il voulait voir s'il aimait cela.

Compte-tenu du grognement que Nate sentit et entendit, Flynn aimait beaucoup cela. Alors il fut surpris lorsqu'il le repoussa. Il s'étendit de son côté de la voiture, le bras calé contre la vitre. Avant qu'il n'ait une chance de reprendre son souffle et de se plaindre, Flynn rampa vers lui.

Il attrapa les genoux de Nate avec ses mains bronzées et marquées, puis il repositionna ses jambes en en plaçant une par-dessus son épaule. La gêne de ne plus avoir le contrôle, de ne plus décider de l'ordre des événements l'agita, tout comme voir Flynn déboutonner son pantalon et ouvrir sa braguette avec impatience. L'air de la nuit était froid contre ses bourses et les fit remonter contre son corps. Et soudain, la bouche de Flynn était sur lui.

— Putain de merde, grogna Nate.

Il laissa retomber sa tête contre la vitre dans un doux craquement. Il sentait l'humidité de la bouche de Flynn autour de son sexe et la pression de sa langue qui traçait la longueur de son membre, puis venait taquiner son gland. Il sentait l'étroitesse de sa bouche alors que son érection grandissait et devenait douloureuse sous la langue experte de Flynn.

— C'est... tellement... bon.

Il glissa ses doigts à travers les boucles brunes de Flynn alors que ce dernier enroulait sa langue autour de son membre.

Le plaisir tournoyait à l'intérieur du sexe et des bourses de Nate, était décuplé par des doigts aussi doux que du satin et le faisait trembler d'impatience. Nate cala sa basket contre le dos de Flynn et sentit son derrière en sueur coller contre le faux cuir. Cette expérience était à la fois extrêmement sensuelle, mais aussi ridicule.

Enfin, peut-être que le mot « amusant » était plus approprié – amusant dans le sens où c'était « *collant, moite et totalement inapproprié pour des hommes de leur âge* ».

Nate se mordit l'intérieur de la joue. Le pincement de ses dents contre sa peau sensible lui permit de contenir l'orgasme qu'il attendait... mais pas tout de suite. Il resserra ses doigts dans les cheveux de Flynn et sentit la raideur amenée par le sel à leur racine.

Ils étaient garés en haut des collines, sans personne aux alentours, sauf si le père Bly était en train de monter la route en jurant. C'était calme. Cela rendait les bruits de succion opérée par la bouche de Flynn autour de son membre plus forts et obscènes.

Flynn tira le pantalon de Nate plus bas et glissa une main entre ses jambes. Il malaxa ses bourses lourdes et resserra brutalement ses doigts autour d'elles pour se venger de ce qu'avait fait Nate un peu plus tôt. Cela provoqua un geignement chez lui. Il y avait tellement de vulnérabilité dans ce son qu'il tressaillit et ses bourses se crispèrent de plaisir.

— Bordel, Flynn, dit-il sur un ton rauque.

Son derrière se contracta, un léger chatouillis se fit sentir à la base de son sexe et son contrôle lui échappa.

— Je vais jouir.

Certains hommes n'aimaient pas cela. Apparemment, ce n'était pas le cas de Flynn. Il émit un son satisfait en continuant de le sucer et ce son vibra jusqu'à la base de son sexe alors que Flynn lui faisait une gorge profonde. La douce pression de la langue de Flynn contre sa veine lui arracha sa semence. Il s'agrippa au siège, enfonça ses doigts si profondément qu'il dut laisser des marques et pénétra dans la bouche de Flynn en jouissant.

Flynn avala et laissa ce sexe humide et glissant quitter sa bouche. Il rampa sur Nate et l'embrassa avec force. Cette langue lui fit goûter à la saveur salée de sa propre semence.

Flynn prit le visage de Nate dans sa paume et caressa sa lèvre inférieure du pouce.

— Tu sais quoi ? demanda-t-il.

— Quoi ?

Les yeux de Flynn étaient pâles au clair de lune et une lueur malicieuse étincela dans son regard lorsqu'il sourit.

— C'est à ton tour.

— Sérieusement? plaisanta Nate. Parce que j'ai payé le dîner et…

Le gros fracas qui les interrompit les fit sursauter et retourner aussitôt à leur place. Nate peina à attraper son sexe pour le ranger dans son pantalon. Il n'afficha pas la culpabilité chrétienne immédiate qui marqua le visage de Flynn, mais personne ne voulait se faire gronder par un prêtre en colère alors que son appareil génital était en train de sécher à l'air libre. Ce n'était pas comme s'il pouvait fuir – il ne sentait plus sa jambe au-delà de son genou.

Sauf que personne ne se trouvait à la portière et qu'aucun visage mécontent ne les observait à travers les gouttes de pluie. Nate termina tout de même de refermer sa braguette. Juste au cas où.

— Qu'est-ce que c'était? gronda Flynn.

Il remua et tendit une main entre ses jambes pour tirer sur son jean.

— Peut-être qu'il est mort en chemin et que son fantôme est en rogne, suggéra Nate.

Ils durent attendre que le bruit se répète pour comprendre. Le téléphone. Nate ricana lorsque Flynn tâtonna pour attraper son téléphone sur le tableau de bord – après tout, son cas avait été traité. Il le récupéra et jura en jetant un œil sur son écran.

— Merde, je dois répondre, marmonna-t-il.

— Sérieusement?

— C'est le centre de secours. Je ne peux pas ignorer leur appel.

— Donc je ne vais pas pouvoir te sucer? demanda Nate en levant les sourcils.

Pendant un instant, Flynn sembla partagé. Il laissa échapper un souffle à la limite du grognement et répondit à l'appel.

— Delaney, dit-il.

Il marqua une pause et écouta. Nate pouvait presque entendre la voix à l'autre bout du fil. Il comprit quelques mots comme «urgence» et «pauvres idiots», mais pas la raison de l'appel. Un instant plus tard, Flynn parla à nouveau.

— Je ne suis pas en service, ce soir. J'ai bu de la bière. Pourquoi ne…

Peu importe ce qui était en train de se dire de l'autre côté de la ligne, cela lui fit serrer la mâchoire et sa bouche se crispa sous l'agacement.

— Bien, je vais répondre à l'appel, mais ce n'est pas de bon cœur, dit Flynn avant de raccrocher et de lancer son téléphone à Nate. Une enfant est tombée dans un trou à l'ancienne ferme des Deacon. Je dois y aller

101

en renfort. Tu vas devoir m'accompagner. Tu n'auras qu'à rester dans la voiture.

Nate fixa l'entrejambe de Flynn. La braguette de son jean avait du mal à contenir son érection.

— Tu vas te servir de ta perche pour la secourir ?

Flynn passa la marche arrière et appuya sur l'accélérateur. Ses roues firent voler les graviers alors qu'il reculait à toute vitesse dans l'allée. Il passa un bras derrière le siège de Nate pour regarder derrière lui et dirigea la voiture de l'autre.

— Je vais faire mon travail, grogna Flynn.

Il braqua la voiture en atteignant le bout de l'allée et appuya sur l'accélérateur.

— Et ensuite, c'est toi que je vais me faire, termina-t-il.

Ces mots firent taire Nate. Sa peau le picota lorsqu'il imagina ce que cette promesse bougonne lui réservait. Par contre, il commençait à douter de sa capacité à convaincre qui que ce soit d'autre que Teddy et Max que Flynn était un petit ami exécrable. Sa mère ne croirait pas les rumeurs si elle apprenait que Flynn passait ses week-ends à secourir des enfants.

Alors qu'il remuait ses doigts de pieds engourdis, il se demanda s'il ne devait pas mettre un terme à toute cette histoire de faux couple. Cette idée commença à le tarauder, ses doutes prenant racine dans son esprit. Après un court instant de malaise, il l'écarta.

Personne n'aimait les lâches. Il allait simplement devoir… réviser le déroulement de son plan. Il n'y avait aucune raison de l'abroger, pas sans lui donner une chance de fonctionner. C'était la démarche logique à suivre.

Sans compter qu'il ne voulait pas mettre un terme à cette relation. Pas encore.

XII

« Je ne peux pas te révéler mes sources, mais je sais de source sûre qu'il avait une femme et un enfant à Bristol. Il les a abandonnés. Maintenant, ils sont en plein procès. Ne sois pas étonné de voir bientôt une pancarte "À vendre" placardée sur le phare. »

LE DERNIER propriétaire en date de l'ancienne ferme des Deacon était un homme grand et mince avec des cheveux bruns dégarnis et une poule. La poule ébouriffée était coincée sous son bras et ses yeux étaient étincelants de ressentiment.

Derrière lui, à l'intérieur de la maison, Flynn vit la silhouette d'une femme qui regardait dehors par la fenêtre, puis elle referma brusquement le rideau. Il sentit que quelque chose ne tournait pas rond.

Quand des enfants étaient en danger, il arrivait parfois qu'un seul des parents soit capable de parler. Par contre, l'autre parent était généralement *présent*, même si son esprit était ailleurs. Elle n'était peut-être que la belle-mère de l'enfant ou bien elle veillait sur les autres enfants qui se trouvaient à l'intérieur. Ou bien la situation était bien pire qu'il ne l'avait imaginée. Cela n'arrivait pas souvent – encore moins à Ceremony que lorsqu'il avait travaillé sur le continent –, mais il se rappelait très bien les fois où ça s'était produit.

— Je ne sais pas comment elle est sortie, dit l'homme en serrant sa poule comme si elle lui apportait du réconfort. Nous avons verrouillé la porte. Nous la verrouillons toujours.

Flynn jeta un œil vers Mac, qui était déjà sur place lorsqu'il avait débarqué dans un ballet de boue et d'eau de pluie. Son collègue ne semblait pas troublé. Mac n'était pas secouriste depuis assez longtemps pour s'apercevoir que quelque chose n'allait pas ; il était trop déterminé à bien faire son travail.

— Je suis sûr que vous n'auriez pas pu l'empêcher, dit Mac, utilisant une phrase toute faite avant de remonter son sac sur son épaule. Pourriez-vous nous amener à elle, M. Harris ? Vous rappelez-vous à quel endroit s'est déroulé l'incident ?

— Oui, bien entendu. Donnez-moi juste une seconde pour remettre Hennibal dans son enclos. Elle est sortie en même temps que l'autre.

Il se retourna et marcha à grands pas sous la pluie pour rejoindre une petite grange bleu sarcelle. Ils le regardèrent pousser la poule à l'intérieur, lui bloquer le passage avec son pied et lui claquer la porte au bec.

Mac comprit enfin que c'était bizarre. Il porta un regard long et inquiet vers Flynn.

— L'enfant était dans la grange? marmonna-t-il du coin des lèvres. Devrions-nous appeler quelqu'un pour…

— Pas maintenant. D'abord, faisons notre travail. Ensuite, nous pourrons rapporter ce dont nous avons été témoins.

— Tu es sûr? insista-t-il, les sourcils froncés.

La pluie coulait le long de son nez, se frayait un chemin entre ses boutons d'acné et finissait par tomber.

— C'est…

Il allait falloir attendre pour savoir ce que Mac en pensait, car M. Harris revint vers eux. Ses bottes Hunter étaient couvertes de boue et de vase, si bien qu'on aurait dit qu'il était installé sur des échasses.

— Bien, je suis prêt.

— N'allez-vous pas prévenir votre compagne que vous partez? demanda Flynn.

Sa réponse fut un regard vide.

— Non, pas la peine.

Harris alluma sa lampe torche et un faisceau de lumière perça l'obscurité. Il se dirigea vers les broussailles. Mac tapota sa ceinture et paniqua en ne trouvant pas ce qu'il cherchait.

— Suis-le. Je vais aller chercher la mienne.

Flynn courut doucement jusqu'à la jeep. Nate se tenait près d'elle avec une carte routière au-dessus de la tête, qu'il utilisait comme protection contre la pluie. Sa cigarette projetait une lueur rouge et des ombres sur son visage. Cette vision de lui – avec les vêtements froissés, les cheveux ébouriffés, et même cette fichue cigarette – éveilla une douleur dans les bourses de Flynn. Quelque part, le père Bly devait se sentir satisfait sans trop savoir pourquoi.

— Est-ce que tout va bien? demanda Nate.

Flynn s'approcha de Nate et lui prit sa cigarette des mains. Il la fit tomber au sol et l'écrasa sous sa botte. Nate leva les yeux au ciel, mais ne se plaignit pas.

— Je n'en sais encore rien.

Flynn ouvrit le coffre, récupéra sa lampe torche et l'alluma. Il la rechargeait toujours après s'en être servi, mais il valait mieux vérifier si la batterie s'était vidée ici plutôt que dans les hautes herbes. L'éblouissement provoqué par 1000 lumens surprit Nate, qui fit descendre sa carte pour s'en servir comme d'un bouclier trempé pour protéger ses yeux.

— Reste dans la jeep.

Si la situation dégénérait, il ne voulait pas tout mélanger. Nate ne perçut pas cela de cette manière et lui adressa un regard blasé.

— Est-ce que j'ai l'air d'un homme qui aime crapahuter dans le noir ? dit-il, puis son expression se radoucit. J'espère que l'enfant se porte bien et, euh… sois prudent.

Flynn referma le coffre de la jeep.

— Serais-tu inquiet ?

Il aperçut le sourire en coin de Nate lorsqu'il cessa de l'éclairer avec la lampe.

— Je n'ai pas envie de devoir trouver un autre mauvais garçon.

Flynn renifla et s'éloigna en courant doucement. La lumière éclairait le chemin qu'il empruntait au rythme de ses pas. Il dirigea brièvement son faisceau lumineux vers le cottage, mais les grands rideaux étaient toujours tirés.

Il passa par-dessus la clôture. Il atterrit de l'autre côté dans de la boue, qui aspirait ses bottes à chacun de ses pas. Son faisceau lumineux éclairait déjà les talons de Mac lorsqu'il s'aventura à travers les herbes hautes et broussailleuses.

Flynn fit de plus grands pas et arriva à sa hauteur. Son instinct lui souffla de tendre la lampe torche à Mac, mais le jeune homme était le secouriste en charge. Flynn n'était là que pour lui apporter un soutien moral et ses conseils.

— Ça ne lui ressemble pas, dit Harris par-dessus son épaule.

Il trébucha sur une touffe d'herbes. Ses longues jambes lui donnaient un air comique, mais il retrouva son équilibre.

— Nous l'avons accueillie chez nous juste après sa naissance et elle ne nous a jamais posé de problèmes. Par contre, il ne faut pas faire confiance à la chienne. L'autre jour, elle a trouvé un… truc… mort et l'a ramené à la maison.

Flynn fit grise mine en l'entendant se rattraper de manière peu subtile. Il avait sûrement voulu parler d'un agneau. Il déciderait plus tard s'il allait en toucher un mot aux fermiers du coin. Un chien qui menaçait les agneaux provoquerait des problèmes et ne survivrait pas longtemps ici.

— Elle avait peut-être simplement envie de partir à l'aventure. Vous savez comment sont les enfants. Ils adorent enfreindre les règles.

— Et manger, ajouta Harris. C'est sûrement la raison pour laquelle elle a filé. Elle voulait trouver de la nourriture.

Mac adressa un regard désespéré à Flynn. On pouvait voir le blanc de ses yeux autour de ses iris lorsqu'il articula silencieusement : « *C'est quoi ce bordel ?* ». Flynn haussa les épaules et continua sa marche. Il entendit la fin d'un braillement, atténué par la distance et l'obscurité.

— Quel est le nom de votre fille, M. Harris ?

La foulée de l'homme vacilla lorsqu'il jeta un œil par-dessus son épaule. La lampe torche éclaira suffisamment son visage pour que Flynn y décèle de la confusion.

— Oh, euh... Bilbo. Excusez-moi. Je vous ai mal entendu. Nous sommes presque arrivés. J'espère qu'elle va bien.

Bilbo Harris.

Quand ils atteignirent le rebord glissant du gouffre et que Flynn pointa son faisceau lumineux vers le bas, il savait déjà ce qu'il allait voir. La lumière se reflétait dans des pupilles longues et horizontales.

— Bilbo est une chèvre, M. Harris ? demanda Flynn alors que Mac restait bouche bée.

Harris était à nouveau troublé, comme s'il se demandait ce que Flynn essayait de lui dire. Il s'agenouilla près du gouffre et adressa des paroles rassurantes à l'animal piégé.

— C'est une chèvre angora récompensée. Du moins, elle le sera quand elle grandira.

La chèvre, qui avait la taille d'un chien et le pelage écrémé, braïlla plaintivement. Elle était allongée contre la pente du gouffre et ses sabots étaient calés de l'autre côté. Mac tourna le dos au trou et s'éloigna. Il avait les mains plaquées sur sa bouche, soit pour se retenir de rire, soit pour retenir une avalanche de jurons.

— Quand elle grandira, répéta Flynn.

Il frotta son pouce entre ses sourcils pour essayer d'empêcher un mal de crâne.

— Parce que pour le moment, ce n'est qu'une petite, n'est-ce pas ?

Harris semblait douter du niveau intellectuel de Flynn.

— Oui. Elle a quatre mois. Sa race n'atteint pas la maturité avant...

106

Il cessa de parler lorsque son cerveau comprit enfin le sens de ces mots et réalisa ce qui s'était passé. Sa bouche forma un «oh» atterré et il leva le faisceau tremblant de sa lampe torche vers le visage de Flynn.

— Je me suis... demandé... pourquoi vous étiez venus si vite. Enfin, pour une chèvre.

Flynn serait *venu* encore plus vite si on ne l'avait pas traîné à la poursuite d'une *chèvre*. Il se passa une main sur le visage.

— Je suis *tellement* désolé, dit Harris.

En l'écoutant s'excuser, on pouvait entendre une note d'angoisse dans sa voix, comme s'il se demandait quelles allaient être les répercussions de son erreur. Son regard oscilla entre Flynn et le dos de Mac, puis se fixa sur Flynn.

— Je ne... quand je parlais de la «petite», je n'avais pas réalisé qu'ils pensaient que je parlais d'une *enfant*.

Mac se retourna et le fusilla du regard. Son visage était tout rouge – encore plus rouge au niveau des boutons d'acné – et il pointa un doigt vers Harris.

— Savez-vous quel est le montant de l'amende lorsqu'on fait perdre son temps au centre de secours? demanda-t-il amèrement.

Flynn aurait bien voulu attendre de voir si l'un d'eux connaissait la réponse parce que lui ne la connaissait pas. Cependant, comme il avait mieux à faire ce soir, il les interrompit:

— Mac, tu devrais appeler le centre de secours et les prévenir que ce n'était qu'un malentendu, dit-il avant de faire glisser son sac de son épaule et de s'agenouiller pour prendre la corde qui y était attachée. Je m'occupe de la chèvre de M. Harris.

— Tu rigoles? protesta Mac. Nous ne sommes pas la S.P.A.

La moitié du temps, ils l'étaient – surtout pour des chiens et parfois pour des moutons peu dociles. Bilbo était sa première chèvre. Mais Mac essayait encore d'impressionner les filles avec ses exploits – ou les garçons. Flynn ne lui avait jamais demandé ce qui l'attirait. Son collègue aurait préféré pouvoir raconter qu'il était venu en aide à une enfant en difficulté.

Mais il n'y avait pas d'enfant impliqué et Mac allait devoir s'en arranger.

— Contente-toi d'appeler le centre avant qu'ils préviennent la police.

— Je ne vois pas pourquoi je devrais... bredouilla-t-il avec indignation.

Flynn se mit debout. Il roula la tête et sa nuque craqua. Il n'était peut-être pas aussi ignoble que le pensaient les habitants de cette ville, mais il pouvait se montrer menaçant – assez pour que Mac déglutisse et fasse un pas en arrière. Après tout, Flynn était le digne fils de son père et celui-ci n'avait jamais eu peur d'en venir aux mains.

Il en avait même parfois trop usé, mais de l'eau avait coulé sous les ponts.

— Parce que je te l'ai demandé ?

Pendant un instant, Flynn s'inquiéta que Mac lui tienne tête – même s'il était capable de mettre le jeune homme à terre. Ce serait une bonne manière de passer ses nerfs, mais il n'en avait pas particulièrement envie. Finalement, sa menace suffit. Mac céda à contrecœur.

— Bien, marmonna-t-il amèrement. Sauvons cette satanée chèvre.

Flynn se détendit et esquissa un sourire en coin.

— Tu pourras toujours dire aux gens que tu as secouru une enfant, fit-il remarquer en déliant sa corde. Ils ne feront pas la différence.

Ces mots ne consolèrent pas vraiment Mac. Tant pis.

UNE HEURE plus tard, après un sauvetage plus difficile qu'il ne l'avait anticipé, Flynn avançait vers la ferme en boitillant. Cette fois, c'était lui qui portait la chèvre, après avoir vu ce petit monstre échapper aux mains de Harris quinze minutes plus tôt et se jeter à nouveau dans le trou. Cette chèvre prenait son nom trop à cœur.

— Désolé, répéta Harris derrière lui.

À ce stade, il était difficile de savoir à propos de quelle partie de la soirée il s'excusait.

La chèvre remua et lui donna des coups avec ses petits sabots durs et pointus. Elle bêla son mécontentement à travers un museau recouvert de boue. Flynn la remonta sous son bras.

— Nous avons fini par la sauver, dit Flynn.

Mac retira de la boue de son oreille et grogna. Son humeur ne s'était pas améliorée. Mais, au moins, il avait arrêté de pleuvoir. Alors qu'ils approchaient de la clôture, l'éclairage automatique extérieur installé au-dessus de la porte de derrière se déclencha et baigna l'espace de lumière. La porte s'ouvrit et Nate apparut. Il souriait, ou plutôt se moquait d'eux avec son sourire en coin, mais il avait des tasses dans les mains.

— Je croyais t'avoir demandé de rester dans la voiture, grommela Flynn lorsque Nate les rejoignit au portail.

— Rebecca m'a demandé si je voulais du café. D'ailleurs, j'en ai pour toi, dit-il en lui tendant une tasse. Avec du lait et tout plein de sucre.

Flynn tendit Bilbo à Harris – qui marmonna une énième excuse et partit vers la grange en trébuchant –, puis accepta cette tasse chaude. Cette nuit n'était pas terriblement froide. Elle était humide et l'air était doux, mais la boue et la pluie avaient absorbé sa chaleur corporelle. Ses doigts étaient froids et devinrent douloureux au contact de la chaleur de la tasse.

— Merci.

Nate regarda brièvement Flynn des pieds à la tête, de ses bottes pleines de boue à ses cheveux couverts de boue, puis il jeta un œil vers le fardeau agité que portait Harris.

— J'en conclus que vous avez découvert que Bilbo était une chèvre.

— Ferme-la, cracha Mac en lui faisant face.

Mac était légèrement plus petit, mais beaucoup plus massif que Nate.

— Tu trouves ça drôle ? demanda Mac.

Au lieu de renoncer ou de s'excuser, Nate pencha la tête et le regarda avec une malice qui dissimulait plus de choses qu'elle n'en dévoilait.

— Oui, répondit-il.

Flynn attrapa Mac par l'épaule avant que son collègue ne puisse assener le possible coup de poing qui venait de lui faire lever le coude. Il comprenait que Mac ait envie de le frapper, mais il appréciait le visage qui se cachait sous ce sourire malicieux.

— Ne fais pas l'idiot.

Il ne ressentit pas le besoin de clarifier à qui il s'adressait.

— Mac, va ranger tes affaires et rentre chez toi. On se voit demain pour donner une bonne leçon au centre des appels, d'accord ?

Il continua de lui serrer l'épaule et enfonça ses doigts dans sa clavicule jusqu'à ce que Mac se calme et acquiesce. Il le poussa légèrement dans la direction de sa voiture ; celui-ci jeta un regard noir par-dessus son épaule en piétinant jusqu'à sa Fiesta.

— Tu n'étais pas obligé de faire ça, dit Flynn.

— Faire quoi ?

Aggraver la situation. Prouver à Mac que les préjugés qu'il avait sur les employés du Granshire étaient fondés. Blesser l'orgueil du jeune homme, tout en se cachant derrière ce sourire rusé comme si ça n'avait aucune importance.

— Agir comme un abruti.

Selon Flynn, cela résumait bien toutes ses pensées.

Le visage de Nate perdit de sa sérénité et afficha un air légèrement renfrogné.

— J'ai appris qu'en cédant, les gens ne te laissaient jamais vraiment tranquille.

— Je ne serai pas toujours là pour couvrir tes arrières.

Nate lui adressa un regard sardonique.

— Je peux me débrouiller tout seul.

— Ah oui ? Quand est-ce que tu t'es battu pour la dernière fois ? demanda Flynn avec scepticisme avant de finir son café et de bouger à nouveau les jambes.

Cette pause avait été assez longue pour que les muscles froissés de ses cuisses se crispent. Bordel. Il traversa le jardin en boitillant et déposa sa tasse sur la fenêtre arrière.

— Je ne me bats plus depuis que j'ai compris qu'il valait mieux prendre un coup et appeler les secours.

Nate posa une main hésitante sur la chute de reins de Flynn et la glissa sous sa veste. Flynn sentit la chaleur de ses doigts à travers son t-shirt.

— Est-ce que ça va ?

Flynn ne pouvait pas nier que c'était agréable – sentir un léger coup d'épaule contre la sienne, avoir une personne sur laquelle se reposer en cas de besoin, avoir un homme qui se fait du souci pour lui sans s'inquiéter de savoir s'il sera capable de travailler le lendemain. Ce sentiment était délicieux et il se surprit à en vouloir davantage.

Sauf qu'il ne lui appartenait pas. Ce geste était purement humain et Nate avait à cœur que Flynn finisse de jouer son rôle d'homme peu fréquentable pour atteindre l'apogée de sa petite mise en scène passionnelle autodestructive. Ce qui était très bien. Ce n'était pas comme si Flynn avait signé pour ce rôle sans savoir ce que Nate attendait de lui.

S'il commençait à prétendre autre chose, il détruirait leurs deux vies.

— Je vais bien, répondit Flynn en s'éloignant de Nate.

Il sentit le froid remplacer la chaleur de ses doigts et effectua les derniers pas qui le ramenèrent à sa jeep.

— Mais je pense que notre soirée est terminée. Je vais te déposer en ville.

Qu'il se mente à lui-même était une chose, mais il ne put s'empêcher de ressentir une pointe de déception lorsque Nate ne protesta pas.

XIII

« Chéri, je t'ai inscrit au speed-dating que les Deacon ont organisé dans le hall de l'église. Tu n'as plus qu'à y aller. Tu pourrais être surpris. »

APPAREMMENT, COMME Nate n'avait pas été baisé la nuit dernière, l'univers avait décidé de le baiser aujourd'hui.

Il pleuvait dans la chapelle des mariages. De l'eau coulait le long du fil torsadé qui reliait le chandelier au plafond et tombait de la multitude de petits cristaux. Elle suintait entre les planches du parquet à chaque pas, trempait les housses de chaise couleurs blanc et or et transformait les nœuds joliment noués en des rubans difformes. Les arrangements floraux avaient perdu beaucoup de leurs pétales et les fougères vertes et délicates étaient trempées et affaissées. Les vieux murs en pierre étaient couverts de taches d'humidité qui prendraient des heures à sécher. Et tout sentait… le mouillé.

— Bordel.

Ce n'était pas la réaction la plus éloquente, mais selon Nate, elle résumait plutôt bien son état d'esprit. Il marcha en faisant attention où il mettait les pieds, essaya d'éviter les flaques, puis il s'aida de son pied pour pousser un vase cassé et un bouquet de pâquerettes.

— Que s'est-il passé ?

Max le suivit et marcha dans toutes les flaques. Il enfonça les mains dans ses poches.

— Une canalisation a éclaté, dit-il en haussant les épaules.

— Merde.

Nate passa les mains dans ses cheveux et les joignit sur sa nuque. Son cerveau court-circuita en essayant d'imaginer toutes les manières dont cela pouvait mener à un désastre.

— Notre assurance couvrira tous les frais, dit Max.

— Avant ce week-end ? Le mariage de Katie et Bradley a lieu samedi matin.

Max regarda autour de lui et afficha un air chagriné.

— Ne prenons pas nos rêves pour des réalités. Je t'ai appelé hier soir…

La manière dont il fit cette remarque montrait qu'il avait conscience de s'engager sur un terrain dangereux. Ce n'était pas vraiment une accusation, mais ça y ressemblait assez pour détourner l'attention de Nate de ce lieu en ruine.

— Ce n'est pas le moment, répliqua-t-il platement.

Max renifla et se gratta l'oreille.

— Je n'ai rien dit.

Nate serra la mâchoire tellement fort que ses muscles devinrent douloureux. Il prit une profonde inspiration, qui avait l'odeur de pierre humide et de tissu mouillé.

— Laisse tomber, Max. Teddy est-il au courant?

— Évidemment. Je l'ai appelé après avoir essayé de te joindre. Je lui ai dit que tu avais des soucis avec ton téléphone.

— Tu n'as pas à mentir pour moi. Je n'ai rien fait de mal.

Max haussa les épaules et passa un bras autour de celles de son ami. Son poids faillit faire perdre l'équilibre à Nate, mais il planta ses pieds dans le sol.

— En effet, je n'ai pas à mentir pour toi. Mais mon père déteste encore plus Flynn que moi, alors je te laisse imaginer…

— Je sais. Ce que je ne comprends pas, c'est pourquoi. Flynn a *refusé* de coucher avec son fils, qui n'était encore qu'un adolescent, et l'a *ramené* en un seul morceau à la maison. Ce n'était peut-être pas le moment le plus brillant de Teddy en tant que père, mais que peut-il reprocher à Flynn?

Il y eut un silence, puis Max haussa les épaules.

— Je ne sais pas, admit-il avant de détourner le regard. Il sait peut-être quelque chose que nous ne savons pas. Comment vas-tu arranger la situation?

Max changea de sujet en indiquant ce chantier trempé qui, jusqu'à la nuit dernière, avait été une chapelle où se déroulaient les mariages. Il y avait des boules d'essuie-tout à chaque recoin de la pièce.

— Peux-tu repousser la date du mariage?

Nate le regarda d'un air blasé.

— Bien sûr, Max. Je vais aller expliquer à Katie que son mariage, cette journée qu'elle prépare depuis un an, voire même des dizaines d'années, a été annulé à cause de la pluie. Puis je lui demanderai si elle ne peut pas simplement revenir la semaine prochaine, avec toute sa famille, son mari et sa mère qui est si euphorique. C'est sa *journée de mariage*, pas un rendez-vous chez la manucure.

112

— J'essaye juste d'aider, dit Max en mettant les mains dans ses poches et en observant les lieux. Je pourrais fermer le bar pour une nuit.

Nate se frotta l'œil et y pressa la paume de sa main jusqu'à en voir des étoiles. Il imaginait déjà leur réaction. Tout ce cérémonial était censé être chic. «*Carrément chic*» était la manière dont l'avait décrit Katie. Leur mariage devait se dérouler dans la chapelle des mariages en pierre où le baron du manoir – même si, techniquement, le manoir ne lui appartenait pas – s'était marié avec trois de ses quatre femmes. C'était ce qu'elle recherchait – l'élégance promise par le magazine *Tatler*.

Si une actrice de la série *Hollyoaks* et un footballeur se mariaient dans un bar, on ne vendait pas les photos de mariage au même type de magazines, peu importe la qualité de la cérémonie.

— Max?

— Oui?

— N'essaye pas de m'aider.

— Comme tu voudras.

Il donna une tape dans le dos de Nate. L'impact suffit à le faire trébucher vers l'avant et marcher dans une flaque. L'eau s'infiltra dans ses baskets et mouilla la plante de son pied.

— Préviens-moi si tu as besoin de quoi que ce soit. Enfin, tu pourrais demander à ton vieux petit ami…

— Il n'a que cinq ans de…

— … de te donner un coup de main, continua-t-il, empêchant Nate de l'interrompre. Mais que sait-il des cérémonies de mariage, de leur organisation ou de tout ce qui importe à ta petite âme blessée?

— Enfoiré, marmonna Nate dans sa barbe.

Mais Max était déjà parti et ne l'entendit pas.

Bien. Nate regarda autour de lui, observa les ruines de ce mariage qui avait été à moitié prêt et s'accorda une minute pour s'imaginer en train de piquer une crise. Il n'y avait aucun moyen de réorganiser un mariage entier en ne partant de rien – la robe de mariée et la nourriture étaient les seules choses qui ne se trouvaient pas dans cette chapelle –, de réparer les dommages causés par l'inondation ou de commander un lot de cartes calligraphiées à la main pour remercier les invités.

Cela ne lui prit que cinquante-six secondes. Il utilisa les quatre dernières pour maudire cette vieille plomberie qui avait décidé d'exploser. C'était libérateur. Maintenant, il était temps d'arranger ce désastre.

Il sortit son téléphone de sa poche. Une partie de son esprit, qui ne comprenait pas que cette situation réclamait toute son attention, remarqua que Flynn n'avait pas appelé. N'avait toujours pas appelé. Il avait envie de s'en inquiéter, mais s'en empêcha et composa le numéro du chanoine Paisley.

Le téléphone sonna deux fois et la secrétaire du chanoine décrocha. Cela aurait paru plus officiel si Nate n'avait pas su que Mavis était à la réception les vendredis et samedis.

— Mme Jenkins, la salua-t-il en avançant vers la sortie de la chapelle. C'est Nathan, du Granshire. Oui, c'est ça. Le fils d'Ally.

Il sauta par-dessus la flaque qui se trouvait à l'entrée, son pied droit toucha le sol dans un «*splash*» et il referma la porte derrière lui.

— Maman se porte bien.

Il prit sur lui pour éviter de s'emporter en lui disant de bien vouloir lui épargner les politesses. S'il se mettait l'une des dames de l'église à dos, cela ne lui apporterait rien de bon dans le futur.

— Elle a apprécié le gâteau que vous lui avez apporté.

C'était faux, mais il devait mettre toutes les chances de son côté.

Ils échangèrent des mondanités concernant la santé de sa mère et les maux que rencontraient Mavis alors que Nate traversait l'hôtel. La manager actuelle – une londonienne qui avait remplacé un Français dynamique – lui fit signe depuis la réception pour s'assurer qu'il avait entendu la nouvelle.

— Excusez-moi un instant, Mme Jenkins, dit Nate en calant son téléphone contre son épaule. Merci, Fiona. Je suis en train de m'en occuper. Pourriez-vous faire en sorte que les plombiers interviennent le plus vite possible ?

Son visage parfaitement maquillé se releva vers lui, avec un air désolé.

— Je suis désolée, Nathan. Je les ai appelés, mais je ne vais pas pouvoir poursuivre. Lundi, j'ai un entretien en Cornouailles, alors je vais devoir prendre le ferry cet après-midi.

Cela faisait moins d'un an que Fiona avait emménagé sur l'île. Elle ne détenait pas le record de durée – la vie sur un beau et gros rocher entouré d'eau et peu accueillant n'était pas pour tout le monde –, mais si elle obtenait ce poste, elle ne vivrait pas loin d'ici.

Lui trouver un remplaçant allait être une vraie partie de plaisir. Teddy adorait le népotisme. Si ça ne tenait qu'à lui, il engagerait un membre de sa

114

famille ou un ami proche. Malheureusement, aucun d'eux n'était qualifié pour ce poste. Nate n'avait pas le temps de s'en soucier pour le moment.

— Ce n'est rien. Je vais dire à Max de s'en occuper. Bonne chance pour les Cornouailles.

Elle sourit, puis se mordit le coin de la lèvre inférieure avec regret.

— Je sais que je ne suis pas ici depuis longtemps, mais…

Nate comprit comment elle aurait aimé terminer sa phrase. Ceremony n'était pas un endroit où il était facile de vivre pour une nouvelle venue.

— C'est la vie, dit-il avant de lever son téléphone et de le pointer du doigt pour s'excuser. Je dois y aller.

Elle lui dit au revoir de la main, et il s'excusa auprès de Mavis en prenant la direction de la sortie.

— Pourriez-vous prévenir le chanoine que la cérémonie ne se déroulera pas à la chapelle ? … Je n'en sais rien pour le moment, mais je vous tiens au courant dès que j'en sais plus. Oui, je sais. Je vous en demande beaucoup, mais en toute sincérité, il n'y a rien que nous puissions faire. Oui. Oui, je sais. Vous êtes un ange, Mme Jenkins.

Il raccrocha et parcourut les derniers mètres qui le séparaient de sa voiture. La semelle de sa basket crissait contre le sol bétonné lorsqu'il marchait. Il aurait pu se contenter de passer un coup de fil, mais quand on demandait un service, mieux valait le faire en face-à-face. La personne à laquelle on s'adressait avait plus de mal à refuser.

— Qu'est-ce que tu me chantes ? Je viens juste de livrer les arrangements floraux à votre hôtel, dit Mahdi, puis il coupa la tige d'un oiseau de paradis et pointa son sécateur vers Nate. Si un livreur en a volé pour les offrir à sa mère, n'essaye pas de me faire porter le chapeau.

Le soleil tapait à travers les vitres poussiéreuses de la serre et chauffait l'air humide jusqu'à ce qu'il devienne lourd. Les fleurs poussaient dans des pots parfaitement alignés. Les roses rouge sang menaient à des œillets roses, puis à des pâquerettes blanches.

Ces fleurs ne constituaient que le stock normal. Mahdi faisait pousser les commandes particulières dans la petite serre qui se trouvait à l'arrière de sa maison. Madhouse Flowers fournissait tous les arrangements floraux dont le Granshire avait besoin et exportait aussi parfois des roses et des orchidées rares à travers les îles Britanniques.

Curieusement, Mahdi pouvait se montrer charmant lorsqu'il y avait des bénéfices à se faire – beaucoup moins lorsqu'il s'agissait de rendre un service.

Nate leva les bras en signe de capitulation.

— Ce n'est pas ce qui s'est passé. Il y a eu une fuite à l'hôtel et les fleurs ont été abîmées. Il m'en faut d'autres… pour vendredi.

Mahdi leva un sourcil parfaitement dessiné et enclencha son sécateur.

— Ah oui ? Moi, je veux que mon petit ami retourne vivre sur le continent et qu'il arrête de tondre des moutons pour gagner sa vie. On a tous des rêves irréalisables.

Il récupéra les fleurs proprement taillées sur la table, tourna le dos à Nate et enfonça soigneusement les quatre tiges aux fleurs orange dans un bouquet déjà arrangé dans son vase. Elles se retrouvèrent nichées parmi des crosses de fougère et du brouillard vivace.

— Donc tu ne peux pas le faire ?

Mahdi se retourna de manière exagérée.

— Je ne peux pas le faire ? Je ne *peux* pas le faire ? bredouilla-t-il.

Puis il se calma, laissant échapper un rire incrédule.

— Tu crois que j'ai quel âge, six ans ? Je ne peux pas le faire, parce que je n'ai pas quatre douzaines de renoncules ni – c'était quoi déjà ? – cent quatre-vingts centimètres de fil en or plaqué pour les assembler.

— Nous pourrons sûrement récupérer le fil.

Le jardinier allait probablement le haïr pour cela.

— J'ai rempli ma part du contrat. Maintenant, c'est votre problème. Je dois m'occuper de mes autres clients.

Nate croisa les bras et se balança sur ses talons. La semelle de sa basket était enfin sèche. Plus aucun crissement. Il leva un sourcil.

— Des clients plus importants que le Granshire ? Parce que je m'occupe des comptes de la partie événementielle et nous te payons sacrément bien pour les mariages, les fêtes, les bals et les tournois de golf que nous organisons. J'aimerais savoir qui d'autre sur cette île pourrait utiliser autant de fleurs.

Ils marquèrent une pause et se fixèrent du regard. Mahdi plissa les yeux.

— Serais-tu en train de me menacer ?

— Oui.

— Alors, si je n'arrange pas ce désastre, tu iras commander tes fleurs ailleurs ?

— Exactement.

Mahdi lui rit au nez.

— Bonne chance. Avant d'emménager ici, je travaillais chez le fleuriste qui vous fournissait, tu te rappelles ? Je sais combien ça coûte d'importer des fleurs depuis le continent.

Il avait raison. La facture avait été salée et le simple fait de s'en souvenir faisait encore grimacer Nate. Il allait devoir changer de stratégie.

— Je ne te demande pas d'utiliser les mêmes fleurs. Tu n'es même pas obligé de garder les mêmes tonalités de couleurs.

De toute manière, Nate n'avait pas vraiment aimé le jaune et l'orange. Avec un peu de chance, il arriverait à convaincre Katie d'accepter cet autre changement.

— Apporte-moi simplement de belles fleurs avant demain soir. Je te paierai *et* je te serai redevable.

Mahdi fit la moue et regarda autour de lui pour se faire une idée du stock dont il disposait. Il finit par hocher la tête.

— À une condition.

— J'accepte.

Cet accord immédiat fit sourire Mahdi. Il posa ses mains sur la table, se pencha vers lui et parla tout bas, dans un murmure suggestif.

— Est-il vrai que Delaney était un prostitué auquel toi et Max faisiez appel lorsque vous viviez à Londres ?

Alors que Nate pensait avoir entendu les théories les plus farfelues concernant la vie passée de Flynn, les commérages de l'île lui donnèrent tort. Il devrait sûrement leur être reconnaissant. Comme Flynn ne se comportait pas vraiment de manière odieuse, les habitants inventaient leurs propres raisons de ne pas approuver cette relation. Mais quand même… c'était du lourd.

— Non, jamais de la vie, répondit Nate avec véhémence.

Mahdi sembla surpris, puis satisfait. Il entendit sûrement plus de choses dans le ton de Nate qu'il n'y en avait réellement.

— Peu importe qui sont les personnes qui inventent ces rumeurs, elles devraient travailler pour le *Daily Mail*. Il ne s'est jamais prostitué.

Mahdi s'écarta de la table et leva ses mains gantées dans un geste de capitulation.

— C'était une simple question. Je n'ai rien contre les professionnels du sexe. Je faisais du strip-tease quand j'étais à l'université.

Cette information troubla Nate. Son imagination extrêmement charitable décida de faire naître une vision de Mahdi en train de se déshabiller – une peau ambrée et des traits ciselés à peine couverts par du vinyle moulant et des paillettes. Ce n'était pas la première fois qu'il y pensait. Mahdi était un beau jeune homme et Nate n'était pas mort, mais ce n'était pas pratique lorsqu'il se mettait à rougir. Surtout lorsque Flynn, en jean taille basse, se joignait, dans son imagination, à Mahdi sur scène en se pavanant, un sourire au coin des lèvres.

Nate savait qu'il devait avoir l'air coupable... de quelque chose. Il fit l'innocent.

— Je n'ai rien contre eux non plus. Mais Flynn n'en faisait pas partie.

Dans sa tête, Flynn lui adressait un clin d'œil espiègle et posait les mains sur la ceinture déjà basse de son jean.

C'était assez distrayant pour que le cerveau de Nate mette un instant à comprendre ce que venait de dire Mahdi ; le jeune homme avait levé les mains en l'air en disant qu'il allait « *arranger quelque chose* ».

Seigneur. Nate prit une grande inspiration. L'air aurait dû sentir les fleurs, mais il était prêt à jurer qu'il venait de sentir l'après-rasage de Flynn sur sa langue. Apparemment, il était vraiment en train de vivre une seconde jeunesse.

— Parfait.

Sa deuxième inspiration avait une odeur suffisamment florale pour qu'il ressente des picotements au fond de ses sinus. Il se racla la gorge.

— Préviens-moi lorsque tu auras une idée des fleurs que tu vas utiliser. S'il te plaît ?

— Pas de problème. Par contre, ne reste pas scotché à ton téléphone. Je ne le saurai qu'en fin de journée.

Nate haussa les épaules et se retourna pour partir. Il était en train de passer la porte lorsque Mahdi reprit la parole.

— S'il n'était pas un professionnel du sexe, pourquoi est-il allé en prison ?

— Il n'a pas fait de prison, répliqua sèchement Nate par-dessus son épaule.

Il claqua la porte derrière lui. Cela fit trembler la structure du bâtiment. Du moins, il en eut l'impression. Nate se doutait que Mahdi l'avait insulté en voyant cela.

Bien entendu, il ne pouvait pas jurer que Flynn n'était pas un ancien détenu. Ce n'était pas comme s'ils avaient eu l'opportunité de discuter de sa carrière la nuit dernière, lorsque la libido de Nate avait pris les commandes.

Si ça se trouvait, Flynn était de retour sur l'île pour purger sa peine de sûreté.

Nate devrait peut-être poser plus de questions. Il n'avait pas vraiment eu besoin de connaître les détails de la vie de Flynn lorsque celui-ci n'avait été qu'un obstacle dans son envie de transformer le phare en maison d'hôtes ou un fantasme auquel il repensait avec tendresse lorsqu'il se masturbait. Mais maintenant que Flynn était son faux petit ami, Nate allait peut-être devoir s'intéresser davantage à sa vie. Après tout, Nate était censé être le bon parti de cette relation.

Son téléphone portable était déjà dans sa main, deux de ses missions marquées comme accomplies, lorsqu'il se mit à sonner.

XIV

« Un nouvel homme ? Tu parles ! Il n'était qu'une source d'ennuis étant jeune. Chassez le naturel, il revient au galop. »

— Putain de merde.

Flynn retira sa main du moteur et la secoua comme si cela allait faire disparaître la douleur de ses coupures aux doigts. Il ne fit qu'envoyer des gouttes de sang sur lui et sur la peinture blanche qu'il venait d'appliquer sur le flanc de la Ford Focus de Mme Allen.

Il marmonna de nombreux jurons et attrapa le chiffon plein d'huile pour l'enrouler autour de sa main. Écorcher ses phalanges était banal chez les mécaniciens, mais il avait déjà arraché la peau de ses dix doigts. Il n'était pas concentré sur son travail.

Ce n'était pas à cause de la douleur sourde dans sa cuisse. Enfin, ce n'était pas *seulement* à cause de la douleur sourde dans sa cuisse. Celle-ci lui rappelait juste qu'il était bien trop vieux pour être frustré sexuellement.

Il était arrivé tôt pour travailler au garage, alors il savait qu'il puait l'huile brûlée, la sueur et le liniment, qui lui piquait les yeux. Dans ce cas, pourquoi n'arrivait-il pas à se libérer des odeurs persistantes de cigarette et de sexe ?

Ce n'était pas comme s'il ne s'était pas brossé les dents après avoir sucé Nate.

Ce souvenir n'arrangea pas la situation. La langue de Flynn roula en se rappelant la texture de cette chair dure et de cette peau douce comme du velours, puis ce goût cuivré-salé apparut au plus profond de son esprit. Il ferma brusquement les yeux et pensa aux clés à molette, aux freins et à la douleur dans ses phalanges. Si ça fonctionnait, ça voudrait dire qu'il se faisait vraiment vieux.

Comme cela ne fonctionna pas, Flynn tendit un bras et tira sur son jean pour faire de la place à ses bourses douloureuses. Ses phalanges avaient plus ou moins arrêté de saigner, alors il rangea le chiffon plein de sang dans sa poche et se remit au travail. Il devait trouver ce que M. Allen avait *« réparé »* sur la voiture de sa femme avant qu'il vienne la récupérer.

Alors qu'il commençait à retrouver sa concentration, Kenny hurla à travers le garage :

— Flynn ! Il se passe quelque chose dehors.

Flynn ne prit pas la peine de sortir la tête de sous le capot.

— À moins que quelqu'un soit en train de pousser une voiture, ne t'en occupe pas.

Il s'essuya le visage contre son épaule et glissa une règle graduée en métal dans le moteur. Les poulies n'étaient pas carrées. La courroie ne semblait pas neuve, mais M. Allen et les pièces mécaniques vendues sur eBay étaient de vieux amis. Il sortit la règle du moteur et la rangea dans sa poche arrière.

Flynn se gratta la nuque. Il se mordilla la lèvre inférieure en observant le moteur. Il devait retirer les verrous de la jauge pour pouvoir réaligner les poulies, mais ils ne semblaient pas être décapés.

Dans un coin de son esprit, il entendit la porte s'ouvrir et se refermer ainsi que des conversations étouffées à l'extérieur. Kenny ne l'avait pas écouté, mais il accorda une pause de dix minutes au jeune homme. C'était le temps auquel il aurait eu droit pour prendre un thé ou fumer une cigarette. Environ huit minutes passèrent avant que Kenny hurle à nouveau.

— Hé, Flynn. As-tu le numéro de Nate Moffatt ?

Flynn sentit son poil se hérisser. Il se plaignait des commérages qui allaient bon train sur l'île, mais ça ne le dérangeait pas vraiment qu'on lance des rumeurs à son sujet. Ce n'était qu'un ramassis de mensonges. Mais l'idée que les gens discutent de sa vraie vie l'agaçait.

Même si sa relation avec Nate n'était pas réelle et ne lui appartenait pas.

— Je ne vois pas en quoi ça te regarde, Kenny, gronda-t-il en se redressant.

Dès qu'il posa les yeux sur Kenny, Flynn comprit qu'il s'était trompé. Le visage de son employé était empreint d'inquiétude et il avait du sang sur les mains. Le cerveau de Flynn passa du mode « enfoiré de l'île » à celui de secouriste.

— Que s'est-il passé ? Est-ce que tu vas bien ?

— Moi ?

Kenny baissa les yeux et se rendit compte que ses doigts étaient ensanglantés. Il les frotta sur son bleu de travail. Ajouter du sang à la graisse et à l'huile ne modifierait pas le noir profond du tissu.

121

— Oh, non. Ce n'est pas le mien. Mme Moffatt a fait une chute. Je pense qu'elle est gravement blessée. Il y a du sang partout, mais elle refuse que nous appelions une ambulance.

— Elle ne connaît pas le numéro de téléphone de Nate? demanda Flynn en traversant le garage pour récupérer la trousse de secours accrochée au mur.

— Elle m'a dit de ne pas le déranger, répondit-il en tripotant l'anneau qui se trouvait à son arcade. Mais je pense que nous devrions l'appeler. Cette dernière année n'a pas été rose pour Mme Moffatt.

C'était un euphémisme. La moitié des fidèles de l'île avait passé l'année à préparer les funérailles d'Allison Moffatt, de la musique aux fleurs. Elles aimaient assister aux funérailles, étant donné que la plupart des mariages se tenaient au Granshire. Mais Flynn avait entendu dire qu'elle avait guéri – peut-être pour le plaisir de contrarier leur plan, si elle ressemblait un tant soit peu à son fils.

Flynn lança son téléphone à Kenny en lui donnant l'ordre d'appeler Nate, puis il s'éclipsa par la porte pour rejoindre la rue étroite. Son garage était tapi tout au bout de la route. La digue qui se trouvait à côté était un vestige de l'époque où l'industrie de la pêche à Ceremony fournissait autre chose que le tourisme et les friteries. Il descendit la moitié de la rue et vit un petit groupe de personnes rassemblées sur la chaussée, courbées nerveusement sous un nuage de mouettes qui hurlaient.

— Appelez votre médecin! dit Dani Hale, propriétaire de la petite boutique éclatante qui avait remplacé le poissonnier. Vous auriez pu vous blesser. Je vous ai vue tomber. C'était une vilaine chute.

— Je vais bien! répondit une voix agacée qui devait appartenir à la mère de Nate. J'ai simplement besoin d'une minute pour me ressaisir et je serai de nouveau en pleine forme.

— Nous pourrions vous appeler un taxi, Mme Moffatt, dit la jeune fille qui travaillait dans la friterie. Pour que vous rentriez chez vous.

Elle avait un an de moins que Kenny, qui allait finir par attraper une maladie cardio-vasculaire s'il continuait à acheter des frites pour pouvoir lui parler. Mais ils disaient tous les deux *Mme Moffatt* de la même manière. Mme Moffatt avait probablement été leur professeur.

Flynn tapota sur l'épaule d'un homme et se fraya un chemin entre les gens.

— Pour l'amour du ciel, Lisa, je vais bien, s'énerva Allison. Je sais me débrouiller. Le cancer ne m'a pas volé ma matière grise.

Par contre, il lui avait volé sa jambe, constata Flynn en la découvrant. Une béquille était posée près d'elle, abîmée à l'endroit où elle avait heurté le trottoir, et la jambe de son pantalon était soigneusement épinglée sous son genou – ou l'avait été avant d'être trempée de sang. Elle était entourée de frites tombées au sol, ce qui expliquait la présence des mouettes.

— Bonjour, Mme Moffatt, dit-il en s'agenouillant près d'elle.

Il sentit les pavés s'enfoncer dans ses genoux à travers son bleu de travail.

— Vous êtes un peu amochée.

Nate devait avoir les yeux de son mystérieux père. Sa mère avait des yeux bleu clair et un regard si intense que Flynn se rappela toutes les choses salaces qu'il avait faites avec son fils. Ce n'était pas le moment de penser à ça.

— J'ai glissé, dit Allison.

Elle se déplaça avec précaution et sa bouche se crispa de douleur.

— Ça arrive à tout le monde, reprit-elle. Je ne vois pas en quoi c'est si spectaculaire.

Ses mains tremblaient et elle avait des plaques rouges sur les joues, produit de l'humiliation. On aurait pu croire qu'elle avait reçu deux gifles. Rares étaient les personnes qui acceptaient de montrer leur faiblesse, surtout quand on était farouchement indépendant comme Allison Moffatt.

— Vous êtes-vous cogné la tête ?

Allison leva une main pour toucher ses courtes boucles grises. Ses doigts laissèrent des traces sur ses jolis cheveux.

— Non, dit-elle en se penchant sur le côté pour essayer de placer sa bonne jambe sous elle en tremblant. Je suis tombée sur le coccyx.

Il aurait mieux valu qu'elle ne bouge pas jusqu'à ce que l'ambulance arrive. La chimio avait plus d'effets secondaires que le cancer et pouvait diminuer l'élasticité des os. Si elle avait brutalement chuté contre les pavés, elle s'était peut-être fracturé le coccyx. Elle allait devoir se rendre à l'hôpital, mais Flynn ne réussirait pas à la convaincre de rester immobile aussi longtemps et une seconde chute ferait encore plus de dégâts.

— Bien. Voilà ce que nous allons faire : je vais vous aider à vous lever et nous allons vous mettre à l'abri pour que je puisse examiner votre jambe.

À en croire l'expression de son visage, cette idée ne lui plaisait pas beaucoup, mais elle appréciait encore moins celle de devoir rester par terre. Elle hocha la tête avec réticence et tendit les mains vers lui.

Flynn ne la tira pas vers le haut. Il plaça ses bras sous les épaules d'Allison et l'aida à se relever. Il savait qu'elle avait été malade, mais il fut saisi par la minceur de son dos délicat.

La fille de la baraque à frites – Katherine – se précipita pour récupérer la béquille.

— Bon rétablissement, madame, dit-elle timidement en la lui remettant.

— Merci, répliqua Allison.

Elle enfonça ses doigts dans le bras de Flynn, le suppliant ainsi de manière discrète, mais explicite, de bien vouloir quitter cet endroit où tous les regards étaient posés sur elle.

— Je vais *bien*, vraiment. Ne vous inquiétez pas pour moi.

— Je vais prendre soin d'elle, dit Flynn. Laissez-lui un peu d'espace.

Le petit groupe marmonna et s'agita en demandant à Allison de leur donner de ses nouvelles et en promettant de passer lui rendre visite plus tard. Mais finalement, ils étaient heureux de ne pas endosser la responsabilité de s'occuper d'elle. Ça leur permettait de commencer dès maintenant à partager leurs opinions.

— ... ne sais pas ce que Nathan a dans la tête, dit Dani à l'une de ses clientes sur un ton désapprobateur alors qu'elles retournaient dans la boutique. Elle n'est visiblement pas capable de prendre soin de...

— ... même si elle n'écoute personne, ironisa un homme. Allison Moffatt n'en a toujours fait qu'à sa...

— ... que M. Delaney soit arrivé, entendit-il Katherine dire, alors qu'elle donnait des coups de pieds dans les frites qui recouvraient le sol pour les envoyer dans le caniveau. Son fils a tellement de chance

C'était la première fois que quelqu'un disait une telle chose à propos de Flynn – que ce soit sur l'île ou en dehors.

— EST-CE QUE ça fait mal? demanda Kenny, qui se tenait à la porte du bureau et tendait le cou pour regarder Flynn nettoyer le moignon d'Allison. Ça semble douloureux.

Les muscles de la jambe d'Allison se contractèrent sous les doigts de Flynn et un filet de sang suinta sous la compresse de gaze.

— N'as-tu rien d'autre à faire, Kenny? demanda Flynn.

— Pas vraiment, non.

Flynn le regarda par-dessus son épaule.

— Trouve quelque chose.

Gêné, le visage de Kenny devint tout rouge et il marmonna :

— Désolé, madame. Désolé, patron.

Puis il retourna dans le garage. Comme il ne tenait plus la porte ouverte, elle se referma derrière lui.

— Il ne voulait causer aucun mal, dit Allison.

— Cela ne veut pas dire qu'il n'en causait pas.

Flynn retira doucement la gaze de sa peau. Des cicatrices recouvraient son moignon, situé juste en dessous du genou. Il était gonflé et saignait à l'endroit où il avait heurté le sol, mais il y avait eu plus de peur que de mal.

— Vous allez quand même devoir aller consulter un médecin. N'importe quelle blessure au niveau de la zone amputée peut être…

— Je sais.

Allison marqua une pause, puis elle reprit sur un ton plus modéré.

— Je le sais. D'habitude, je fais très attention. La dernière chose que je souhaite est de me retrouver à l'hôpital. Je voulais simplement que… tout le monde cesse de me regarder.

— Je vous comprends, grogna-t-il.

Il attrapa de l'antiseptique dans sa trousse de secours et l'appliqua sur la plaie. La fraîcheur du spray fit sursauter Allison. Elle siffla entre ses dents et s'agita sur la chaise, qui reposa sur sa roue défectueuse.

— C'est tellement frustrant, dit-elle avec amertume. Je suis en bonne santé. Voire même en parfaite santé. Savez-vous ce que le Dr Mathers a dit ? Que je suis plus en forme aujourd'hui que je ne l'aie jamais été. Pourtant, dès que j'éternue ou que je trébuche, tout le monde réagit comme si j'allais tomber raide morte.

— Ils s'inquiètent pour vous, dit-il en bandant le moignon et en le fixant.

— Je sais.

Une fois que le bandage fut terminé, elle descendit son pantalon par-dessus son genou.

— C'est la raison pour laquelle je ne peux pas leur crier dessus.

Flynn laissa échapper un rire amusé et rangea ses affaires dans la trousse de secours. Il écrasa les pansements usés, les jeta avec les papiers dans la poubelle et se leva pour remettre la trousse de secours à sa place.

— Vous êtes celui qui a fait un suçon à mon fils, dit Allison avec légèreté.

La trousse lui échappa des mains. Elle heurta le sol dans un craquement et s'ouvrit. Deux rouleaux de gaze disparurent sous le canapé usé et les épingles s'éparpillèrent au sol.

— Merde, marmonna Flynn.

— Je prends cela comme un oui.

Il poussa la trousse du pied ; il s'en occuperait plus tard. Lorsqu'il se retourna. Allison était élégamment perchée sur sa chaise de bureau comme si elle lui appartenait, les mains jointes sur ses genoux et son expression à mi-chemin entre l'amusement et la défiance.

Flynn ne savait pas quel était le pire. Cela faisait longtemps qu'il n'avait pas rencontré les parents de ses conquêtes. Ça ne lui avait pas manqué. Même si, dans le cas présent, il n'avait pas à craindre de faire mauvaise impression.

— Je pense que vous devriez parler de ça avec votre fils.

Allison leva légèrement les sourcils.

— C'est un grand garçon, dit-elle. À lui de voir ce qu'il veut faire et avec qui.

— Alors pourquoi m'en parlez-vous ?

— Je suis sa mère, dit-elle, puis un sourire lent et affectueux éclaira son visage. J'ai le droit de faire ma curieuse.

— Même s'il est en couple avec l'enfoiré de l'île ?

— Je vois que vous avez une haute estime de vous-même. Faites-moi confiance : vous avez de la concurrence pour devenir le pire enfoiré de cette île. Je sais comment fonctionne cet endroit. C'est marrant d'écouter les ragots, mais dans quatre-vingt-cinq pour cent des cas, ils n'ont rien à voir avec la réalité. Aussi longtemps qu'un homme traitera mon fils comme il le mérite, je me fiche bien de savoir ce que peuvent penser les habitants de cette île. Tout ce que je veux, c'est le voir heureux.

— Je suis vraiment un enfoiré, insista Flynn.

— Je me fiche aussi de savoir ce que vous pensez de vous-même. Êtes-vous attaché à mon fils ?

— Nous ne sommes sortis ensemble que deux fois. C'est tout. C'est informel.

Allison leva les yeux au ciel.

— Vous sortez ensemble depuis quasiment un mois. Je ne demande pas si vous avez l'intention d'adopter des enfants pour que je devienne grand-mère. Êtes-vous attaché à lui ? Je veux simplement savoir si vous l'appréciez.

J'apprécie ses fesses.

Je n'ai pas besoin de l'apprécier pour le prendre.

J'apprécierais que vous la fermiez.

Flynn pouvait imaginer tout un tas de commentaires dignes d'un petit ami odieux qui réussiraient à convaincre Allison que son fils ferait mieux de rester célibataire. Mais il n'allait pas lui répondre de cette façon.

Le père de Flynn n'avait pas été si mauvais. Il ne l'avait jamais frappé, ne l'avait jamais mis à la porte et lorsqu'il était mort, il lui avait laissé son héritage. Mais le vieil homme n'aurait jamais eu ce genre de conversation avec son fils. Il voulait que Flynn prétende ne pas être gay et acceptait qu'il couche avec des hommes du moment qu'il le gardait pour lui. Il pouvait être heureux, mais autre part. Flynn avait espéré davantage de son père.

— Nate n'est pas trop mal.

Bien entendu, toutes les bonnes intentions du monde ne l'aideraient pas à parler de ses sentiments. Il frotta une main dans ses cheveux et peina à trouver quelque chose à dire. Même si leur relation était réelle, ils n'étaient sortis ensemble que deux fois. Ces rendez-vous avaient été très chauds, mais il n'avait pas l'intention de dire à Allison Moffatt qu'il aimait vraiment le goût de son fils sur sa langue.

— Ce n'est rien de sérieux. Aucun de nous n'a envie de ça. Il est sympa.

Ce n'était pas mieux – plus de mots, mais toujours aucun fond.

Allison semblait amusée.

— Je vois. Je l'ai élevé en espérant qu'il deviendrait ce type d'homme : pas trop mal, banal, acceptable.

Flynn soupira et céda à la pression.

— Je l'aime bien, admit-il.

À voix haute. Pour la première fois.

— Je ne pense pas que ce soit du sérieux, mais je l'apprécie vraiment.

Il se sentait ridicule, mais Allison lui adressa un grand sourire et hocha la tête.

— Bien. Je pense qu'il vous aime bien aussi, confia-t-elle.

Elle semblait aux anges. Flynn n'avait pas le cœur de la décevoir.

— Peut-être. Nous verrons bien.

— Vous verrez. Je connais mon fils.

Elle s'appuya sur le bureau et attrapa son sac, posé au sol.

— Je vais appeler un taxi…

— Nate est en route, dit Flynn. Il pourra vous déposer chez vous.

— Vous l'avez appelé ? Je leur ai dit que je ne voulais pas qu'on l'appelle.

Flynn haussa les épaules, s'adossa à la porte et croisa les bras.

— Je vous ai dit que j'étais un enfoiré. Et Nate est votre fils. Ça ne le dérange pas de venir vous chercher.

— Il s'inquiète pour moi. Il est pire que tous les autres. Il devrait vivre sa vie, non pas passer son temps à se tracasser pour moi.

Elle laissa retomber son téléphone dans son sac et se redressa sur la chaise. Puis elle soupira et admit honteusement :

— En plus, je suis un régime antioxydant à base d'aliments crus qui est censé réduire les risques de cancer. J'essaye depuis un moment de convaincre Nate de s'y mettre.

— Et les frites ne font pas partie de ce régime, n'est-ce pas ?

Elle fit la grimace.

— C'est bon pour la santé, mais il n'y a rien de bon dans ce régime.

Flynn laissa échapper un rire. Apparemment, manger de manière malsaine en cachette était un trait de famille.

XV

« Écoute, il suffit que tu te remettes en selle. Peu importe s'il est marié, il est canon. »

La porte de la boutique était tenue ouverte par un grand porte-manteau noir. Une robe droite et bleu clair avec des motifs floraux était accrochée dessus et claquait mollement à cause du vent ; Nate l'avait vue portée par cinq mères de mariées en une seule année.

Dani apparut derrière le porte-manteau lorsque Nate approcha de l'entrée. Elle avait sans doute guetté son arrivée à travers la fenêtre. Une cliente avait été abandonnée en plein milieu de la boutique, posant devant un grand miroir dans une combinaison dont la fermeture n'était pas fermée.

— Nate. Chéri, s'exclama Dani en tendant les mains. Je suis heureuse que tu aies été prévenu. Je t'aurais bien appelé, mais je n'ai que ton numéro professionnel.

C'était voulu. Dani avait bon goût en matière de mode, mais elle se trouvait toujours en bas de la liste des boutiques que Nate recommandait. Elle avait causé au moins trois querelles durant des fêtes de mariage et, quand ils avaient eu seize ans, elle avait fait courir la rumeur que ses cheveux devenaient gris à cause de tout le sperme qu'il recevait dessus.

— Il faudra remédier à cela, mentit-il avec aisance. Que s'est-il passé ? Maman a fait une chute ?

— Oui. Juste ici, dit-elle en indiquant de manière dramatique une tache humide sur le trottoir. Elle a glissé sur les pavés. Combien de fois me suis-je plainte de ces pavés auprès du conseil, Nate ? Combien de mes clientes ont chuté en descendant cette rue ?

Nate répondit de manière évasive. Tout le monde savait que les pavés n'étaient pas une bonne idée, mais tout le monde savait aussi que le conseil n'allait pas retirer ce kilomètre de pavés que les touristes appréciaient tant. Dani voulait se servir de l'accident de sa mère comme d'une nouvelle opportunité pour prouver que son commerce en souffrait.

— Que s'est-il passé ?

Il laissa Dani lui prendre les mains et les tapoter sur le dos.

— Le message disait simplement que maman s'était blessée.

— Oh, c'était affreux, dit-elle avec sincérité. Elle a dû tomber et se blesser au niveau de son... euh...

Gênée, elle cessa de parler. Au lieu d'utiliser le mot approprié, elle indiqua vaguement son genou et fit la grimace. Le souvenir de sa grand-mère lui revint : elle avait toujours tourné autour du pot quand il avait fallu parler de la reproduction.

— Son moignon, termina Nate platement.

Dani fronça le nez comme s'il avait dit un gros mot.

— Oui. J'ai voulu l'aider, mais elle a refusé notre aide. Elle a dit qu'elle ne voulait pas se rendre à l'hôpital, mais il y avait du sang partout. La fille de la friterie a dû venir l'éponger. Tu sais que je n'ai jamais supporté la vue du sang. Tu te souviens de la fois où je m'étais évanouie en économie domestique lorsque M. Davies s'était coupé le doigt ?

— Où est ma mère, Dani ?

Elle cligna des yeux et rougit sous le voile de son maquillage parfaitement appliqué.

— Bien sûr. Excuse-moi, Nate. Flynn l'a emmenée dans son garage pour la soigner.

— Flynn.

Elle hocha la tête et leva les yeux vers lui.

— Ça ne te pose pas de problème, si ? Je sais qu'il participe à beaucoup de missions de sauvetage et il avait une trousse de secours. Enfin, j'en ai aussi une, mais c'est seulement un sac avec des pansements et un tube d'hydrocortisone. Puis, après tout, vous êtes...

Elle marqua une pause et se pencha vers lui.

— Je n'aurais jamais cru que c'était ton type d'homme, mais je comprends qu'il te plaise.

Nate retira doucement ses mains de celles de Dani.

— Je vais aller voir comment se porte ma mère.

— Embrasse-la de ma part, dit-elle sincèrement, les yeux écarquillés.

Il la laissa avec sa cliente et trottina jusqu'au garage. L'enseigne au-dessus de la porte n'avait pas changé depuis vingt ans. Le garage s'était appelé *Delaney et Fils* durant les dix ans où Flynn avait été absent. Il s'appelait toujours *Delaney et Fils* alors que le père Delaney était mort depuis cinq ans.

La porte en bois érodé était peinte en bleu vif. Des bandes de peinture s'étaient écaillées et laissaient apparaître le vert délavé qui se trouvait en dessous.

Nate poussa la petite porte et entra dans l'atelier froid en béton. Un gamin maigre avec un piercing à l'arcade et de l'huile jusqu'aux coudes roula de sous une Ford. Il leva des yeux plissés vers Nate.

— M. Moffatt?

— Ma mère est-elle encore ici?

Le gamin se souleva sur un coude et ajouta une autre trace noire sur son front en y passant sa main.

— Euh, oui, Mme Moffatt est dans cette pièce, dit-il en indiquant le bureau. Je pense qu'elle va bien. Désolé. Je n'aurais peut-être pas dû vous appeler.

— Non, vous avez bien fait. Maman pense qu'elle est invincible.

Un énorme sourire éclaira le visage du gamin.

— Oui, Mme Moffatt est une vraie guerrière.

— Vous m'en direz tant.

Il exprima sa reconnaissance au gamin avec un signe de tête et traversa l'atelier. La porte s'ouvrit avant qu'il ne l'atteigne et Flynn l'invita à entrer. Malgré tout ce qui se passait, Nate se sentit irrésistiblement attiré par lui en observant son cou, sa barbe et ses épaules. C'était comme si un nœud brûlant s'était formé dans le bas de son ventre. Il ressentit un élan de culpabilité lorsqu'il vit sa mère.

Ally était assise sur une chaise de bureau abîmée avec une béquille posée sur ses genoux. La jambe de son pantalon était tachée de sang.

— Oh mon Dieu, maman, dit-il en se dirigeant vers elle avant de se pencher pour l'embrasser sur la joue. Je t'ai dit que ça finirait par arriver. Tu fais trop d'efforts. Pourquoi n'utilises-tu pas ton fauteuil?

— Parce que je n'en ai pas envie, répliqua-t-elle sèchement. Et je n'ai pas fait trop d'efforts. J'ai pris le bus pour aller en ville. Tu faisais ça quand tu avais huit ans. Si un enfant de huit ans peut le faire, alors moi aussi.

— Quand j'avais huit ans, je ne guérissais pas d'un cancer et j'avais mes deux jambes.

— Mais tu n'avais pas de jugeote.

Flynn se racla la gorge.

— Je vais vous laisser, dit-il. Je vais retourner travailler.

Sur le chemin de la sortie, il effleura Nate, le prit brièvement par le bras et s'approcha pour lui murmurer:

— Il y a eu plus de peur que de mal.

Puis il partit et ferma la porte derrière lui.

Le silence se prolongea le temps que Flynn s'éloigne. Nate prit une grande inspiration et essaya de garder son calme. Il ne servait à rien de se disputer. Ally allait bien. C'était une adulte. Si elle voulait aller faire du shopping…

— J'espère que tu es fier de toi, dit-elle. Tu viens de mettre ce pauvre homme mal à l'aise dans son propre bureau.

Nate prit sur lui. Il ne savait pas à quel moment Flynn était passé du «fils Delaney» au «pauvre homme» dans l'esprit de sa mère. Pour l'instant, ça n'avait pas d'importance.

— Il s'en remettra. Tu aurais dû m'appeler. J'aurais pu arriver plus vite.

Elle objecta d'un geste de la main.

— Tu as du travail, Nate. Sans compter que je n'avais pas besoin de toi. Si les gens n'en avaient pas fait toute une histoire, j'aurais simplement appelé un taxi et je serais rentrée à la maison. Je peux me débrouiller toute seule, tu sais. Je ne suis pas invalide.

Le «plus» qui aurait dû remplacer le «pas» planait dans l'air. Le «pas encore» ne se trouvait peut-être que dans l'esprit de Nate.

— Et si tu t'étais blessée? Ou si tu *étais* vraiment blessée? Flynn n'est pas médecin.

— Ce n'est qu'une égratignure.

— Et si c'était plus grave que ça? Et si…

— Oh, arrête, l'interrompit sèchement Ally. Je sais que tu es inquiet. Penses-tu que je ne le suis pas? Ça ne veut pas dire que chaque éternuement ou chaque plaie signifie que je vais de nouveau tomber malade. Je suis tombée. Je me suis ouvert la jambe et mon derrière me fait un mal de chien. C'est tout. Dieu sait que c'est suffisant.

Sa voix se brisa et toute la colère que ressentait Nate s'envola. Elle éclata comme une bulle et lui laissa un arrière-goût de culpabilité et de peur. Quel genre de fils se disputait avec sa mère – en voie de guérison – après qu'elle avait fait une mauvaise chute?

Nathan Moffatt, apparemment.

— Pardon.

On aurait dit qu'il avait effectué un saut dans le temps et que cette excuse sortait de la bouche de l'enfant qu'il avait été à huit ans. Petit, rancunier et penaud à la fois. Il avait un mariage à déménager, une salle à trouver et un couple à persuader de rester malgré tous ces changements, mais cela allait devoir attendre.

— Viens. Rentrons à la maison.

— N'as-tu rien de mieux à faire que de me dorloter ? Je t'ai dit que ce n'était rien. J'ai plus été sonnée par le choc que par quoi que ce soit d'autre. Je vais prendre un taxi. Kenny me donnera un coup de main pour monter dans la voiture quand elle arrivera.

— C'est idiot. Je suis ici, maintenant. Laisse-moi te ramener à la maison.

— Ce n'est pas la peine, Nate.

— J'en ai envie.

— Chéri, je t'aime…

— Je sais, je t'aime au…

— Mais j'ai mal, je suis fatiguée et je ne vais pas ramper dans ta voiture ridicule pour que tu puisses faire vibrer tous mes os jusqu'à la maison.

Nate avait déjà repris son souffle pour la contredire, mais c'était un argument difficile à contrer. Il n'était pas agréable de rouler dans sa voiture sur les vieilles routes pleines de nids-de-poule et parfois recouvertes de pavés.

— Bien. Nous allons appeler un taxi. Je pourrais venir récupérer ma voiture plus tard.

— Non.

— Maman, je ne peux pas te laisser seule.

Ally pinça les lèvres et fit un bruit désapprobateur.

— Je t'en prie, Nate. J'ai chuté en plein centre-ville. Il y a déjà une file de commères qui est en train de se former devant notre porte avec des gâteaux à la main. Elles doivent se demander si je vais bientôt mourir ou si j'ai commencé à boire. Je ne serai pas seule.

— Ce n'est pas la même chose.

— Nathan.

Lorsque sa mère prononçait son prénom de cette manière, le message était clair : fin de la discussion. Elle l'utilisait lorsqu'elle lui interdisait de passer la nuit au Granshire ou de partir avec la famille de Max durant quatre semaines pendant les vacances d'été. Elle refusait toute discussion.

Bien entendu, cela remontait à son adolescence. Maintenant qu'il était adulte, elle ne pouvait plus ajouter « *tant que tu vivras sous mon toit* ».

Mais cela fonctionnait quand même.

L'ÉTÉ TOUCHAIT à sa fin. Le soleil brillait, mais il ne chauffait plus beaucoup. Nate s'adossa contre un mur de l'allée qui se trouvait derrière l'alignement de magasins et essaya d'absorber la chaleur de la journée qui s'était accumulée dans le mur de briques.

Sa tête était remplie de choses à faire : trouver une salle, appeler l'infirmière, relancer le chanoine, trouver des béquilles de meilleure qualité sur Internet. Plus il y pensait, plus sa liste s'allongeait. Pourtant, son esprit trouva quand même le moyen de réfléchir à un petit jeu sournois qui s'appelait « *imagine que ta mère meure* ».

Il avait été choqué la première fois que ce sentiment avait fait son apparition – ce pessimisme qui se cachait derrière son assurance extérieure. Mais il était devenu insensible aux principes du deuil et seul le souvenir de la dernière saison de *Lost* avait réussi à susciter une réaction chez lui.

Imagine qu'Ally... meure dans un accident de voiture en rentrant à la maison parce que tu ne l'as pas raccompagnée avec ta voiture.

Il alluma une cigarette et tira dessus. Il sentit la chaleur de la fumée lorsqu'elle passa sur sa langue et elle était encore tiède quand elle atteignit ses poumons.

— La plupart des gens essayent d'arrêter de fumer quand une personne de leur famille est touchée par le cancer, dit Flynn en indiquant la cigarette de Nate lorsqu'il passa la porte.

Il avait retiré le haut de son bleu de travail et avait noué les manches autour de son bassin. Le vieux t-shirt gris qu'il portait en-dessous moulait ses épaules et ses bras. Le temps avait transformé le col de ce t-shirt en un col en V qui permettait à Nate de voir une partie de la toison qui recouvrait le torse de Flynn.

— Ce n'est pas comme si elle avait eu un cancer du poumon.

Avant même que Flynn ait levé les sourcils, il savait que ce n'était pas bien de dire une telle chose. Il souffla et enfuma l'air entre eux.

— J'avais arrêté. Il y a quelques années. Puis j'ai repris.

Il savait que Flynn allait lui prendre sa cigarette des doigts, mais il le laissa faire. Flynn l'écrasa contre le mur et une trace de cendre se joignit à une fiente de mouette, un graffiti et la mousse qui enduisaient déjà la brique. Il jeta le filtre dans un vieux seau usé posé contre le mur, où une plante à moitié morte poussait à travers une pyramide de filtres.

— Ta mère est-elle assez en forme pour rentrer chez elle toute seule ?

Nate s'était posé la même question, mais l'entendre demander par quelqu'un d'autre l'agaçait toujours autant.

— J'ai appelé Bernard.

On ne pouvait pas vraiment vivre en étant chauffeur de taxi sur cette île – les ivrognes avaient la fâcheuse habitude de rentrer chez eux en conduisant –, mais Bernard conduisait aussi le bus scolaire, faisait visiter l'île pour le compte du Granshire et offrait un service de livraison géré par le conseil.

— Il l'accompagnera jusque dans la maison et s'assurera qu'elle soit bien installée. J'ai déjà appelé l'infirmière pour qu'elle passe la voir. Que puis-je faire de plus ?

Flynn appuya son bras contre le mur. La manche de son t-shirt remonta et dévoila des lignes marquées à l'encre qui suivaient la courbe de son biceps. Nate avait enfoncé ses doigts dans ce tatouage lors de cette nuit dans le hangar à bateaux, mais il n'avait pas prêté attention à ce qu'il représentait.

— Tu pourrais arrêter de lui mentir.

— Non. Je ne peux pas faire ça.

On ne pouvait pas vivre avec quelqu'un sans se disputer – même si ce n'était que pour avoir placé le rouleau de papier toilette dans le mauvais sens. Une fois adulte, se disputer avec un parent était… périlleux. Un jour, alors qu'il argumentait avec sa mère parce qu'il refusait de sortir avec le fils de sa coiffeuse, il avait lancé un vieux reproche à Ally – quelque chose qu'il lui avait reproché une douzaine de fois quand il n'était qu'un adolescent puéril. Elle s'était mise à pleurer.

Peut-être qu'elle avait aussi pleuré à l'époque. Cependant, il n'avait été qu'un gamin qui ne voyait pas plus loin que le bout de son nez.

— Pourquoi ? demanda Flynn. Elle ne me semble pas si terrible.

— Elle a dit la même chose de toi.

Nate promena sa main le long du bras de Flynn et remonta la manche grise pour dévoiler son tatouage. Sa peau était chaude. Son tatouage n'était pas récent. L'encre était ternie et floue sous sa peau bronzée, mais elle était encore visible. C'était un crâne brisé fait de fumée, enveloppé dans une croix de Malte faite de barbelés et une aiguille de tatouage. Il passa son pouce sur cette image.

— Tu devrais peut-être essayer de retrouver l'homme qui a fait ça parce que, pour le moment, tu ne respectes pas ta part du marché. Je paye pour avoir un petit ami exécrable, pas pour sortir avec l'homme sur lequel tout le monde peut compter.

Si Nate avait légèrement adouci la manière dont il avait prononcé ces paroles, cela aurait pu passer pour de la séduction. Sauf qu'il ne l'avait pas fait.

La mâchoire de Flynn se serra et un muscle trembla sous sa barbe grise. Il posa son autre bras contre le mur, coinçant Nate dans une cage d'os et de muscles, puis il se pencha vers lui. Il produisait plus de chaleur que le soleil.

— Ma performance te pose-t-elle un problème ?

— Je dis simplement que jusqu'ici, tu ressembles davantage à un bon parti qu'à une catastrophe en devenir.

Il pencha la tête sur le côté et observa Flynn avec curiosité.

— Si je n'étais pas au courant de ce qui se passe, reprit-il, je pourrais croire que tu veux sortir avec moi.

Maintenant, il était dans la séduction.

Flynn laissa échapper un rire.

— Dieu m'en préserve. J'ai déjà assez de mal à rembourser mon prêt pour garder ce garage sans avoir à entretenir l'enfant chéri du Granshire.

Il plia les coudes et approcha de Nate jusqu'à ce que leurs bouches s'effleurent.

— Je préférerais ne faire que te baiser.

La rugosité dans sa voix, l'odeur du savon et la pellicule de sueur fraîche sur sa peau rendirent les bourses de Nate douloureuses.

— Tu as eu ta chance.

Un sourire se dessina au coin des lèvres de Flynn.

— Te refuserais-tu à moi si j'enfilais un préservatif ?

— Tu rends ça bizarre.

— C'est bizarre.

Nate ouvrit la bouche pour répliquer, mais Flynn l'embrassa pour le faire taire. Son baiser était brutal et impatient – Nate sentait sa barbe et sa langue affamée – et il leva une main pour lui attraper la nuque. Il enfonça ses doigts dans ces tendons crispés et les délia ; la disparition de cette tension était presque aussi bienvenue que la montée de désir dans son bas-ventre.

Il resserra son emprise sur le biceps de Flynn et l'attira plus près. Le poids du corps de Flynn le cloua contre le mur et il sentit les briques s'enfoncer dans ses omoplates.

Le désir n'allait peut-être pas libérer Nate de tous ses soucis, mais il réussirait à les lui faire oublier pendant quelques instants.

Un cri d'exclamation empêcha cela.

— Bordel, marmonna Flynn.

Ce mot ricocha contre les lèvres de Nate, qui releva la tête.

Dani se tenait à l'arrière de sa boutique, les bras pleins de cintres en plastique cassés et de sacs. Elle avait les yeux grands ouverts et la mâchoire qui tombait. Les vieilles habitudes poussèrent Nate à rougir et essayer de repousser Flynn. Ce dernier ne bougea pas.

— Tu vas finir par avaler des mouches, Dani, dit Flynn.

Elle referma immédiatement la bouche. Ce fut probablement l'imagination de Nate qui ajouta le son du claquement de ses dents.

— Pardon. J'ai juste… enfin, j'ai entendu des rumeurs au sujet de votre couple, mais je n'y croyais pas. Surtout après ce qui s'est passé entre lui et Teddy…

— Il ne s'est rien passé entre lui et Max, répliqua Nate avant de comprendre ce qu'elle avait dit. Attends. Qu'est-ce que tu viens de dire ?

— Tu n'es pas au courant ? s'exclama-t-elle.

Elle caressait son cou comme si elle avait oublié qu'elle n'avait pas de perles auxquelles se raccrocher. Puis ses yeux se posèrent sur Flynn et la jubilation malicieuse qui se lisait sur son visage se transforma en méfiance. Elle pinça les lèvres.

— Non pas qu'il y ait grand-chose à en dire. Pas vraiment.

— Personne n'a dit le contraire, Dani, répliqua Flynn.

— Si tu le dis, dit-elle en haussant une épaule couverte de soie. Tu es le mieux placé pour le savoir.

Elle jeta ses déchets dans la poubelle et fit demi-tour pour retourner à l'intérieur. Avant d'entrer, elle marqua une pause sur le seuil de la porte.

— Oh, et j'espère que ta mère se porte bien.

La manière dédaigneuse dont elle prononça ces mots représentait tout le jugement auquel Nate allait avoir droit. Puis elle entra en faisant claquer la porte derrière elle.

Nate laissa sa tête retomber contre le mur et grogna.

— Merde, jura-t-il avant d'ouvrir les yeux et de regarder Flynn avec un air suspicieux. Tu n'as pas fait ça, si ?

XVI

« Quand il a quitté l'île, il se croyait plus important que le reste d'entre nous. Eh bien, peut-être que nous ne voulions pas qu'il revienne. »

FLYNN N'AIMAIT pas se justifier. Si les personnes voulaient s'obstiner à avoir une piètre opinion de lui, il les laissait faire. Ça ne lui faisait ni chaud ni froid. Mais pour la première fois depuis longtemps, il eut envie de se défendre. Il s'en empêcha.

— Et si je l'avais fait ? Qu'est-ce que ça peut bien te faire ? Coucher avec ta figure paternelle est le genre de choses qu'un mauvais petit ami ferait, pas vrai ?

Pendant un instant, Nate sembla partagé. L'expression de son joli visage était à la fois accusatrice et désolée. Flynn sentit son cœur se serrer en attendant de voir quel sentiment allait l'emporter. Il ne savait pas pourquoi cela avait tant d'importance, mais il savait que ça compterait.

Finalement, Nate haussa les épaules.

— Tu as raison. Ce ne sont pas mes affaires.

Il se détacha du mur, se glissa par-dessous le bras de Flynn, mais lui caressa la hanche en passant. C'était un geste ordinaire, voire même inconscient, mais il provoqua un éclair de chaleur sous la peau de Flynn.

— Je devrais retourner travailler, dit Nate. Je t'appelle dans la soirée si j'ai le temps.

Il commença à descendre l'allée à grands pas, s'arrêta et se retourna.

— Merci d'avoir aidé maman. Je t'en suis reconnaissant.

Flynn se frotta la nuque.

— Je n'ai fait que mon travail.

— Merci quand même.

Nate lui adressa un sourire crispé, qui finit par s'adoucir et devenir plus sincère.

— Le plus drôle, c'est que ma mère ne s'est jamais prise d'affection aussi vite pour mes vrais petits amis.

Nate lui adressa un dernier signe de tête et s'en alla.

Bordel.

Flynn grogna et se frotta le visage. Il avait l'impression d'avoir perdu un jeu auquel il ne voulait pas admettre avoir joué. Qu'avait-il attendu de Nate ? Qu'il prenne le contre-pied des habitudes d'une vie, d'une île entière et qu'il lui accorde un peu de mérite ?

En fait, il se rendit compte que c'était exactement ce qu'il avait voulu. Il aurait pu se contenter de nier ces accusations en disant qu'il n'avait jamais approché Teddy Saint John ou dire la vérité, mais au lieu de ça, il avait campé sur ses positions pour voir si Nate allait peut-être, seulement peut-être, ne pas tirer de conclusions hâtives le concernant.

Mais il s'était douté qu'il le ferait. C'était peut-être même la raison pour laquelle il ne s'était pas justifié. Il était revenu sur cette île parce que c'était le seul endroit au monde où il ne pouvait pas se permettre de baisser sa garde.

— Abruti.

Frustré, il donna un coup de pied qui atterrit dans le pot de fleurs rouge qui se trouvait près de la porte. Celui-ci heurta le mur et se brisa en deux. Une lavande morte et l'équivalent de trois années de filtres de cigarettes s'éparpillèrent au sol.

Rien de mieux pour améliorer son humeur.

La mouette était de retour. Elle se tenait de manière instable sur la fenêtre de la cuisine et hurlait avec insistance. Flynn se pencha par-dessus l'évier et tapa contre la vitre avec ses doigts. La mouette se tut, mais ne bougea pas. Ses plumes se gonflèrent alors qu'elle lui lançait un regard moralisateur.

— Tu es casse-pieds, l'oiseau.

Flynn laissa la vaisselle tremper dans l'évier, essuya ses mains savonneuses sur son jean et récupéra une boîte de sardines dans le placard. Il retira le couvercle, ouvrit la porte arrière et lança les petits poissons en saumure, gluants et marinés, sur l'herbe. La mouette fondit sur eux et sautilla de poisson en poisson pour les attraper.

— Je devrais t'appeler Nate.

La mouette l'ignora. Une fois nourrie, elle se fichait de savoir ce qu'il faisait.

Flynn s'appuya contre le chambranle de la porte, croisa les bras et l'observa un instant. Le fait qu'il ait acheté le poisson pour nourrir la mouette voulait-il dire qu'elle était désormais son animal de compagnie ?

Il porta son attention vers l'horizon. Le soleil était bas dans le ciel et coloriait les nuages épars dans un dégradé de rose et d'or. En dessous, un ruban de lumière dorée qui semblait aussi solide qu'un chemin traversait la mer pour venir rejoindre la falaise. Quelques oiseaux planaient dans l'air ; on pouvait voir leur silhouette dans le ciel, comme un enfant qui aurait coché au crayon.

Sa famille n'avait jamais roulé sur l'or. Même avec le garage, son père avait toujours eu du mal à joindre les deux bouts – trop de services à rendre à ses amis, trop de temps passé au pub suite au décès de la mère de Flynn. Mais même quand ils étaient dans une mauvaise passe, il lui restait toujours cette vue. Même quand il rentrait à la maison pour découvrir que son père n'avait préparé que des hot-dogs et du riz pour dîner, il pouvait apprécier une vue que le reste du monde serait prêt à payer une fortune pour avoir.

Alors qu'il observait le paysage, un aileron apparut à la surface de l'eau, puis il vit une forme ronde et pâle sous l'eau dorée. C'était une simple môle, même si cet aileron troublait parfois les touristes.

Le tintement désuet de la sonnette retentit à travers le phare et sortit Flynn de sa contemplation. Il regarda la mouette, qui avait fini de manger son poisson et ressemblait à une boule de plumes perchée sur le rebord de la falaise.

— On dirait que ton homonyme est ici.

La mouette l'ignora. Flynn retourna à l'intérieur et ferma la porte derrière lui. Même s'il était encore frustré par leur dernière conversation – d'ailleurs, contre qui était-il en colère ? Lui-même ? Nate ? –, il se tint droit et se frotta la barbe.

Il aurait pu se raser. Cela dit, Nate ne s'était pas encore plaint de son apparence.

La sonnette retentit à nouveau. Agacé, Flynn grogna et allongea ses pas, malgré la douleur qui persistait dans sa cuisse.

— Une seconde. J'arrive. Si tu es tellement pressé, tu aurais pu appeler…

Il retira le loquet de la porte et l'ouvrit d'un coup. Les papillons dans son ventre furent remplacés par des nœuds.

— Que voulez-vous ?

Teddy Saint John posa ses deux mains sur une canne et pencha la tête en arrière pour le regarder de haut par-dessus son grand nez. Il semblait plus vieux. Comment aurait-il pu en être autrement ? Cela faisait vingt ans qu'il ne l'avait pas vu, mais il fut quand même surpris.

— Auriez-vous été chez vous si je l'avais fait ? demanda sèchement Teddy.

Un muscle se crispa dans la mâchoire de Flynn.

— Probablement pas, non. Que voulez-vous ?

Teddy resserra ses doigts sur le pommeau en argent de sa canne.

— Je ne veux pas discuter de cela sur votre palier, M. Delaney.

Flynn regarda autour de lui. Il n'y avait que le ciel bleu à leur droite et plus d'un kilomètre de landes et de bruyères à leur gauche.

— Par qui avez-vous peur d'être entendu, cette fois ? Les lapins ?

— Je ne parle pas affaires sur le seuil d'une porte comme un commercial, répondit-il en tapant sa canne avec impatience sur la pierre incurvée. Je sais que votre mère vous a appris les bonnes manières, même si votre père n'en a jamais pris la peine.

Flynn sentit un goût amer lui envahir la bouche – un mélange de sang et d'amertume. Il se racla la gorge.

— Je vous interdis de parler de ma mère, M. Saint John.

Teddy aurait mérité que Flynn lui claque la porte au nez et lui montre qu'il avait tort de penser que tout le monde se souciait de ce qu'il voulait. Mais une once de curiosité l'en empêcha. Cela faisait vingt ans qu'il avait parlé face-à-face avec Teddy et non pas en ayant recours à un intermédiaire ou un avocat ; il voulait savoir pourquoi ce vieil enfoiré avait changé ses habitudes. Flynn recula en haussant les épaules.

— Entrez. Dites ce que vous avez à dire.

Teddy passa le seuil de la porte et le phare ne s'écroula pas. Il se dirigea vers le canapé, chacun de ses pas accompagné par un bruit de canne, et s'installa sans attendre qu'on l'y invite. Il déposa sa canne contre l'accoudoir et lissa soigneusement son pantalon.

— Je ne vois pas l'intérêt de tourner autour du pot, dit-il en levant enfin les yeux vers Flynn. Je n'approuve pas votre relation avec Nathan Moffatt.

Nate ne pourrait plus lui reprocher de ne pas être un petit ami assez détestable. Flynn s'adossa à la rampe de l'escalier, le métal froid contre son dos, et croisa les bras.

— Je ne me souviens pas de vous avoir demandé votre accord. D'ailleurs, ce ne sont pas vos affaires.

Teddy l'observa avec un regard étincelant d'aversion.

141

— Nathan est mon employé. En tant que tel, je m'inquiète de son bien-être et de son comportement. Sans compter qu'il est l'un des plus proches amis de mon fils et que je l'ai vu grandir depuis son plus jeune âge.

— Ce qui vous donne le droit de vous rendre à sa fête d'anniversaire, pas de donner votre avis sur les hommes avec lesquels il couche.

Il avait choisi délibérément ce mot pour voir Teddy pincer les lèvres. S'il avait eu des photos de ce qu'il avait fait avec Nate l'autre nuit, il aurait peut-être pu lui faire avaler son dentier.

— Je tiens à lui, dit Teddy. Je tiens à ce que mon hôtel tourne au mieux. Je pense donc avoir un avis à donner sur la question.

— Nate approuve-t-il votre venue ici ? demanda Flynn en levant les sourcils.

Il y eut un silence. Une lueur de ce qui ressemblait à de la culpabilité traversa les yeux clairs de Teddy, puis ce dernier glissa une main dans sa veste.

— Peu importe.

Il sortit une enveloppe de sa poche intérieure et se pencha en avant pour la poser sur la table. Il la tapa de son doigt avec insistance, puis se réinstalla confortablement.

— Qu'est-ce que c'est ?

Flynn n'avait pas besoin de le demander. Il connaissait la réponse. Il n'avait posé cette question que pour attiser la colère grandissante qui brûlait dans son sternum.

Teddy esquissa un sourire dénué d'humour.

— Considérez cela comme votre prochain versement.

Il attrapa sa canne et s'appuya dessus pour garder l'équilibre en se levant. Son regard vacilla vers les murs courbés et les grandes fenêtres, puis il le posa à nouveau sur Flynn.

— Vous pouvez garder cet endroit si vous en avez envie. Vous pouvez même revenir de temps en temps. Par contre, je veux que vous quittiez cette île dans le mois qui vient.

Flynn savait qu'il éprouverait de la colère, mais il fut surpris de ressentir une telle rage. Sa bouche devint sèche et cette rage noire le priva assez longtemps de son bon sens pour qu'il serre le poing et fasse un pas en avant. Il se ressaisit avant de faire une bêtise. Ses mains tremblèrent à cause de l'adrénaline et il inspira un bon coup.

— Espèce de salaud prétentieux…

— Après vous être laissé acheter, M. Delaney, il est malvenu de feindre l'innocence quand une personne vous propose de répéter la transaction.

Flynn laissa échapper un rire dénué d'humour. Il secoua doucement la tête.

— Vous êtes un sacré phénomène, Teddy.

Teddy haussa les épaules, joliment mises en valeur par son costume.

— Peut-être, dit-il avant de lever sa canne pour indiquer l'enveloppe compromettante. En tout cas, c'est une offre généreuse et, si j'étais vous, j'y réfléchirais. Nous savons tous les deux que Nathan mérite mieux que vous et il finira par s'en rendre compte.

Un détail dans sa voix attira l'attention de Flynn. Il plissa les yeux.

— Mieux que moi ? Comme qui ?

— N'importe qui.

— Ou bien Max ?

Teddy le regarda froidement, imperturbable, et lui adressa un petit sourire.

— Pourquoi pas ? Ils ont toujours été proches et je considère Nathan comme mon fils.

Ces paroles touchèrent une corde sensible chez Flynn dont il n'avait pas réalisé l'existence. Il refusait que Teddy s'en rende compte.

— Partez d'ici, ordonna-t-il.

— Je vous demanderai d'en faire autant.

Teddy s'arrêta à la porte et se retourna.

— Oh, et tant que je suis là, considérez que votre invitation au mariage est annulée. Même si Nate souhaite que vous l'accompagniez, sachez que vous n'êtes pas le bienvenu sur ma propriété ou dans mes réceptions.

— Je n'ai jamais pensé le contraire.

Teddy quitta enfin sa maison. Jusqu'à ce qu'il entende la voiture démarrer, Flynn resta debout avec les poings serrés tellement forts que la douleur circula jusque dans ses os. Il ressentit une vague de soulagement. Si le vieil homme avait chuté dans ses marches, Flynn n'était pas sûr qu'il lui aurait porté assistance.

L'enveloppe était posée sur la table, d'une belle couleur crème contre le bois rayé. Flynn se sentait exposé, comme s'il s'agissait d'un sextoy qu'il fallait cacher dans un placard avant que quelqu'un arrive. Même si personne ne viendrait.

Il se ressaisit, pencha la tête des deux côtés pour délier les muscles de son cou et s'approcha de la table pour la récupérer. Elle était lourde, avec une belle texture et assez élégante pour que Flynn se sente coupable de laisser des traces de doigts dessus. La dernière enveloppe avait été la même. Elle avait seulement été plus épaisse. À l'époque, Teddy avait utilisé des espèces.

Quand il la retourna, elle n'était pas scellée. Flynn souleva le rabat et glissa le contenu hors de l'enveloppe. Sur le rectangle de papier brillant, Teddy avait inscrit au stylo plume les mots *cinquante mille livres*.

Ce genre d'offre aurait dû retenir toute son attention, mais Flynn ne put s'empêcher de se demander : « *De quelle invitation de mariage parlait-il ?* ». Apparemment, Nate ne voulait pas non plus que Flynn l'accompagne à cet événement.

— NOM DE Dieu ! s'exclama Jessie.

Elle retourna le chèque et fixa le dos. Elle s'attendait peut-être à voir apparaître un tampon : « *Ceci est une blague* ».

— C'est un vrai ?

— On dirait bien, oui, répondit Flynn.

Il lui prit le chèque des mains et fronça les sourcils en le regardant.

— C'est exactement la somme que Teddy Saint John est prêt à débourser pour me voir quitter cette île.

— Tous les parents ne sont pas ravis que je sorte avec leurs filles, mais personne ne m'a jamais proposé autant d'argent pour que je parte.

Jessie était perchée sur l'accoudoir du canapé, ses pieds nus appuyés sur les coussins. Ses mains pendaient par-dessus ses genoux découverts et éraflés.

— Ça donne raison aux rumeurs qui disent qu'il est sorti avec la mère de Nate, non ?

— Pas vraiment.

Flynn plia le bout de papier et le rangea dans l'enveloppe qui était d'habitude réservée à une invitation de mariage. Il caressa distraitement le papier avec son pouce.

— Alors ? demanda Jessie en plissant les lèvres et en levant ses sourcils décolorés. Que comptes-tu faire ?

C'était la grande question. Flynn ne savait même pas où mettre cette enveloppe. Il avait l'impression que c'était irresponsable de la ranger dans le tiroir de la cuisine avec le reste de son courrier.

— Je vais profiter du mois qu'il me laisse pour y réfléchir.

— Sérieusement?

— Qu'est-ce que tu ferais, toi?

Jessie se mit à rire et se passa une main dans les cheveux. Ses doigts se coincèrent dans cette masse épaisse et durcie par le sel.

— Je serais déjà en train de dépenser cet argent. J'aurais fait venir Katy Perry pour qu'elle chante au concert qui aurait été donné en mon honneur, juste avant mon départ. J'aurais réservé un drakkar pour me ramener sur le continent. Si tu me dis comment tu as fait pour que Teddy Saint John te haïsse au point de te payer pour partir, je le fais immédiatement.

— Ne serais-tu pas énervée qu'il pense pouvoir t'acheter?

Elle fronça le nez.

— Peut-être. Mais l'argent me consolerait.

Cela fit rire Flynn. Il ne savait même pas pourquoi il avait décidé d'en parler à Jessie. Elle était juste passée chez lui pour déposer les livres qu'il lui avait demandé de récupérer. Apparemment, elle était arrivée au bon moment. Il avait seulement besoin de parler à quelqu'un. Le problème, c'est qu'elle avait vingt-six ans, alors forcément, elle pensait que prendre l'argent était une bonne idée. Dieu sait que quand il avait eu son âge, Flynn avait pensé la même chose.

— Il pensera qu'il a gagné.

— Et alors? demanda-t-elle en levant les mains au ciel. Réfléchis. Ce serait différent si tu avais construit une vie ici ou s'il voulait te chasser pour se mettre en couple avec ton partenaire. Dans ce cas, je comprendrais que tu hésites. Mais tout ce qu'il veut, c'est que tu partes. Pourquoi ne pas partir? Tu as toujours dit que tu n'étais là que temporairement.

Une fois qu'elle eut terminé de donner son avis, elle se pencha et attrapa sa tasse de café sur la table. De la fumée s'éleva entre ses mains lorsqu'elle la porta jusqu'à ses lèvres pour en boire une petite gorgée.

Elle avait tout son temps. Et Flynn n'avait pas de raisons valables à lui donner pour justifier qu'il reste sur l'île.

XVII

« Bonne nouvelle ! Sa femme s'en fiche, du moment qu'elle puisse regarder. »

— MERDE.

Du café déborda sur la table, trempa le dos du bloc-notes de Nate et s'amassa dans la soucoupe. Il attrapa son bloc-notes pour qu'il ne subisse pas davantage de dégâts tout en faisant reculer sa chaise pour éviter que le café coule sur ses vêtements. Les pieds de la chaise crissèrent sur le plancher. Il regarda autour de lui pour trouver de quoi éponger tout ça, mais ne trouva rien.

Le petit café était situé dans un coin du Granshire qui donnait sur la mer. Il servait de l'excellent café, avait une esthétique éclectique composée de planches de surf et de bois délavé, mais ne fournissait apparemment pas de serviettes.

Nate grimaça lorsque le café coula le long de son bras. Il tourna les yeux vers le comptoir pour attirer l'attention de quelqu'un. La fille derrière le bar lui adressa un signe de tête, leva un doigt pour lui demander une seconde et termina au plus vite sa commande : deux chocolats chauds et une grande part de gâteau.

Une fois la commande passée, elle attrapa un torchon et quitta le long comptoir où étaient présentées les pâtisseries. Lorsqu'elle arriva, la majorité du café avait coulé sur le sol.

Nate secoua son bloc-notes – dont les pages étaient déjà tachées et gondolées sur le côté – et récupéra le reste de ses affaires sur la table. Le manche mâché de son stylo Bic était à moitié rempli de café, mais son téléphone s'en était sorti indemne.

— Je vais m'en occuper, dit gaiement la serveuse. Ne vous en faites pas.

— Désolé, dit-il en se levant.

Il regarda son stylo, soupira et le jeta vers la poubelle. Il tomba dedans au moment où Katie entra bras dessus bras dessous avec sa demoiselle d'honneur. Il fallut une seconde à Nate pour retrouver son nom – Hannah

Daley. Elles étaient radieuses. Il avait demandé à la réception d'autoriser l'accès au spa aux membres du cortège lorsqu'ils arriveraient. C'était peut-être cynique, mais il voulait qu'ils soient tous de très bonne humeur. Il lui fit signe de la main et regarda la serveuse avec une expression désolée.

— Je vais devoir changer de table. J'ai un rendez-vous.

Le sourire de la serveuse s'estompa légèrement – elle allait devoir nettoyer une table supplémentaire à la fin de son service –, mais elle hocha la tête plaisamment.

— Très bien, monsieur. Je vais aller vous chercher une autre tasse de café.

Nate la laissa finir et alla saluer Katie. Il lui prit le bras et se pencha pour l'embrasser sur la joue. Sa peau était douce comme de la pêche et sentait le sel et la lavande.

— Vous êtes resplendissante.

— Nous avons passé un excellent moment au spa, dit-elle en l'étreignant. Merci de l'avoir réservé pour nous. C'était exactement ce dont j'avais besoin.

— J'en suis ravi.

— Est-ce que tout va bien ? demanda Hannah en le regardant curieusement. Vous semblez un peu nerveux.

— Cet homme est celui qui fait tout son possible pour que mon mariage soit parfait, dit Katie en riant avant de donner un léger coup de coude à son amie. Imagine si cette responsabilité reposait sur tes épaules.

Hannah leva un sourcil parfaitement dessiné.

— J'aurais sûrement refusé.

C'était l'occasion de lui annoncer la nouvelle. Nate avait espéré avoir un peu plus de temps pour entrer dans le vif du sujet, mais cela ne ferait que repousser l'inévitable.

— En fait, c'est ce dont je voulais vous parler, dit-il en posant sa main dans le bas du dos de Katie. Venez vous asseoir.

L'inquiétude s'empara de Katie.

— Y a-t-il un problème avec la robe ? demanda-t-elle en se couvrant la bouche, les yeux écarquillés au-dessus de la cage que formait sa main. Oh mon Dieu. Bradley a-t-il perdu les alliances ?

Près d'elle, Hannah laissa échapper un rire narquois et croisa les bras.

— J'opterais plutôt pour sa mère.

Elle avait prononcé le mot « mère » comme une injure.

— Elle lui a probablement rasé la tête, ajouta-t-elle.

— Ce n'est pas ça, intervint Nate, poussant légèrement Katie en avant pour l'inciter à s'installer. Ça n'a rien à voir. Nous avons rencontré un problème, mais je pense l'avoir résolu.

Katie laissa échapper un long soupir de soulagement en marchant vers la fenêtre.

— Vous *pensez* l'avoir résolu ?

Nate la guida vers une table située près de la fenêtre. Elle offrait une belle vue sur la côte rocheuse et la marée haute qui couvrait le sable. Il lui tira une chaise, puis fit de même pour Hannah.

— C'est à vous de voir, dit-il. Laissez-moi vous expliquer la situation.

— Je vous écoute, dit-elle en attrapant la main de son amie sur la table et en la serrant si fort que ses phalanges devinrent blanches et saillantes. Je savais que ça allait mal se passer. Depuis le moment où Brad n'est pas monté sur le ferry avec moi, je m'attends au pire.

Elle semblait à deux doigts d'une crise de panique, malgré les mots rassurants de son amie Hannah. Nate se tourna vers la serveuse et articula silencieusement le mot « thé » en levant trois doigts. Elle partit préparer sa commande et il se focalisa à nouveau sur sa cliente.

— Nous avons subi un dégât des eaux. Dans la chapelle des mariages.

— Oh mon Dieu, gémit Katie. Je ne vais pas me marier.

— Si, vous allez vous marier.

Hannah affirma la même chose, même si elle semblait moins convaincue que Nate.

— Si vous me faites confiance, vous allez vous marier. Nous allons simplement devoir faire quelques compromis.

Katie renifla et se rongea nerveusement les ongles.

— Quel genre de compromis ?

— Changer le lieu où se tiendra la cérémonie, répondit-il, chagriné. La chapelle n'est plus une option.

Katie semblait consternée.

— Vous êtes en train de me dire que nous avons fait tout ce chemin et que nous n'allons finalement pas pouvoir nous marier ici ?

— Il n'est plus possible de se marier dans la chapelle, mais vous pouvez toujours vous marier ici.

Il avait téléchargé toutes les photos sur son téléphone. Nate le sortit de sa poche et ouvrit l'album. Il fit défiler les photos avec son pouce.

— Techniquement, cet endroit fait aussi partie du Granshire. Ce bâtiment est une folie [5] qui a été construite pour la femme d'un ancien propriétaire. En temps normal, elle devrait déjà être fermée, puisque nous ne l'utilisons que l'été. Mais il y a quelques semaines, nous y avons organisé un salon, alors je peux m'arranger pour qu'elle soit prête dès demain.

En toute honnêteté, la photo qu'il leur montrait ne représentait pas vraiment l'état actuel de la folie. Cette photo avait été prise en plein été, quand la folie avait accueilli un salon du mariage. Sur l'image, la lumière du matin traversait des jolis drapés de soie claire et illuminait la pierre délavée ainsi qu'un plateau de cupcakes au glaçage argenté. Mais en ce moment, les bancs étaient recouverts de bâches et des flaques d'eau jonchaient le sol.

Il pouvait arranger cela.

— Oh, fit Katie en clignant des yeux. C'est sublime.

— Franchement, c'est l'un des lieux de cérémonie les plus appréciés. La seule raison pour laquelle nous ne proposons aucune réservation pour cette période de l'année est que la mariée réserve généralement un an à l'avance, alors nous ne pouvons pas prévoir le temps qu'il fera. Mais cette année…

Il indiqua la fenêtre ; le soleil brillait encore alors qu'il se couchait à l'horizon. La météo prévoyait un ciel encore plus clair le jour suivant et les vieilles dames disaient que lorsque les vaches déambulaient en plein milieu des champs, c'était aussi un signe de beau temps. Nate était prêt à se raccrocher à n'importe quoi.

Katie et Hannah se rapprochèrent l'une de l'autre pour étudier de près les photos.

— J'ai discuté avec le fleuriste. Il peut modifier vos arrangements floraux afin qu'ils ressemblent davantage à des fleurs sauvages. Ça se mariera parfaitement au décor. Là-haut, le cadre est incroyable pour prendre des photos, entre la folie et les falaises. Qu'en dites-vous ?

Ce flot d'informations laissa Katie sur la défensive. Elle se mordilla la lèvre tout en remuant son genou sous la table, nerveuse.

— Je ne sais pas.

Hannah lui donna un léger coup d'épaule.

— Je trouve cet endroit tout à fait charmant.

— Je dois en parler à Brad.

---

5 : Demeure luxueuse où les gens fortunés recevaient leurs maîtresses et faisaient des « folies ».

— Brad se fiche de savoir où se passera la cérémonie du moment que tu es heureuse, dit Hannah en serrant la main de Katie. Tu vas te marier.

Leur thé arriva dans trois tasses avec un bol de carrés de sucre roux. Nate garda son thé noir et sans sucre. Ce n'était pas la manière dont il aimait le prendre, mais le thé doux et sucré était apaisant, alors qu'il devait rester éveillé.

— Parlez-en avec Brad. Prévenez-moi quand vous aurez pris une décision. Si vous acceptez cette proposition, je vous promets que cette journée sera digne d'un conte de fée. Je sais que ce n'est pas l'idéal, mais nous ne pouvons pas faire autrement.

Katie récupéra son thé et le but à petites gorgées. Elle esquissa un sourire derrière le rebord de sa tasse.

— Au moins, ça explique la présence des plombiers.

— Nous pensions qu'il y avait une convention, expliqua Hannah.

— Cela aurait été préférable, dit Nate.

Il regarda sa montre et fit la moue en voyant l'heure. Il but son thé en une fois, même si le liquide était encore assez chaud pour lui brûler la langue.

— Je suis désolé de vous laisser, mais je dois partir pour effectuer les arrangements nécessaires. Vous avez mon numéro.

— N'oubliez pas votre portable, dit Katie en le poussant vers lui sur la table. Pourriez-vous m'envoyer quelques-unes de ces photos?

— Bien sûr.

Nate récupéra son téléphone et se leva. Il aurait aimé partir à la recherche d'un canapé et faire une sieste, comme Max en avait l'habitude, mais cela ne ferait pas avancer les choses.

— Tenez-moi au courant de votre décision. Le Granshire et moi espérons que vous nous donnerez une chance d'arranger la situation.

Nate prit congé et se faufila à travers le labyrinthe de tables. Un nouveau serveur se trouvait derrière le bar et astiquait la machine à café avec assiduité. Nate s'arrêta à la caisse.

— M. Moffatt! s'exclama le jeune homme avec un grand sourire. Comment se porte Mme Moffatt?

Il lui fallut une seconde pour se souvenir de ces cheveux décolorés et de ce piercing à l'arcade. C'était Kenny, le gamin qui travaillait pour Flynn. Nate ne s'était pas attendu à le voir ici et se retrouva bête.

— Je ne savais pas que vous travailliez ici.

— Eh si. Je travaille parfois ici le soir.

— Je vois. Maman se porte bien. Elle a été chez le médecin pour se faire soigner et s'est fait disputée pour avoir fait trop d'efforts. Pourriez-vous ajouter le thé à mon ardoise et leur servir du gâteau ?

Kenny hocha la tête et nota cela sur son bloc-notes.

— Pas de problème. Dites à votre mère que j'espère qu'elle se rétablira vite.

La plupart du temps, vivre sur une île ne le dérangeait pas. Il aurait pu rester à Londres, chercher un autre colocataire pour prendre la place de Max et faire pression pour obtenir une promotion au sein de l'association caritative pour laquelle il avait travaillé. Mais il avait préféré rentrer, louant les avantages de la vie en communauté. Cependant, il se sentait parfois claustrophobe. On ne pouvait rien faire sans que tout le voisinage finisse par donner son avis quelques heures plus tard.

— Je n'y manquerai pas.

— Tu as de la chance que j'aie trouvé ça, dit Max en sortant un lourd rouleau de voile argenté du coffre de sa voiture.

À la lumière du clair de lune, le tissu semblait presque noir.

— Je pensais que nous nous en étions débarrassés lors du grand ménage de printemps.

— Non, nous avions juste jeté les nappes, dit Nate.

Il passa une main sur le tissu et sentit l'épaisse couche de poussière qui s'y était déposée. Il n'aurait qu'à le nettoyer.

— Merci, Max.

— Je t'en prie. Je n'avais rien de prévu ce soir.

Il souleva le rouleau sur son épaule comme s'il était aussi léger qu'une plume.

— Tu veux que je le dépose dans le break ?

Nate hocha la tête. Il fouilla dans ses poches jusqu'à ce qu'il trouve son trousseau de clés pour déverrouiller la voiture. Quand il appuya sur le bouton, ses phares illuminèrent les trois voitures qui étaient garées devant la sienne le long de la rue. Les places de stationnement en face de sa maison avaient été occupées lorsqu'il était rentré. Il avait été obligé de se garer devant la maison de Mme Saunders. Il aurait sûrement le droit à une note « anonyme » sous son essuie-glace le lendemain matin.

— Ça ne te dérange vraiment pas de rester avec ma mère ce soir ?

Ils arrivèrent près de la voiture et Nate ouvrit le coffre. Il avait déjà rabattu les sièges arrière pour faire de la place aux cartons de coussins et à une caisse de verres. Max fit glisser le rouleau de son épaule, le rentra dans la voiture et le cala entre le siège conducteur et le siège passager.

— Ne sois pas idiot. Tu sais que je l'adore. Je n'hésiterai pas une seconde à l'échanger contre une de mes deux belles-mères. D'ailleurs, que faisait-elle dans cette rue ?

— Du shopping, apparemment.

Nate ferma le coffre en le claquant et se retourna. Les rideaux de Mme Saunders s'ouvrirent discrètement et elle jeta un œil dehors. Nate capta son regard et lui adressa un hochement de tête poli. Elle le fusilla du regard comme si c'était à cause de lui qu'on l'avait découverte en train de faire sa curieuse, puis elle frotta une tache imaginaire sur la fenêtre avec la manche de son cardigan.

— Serait-il possible qu'elle ait voulu se faire un avis sur ton nouveau petit ami ?

Sa voix était agressivement neutre et lorsque Nate fronça les sourcils, Max le regarda d'un air innocent.

— Il travaille dans ce coin, non ?

— Maman ne chuterait pas volontairement pour avoir une chance d'interroger mon petit ami. Même si je ne doute pas qu'elle ait profité au mieux de cette opportunité.

Un sourire apparut sur le visage de Max et il passa un bras par-dessus l'épaule de son ami. Son poids fit vaciller Nate.

— C'est bon à savoir, dit Max avant de plonger ses doigts dans les cheveux de Nate pour lui faire pencher la tête. Nous allons pouvoir échanger nos théories sur ce que tu peux bien trouver à ce raté.

— Je pense qu'elle l'aime bien.

Nate se libéra de ce qui était devenu une clé de cou. Il défroissa sa veste, la minutie de son geste remontant à l'époque où il avait porté un blazer et une cravate aux couleurs de son école.

— C'est seulement parce qu'il était présent lorsqu'elle était dans le besoin, dit Max en faisant la grimace.

— C'est une raison valable d'apprécier quelqu'un.

— Je suis sûr que je peux lui montrer qu'elle se trompe. J'ai entendu dire qu'il était usurier et qu'il avait fait de la prison après avoir cassé les jambes d'un gamin.

— Il était soldat, répliqua Nate. Et mécanicien.

Max lui adressa un regard dubitatif.

— Qui t'a dit ça ?

— Flynn.

— Je pense plutôt qu'il était usurier et que, maintenant, c'est un menteur, dit-il en secouant tristement la tête. Ce n'est pas croyable !

En effet, ça ne l'était pas. Nate savait qu'Ally ne se laisserait pas influencer. C'était d'ailleurs pour cela qu'elle avait toujours apprécié Max. Ally aimait autant les commérages que le reste des habitants de Ceremony, mais une fois qu'elle voyait du bon en quelqu'un, elle se rattachait à cela.

Même quand il s'agissait du petit ami de son fils et qu'il avait mauvaise réputation.

— Votre différend remonte à une éternité, dit Nate. Ne penses-tu pas qu'il serait temps de passer à autre chose ?

Il savait que Max ne consentirait pas. Son ami, qui était pourtant d'un naturel souple, était très rancunier. Mais il s'était attendu à ce qu'il plaisante ou fasse une remarque sur la réputation et l'âge de Flynn. Au lieu de ça, Max serra la mâchoire, les muscles de sa joue se contractant visiblement. Il lui adressa un regard dur, voire hostile.

— Non. Je ne pense pas.

— Allez, Max, insista Nate.

— Non, répéta son ami en s'arrêtant de marcher avant d'enfoncer un doigt dans son épaule. Sors avec ce type si ça te chante. Fais-toi plaisir. Couche avec M. Jetable. Poursuis l'homme que tu désirais étant adolescent. Fais le nécessaire pour survivre à cette crise précoce de la quarantaine. J'ai accepté de ne pas m'en mêler, mais je ne changerai pas d'avis non plus. Alors laisse-moi tranquille. Tu ne le connais pas aussi bien que tu le penses.

La conviction dans la voix de Max ébranla Nate alors que son ami s'éloignait. Il ne pouvait pas vraiment se défendre. Il ne connaissait pas vraiment Flynn. Le sexe ne vous donnait pas un réel aperçu de la personne avec laquelle vous étiez – ce qui expliquait l'issue malheureuse de certains mariages qu'il avait organisés.

— Attends, dit-il en rattrapant Max sur le seuil de la porte. Tu ne le connais pas mieux que moi. Ça fait vingt ans que tu ne lui as pas parlé.

Max composa le code sur le clavier électronique et on entendit le *bip* qui signifiait que la porte était déverrouillée.

— Mon opinion sur lui est peut-être plus objective, répliqua Max en ouvrant la porte avant de regarder Nate par-dessus son épaule. Après tout, je ne me cherche pas d'excuses pour le chevaucher.

Le rouge monta aux joues de Nate comme si on l'avait frappé. Il cherchait une manière de répliquer, mais Max appela «*tante Ally*» avec enthousiasme avant qu'il n'en trouve une.

— Comme quoi, tu ne sais pas tout, marmonna Nate dans sa barbe en passant la porte d'entrée avant de la refermer derrière lui. Je l'ai déjà chevauché.

Une gourde et un Tupperware de sandwiches l'attendaient dans le salon. Ils étaient posés sur son coffret de Game of Thrones. Cela lui rappela avec gêne l'époque où il partait en voyages scolaires. Il espérait que la gourde contienne du café et non pas de la soupe.

— C'est ridicule, se plaignit Ally alors que Nate entrait dans la pièce.

Elle étreignait Max depuis son canapé confortable. Malgré les mots rassurants du médecin, qui disait qu'elle allait bien et n'avait besoin que de sommeil et d'antibiotiques, Ally semblait pâle et fatiguée.

— Je n'ai plus onze ans. Je peux me débrouiller seule. Combien de fois dois-je répéter que je n'ai pas besoin d'un baby-sitter?

Nate savait qu'il était sur le point de s'emporter. C'était plus *simple* que n'importe quelle autre méthode plus raisonnable. Il avait les mots sur le bout de la langue. Il n'avait besoin que d'une seconde pour ouvrir la bouche et les laisser se déverser.

Max ne lui en laissa pas l'occasion. Il se jeta sur le canapé, posa ses pieds sur la table basse et posa un bras par-dessus les coussins.

— Tant mieux, parce que je suis venu pour me plaindre et obtenir ta compassion, pas pour te couver.

Max se pencha en avant pour récupérer la boîte de sandwiches. Il souleva le couvercle, le retira et prit un sandwich au fromage.

— Vous savez que Flynn Delaney a tenté de me séduire, n'est-ce pas?

C'était Max dans toute sa splendeur. Il avait d'abord rappelé à Nate pourquoi il aimait tant son ami, puis l'instant d'après, il avait prouvé qu'il pouvait se comporter en vrai salaud.

— Si je devais tenir compte de ton tableau de chasse pour sortir avec quelqu'un, je ne quitterais plus jamais cette maison.

Nate lui laissa les sandwiches. Il n'avait pas vraiment faim. Il était trop nerveux pour ingurgiter quoi que ce soit. Il récupéra la gourde sur la table. Il avait toujours de la place pour du café.

— N'importe quoi, répliqua Max, la bouche pleine. Fais attention à ne pas le laisser approcher de tes cartes de crédit.

Cette fois, Ally jugea qu'il était allé trop loin et lui fit les gros yeux.

— Maxwell, ça suffit. Ne sois pas méchant.

— Je ne suis pas méchant. Je suis simplement prudent. La dernière fois qu'il a quitté cette île, il a emporté le contenu du portefeuille de mon père avec lui.

Suite à sa rencontre avec Dani, l'intérêt de Nate fut piqué. Il hésita, mais réprima son envie de poser des questions. Si Max avait su quelque chose à propos de ce qui s'était passé à l'époque où des rumeurs avaient couru à propos d'un lien entre Flynn et Teddy, il lui en aurait déjà parlé depuis des années.

— Je ne devrais pas revenir tard.

Il se pencha par-dessus le canapé, entre Ally et Max, et embrassa la joue de sa mère.

— Appelez-moi si vous avez besoin de quelque chose ou s'il se passe quoi que ce soit.

Ally leva un bras pour lui ébouriffer les cheveux affectueusement.

— Arrête de t'inquiéter pour moi, Nate. Je vais regarder Fortitude, boire un chocolat chaud et tenter de convaincre Max qu'il n'a pas besoin de répondre aux attentes de son père.

— Bon courage, marmonna Max.

— Il ne va rien m'arriver, continua-t-elle en ignorant l'interruption de Max tout en se tapotant la cuisse.

La jambe tronquée de son pantalon de yoga recouvrait les nouveaux bandages que le médecin avait posés sur son moignon.

— Je vais peut-être devoir attendre un peu avant que ma prothèse soit réparée, mais c'est tout. Demain, je vais recevoir mes nouvelles béquilles et je serai comme neuve.

L'assurance dans sa voix fit soupirer Nate. Quand elle avait été malade, elle avait été persuadée qu'elle guérirait. Cela avait été rassurant. Maintenant qu'elle était guérie, il avait l'impression de tenter le diable.

— J'essaierai de ne pas vous réveiller quand je rentrerai. N'écoute pas un mot de ce que te dit Max.

XVIII

« Souvenez-vous… la première fois que Flynn a quitté l'île, il y avait eu un sacré tapage à propos de lui et Max Saint John. Flynn en était venu aux mains avec Teddy. Comme on dit, il n'y a pas de fumée sans feu, n'est-ce pas ? »

APRÈS DES années de service, Flynn se réveilla en entendant son téléphone sonner, même s'il n'y eut que deux sonneries. Il roula sur le côté, s'assit sur le rebord de son lit, posa les mains sur ses genoux et attendit qu'il sonne à nouveau. Ce qui ne se produisit pas.

Le lit n'avait pas encore eu le temps de refroidir. Si Flynn retournait sous la couette pour se coucher, il serait encore chaud. C'était tentant, mais il se leva. Le sol était froid sous ses pieds nus alors qu'il avançait lentement vers la chaise sur laquelle il avait jeté son jean.

Son téléphone se trouvait dans la poche arrière, avec une poignée de pièces qui s'échappèrent et rebondirent au sol. Il n'y avait qu'un appel manqué. Flynn passa une main sur son visage, sa barbe rêche contre sa paume, et se demanda pourquoi Nate l'appelait à 2 h du matin. Il n'y avait qu'un moyen de le savoir.

Il le rappela et laissa sonner. En attendant qu'il décroche, il se tourna vers la baie vitrée. Il faisait noir dehors et la lune était basse et claire dans le ciel. C'était le genre de nuit que vous ne pouviez pas connaître en ville, où une sorte de lueur intrusive planait toujours. Comme si elle avait attendu un signal quelconque, l'image du chèque de Teddy se matérialisa dans son esprit.

S'il prenait l'argent, il perdrait ce panorama. D'un autre côté, l'avidité le poussait à accepter. S'il prenait l'argent, il pourrait trouver un nouveau panorama.

Avant qu'il puisse se perdre dans l'éventail infini de possibilités que lui offrait cet argent, Nate décrocha.

Flynn ne lui laissa pas la parole.

— Qu'est-ce que tu veux ?

Le soupir à l'autre bout du fil semblait… froid.

— J'ai changé d'avis entre-temps.

— Comme tu veux.

Flynn coinça son téléphone entre son oreille et son épaule et enfila son jean. Il le fit glisser sur ses hanches, le boutonna et attrapa son t-shirt pour le renifler – pétrole, sueur et une trace de cigarette qui lui rappela Nate. Il ne fallut pas longtemps à Nate pour craquer. Flynn entendit parfaitement le soupir qu'il laissa échapper lorsqu'il céda.

— Ma voiture m'a lâché.

— C'est parce que c'est un jouet Fisher-Price.

— J'ai besoin qu'on vienne me chercher.

Flynn passa son téléphone d'une oreille à l'autre en enfilant son t-shirt. Un élan de vanité le poussa à glisser sa main dans ses cheveux pour les démêler de force.

— Tu ne peux pas demander à Max ?

— Pas vraiment. Écoute, je n'aurais pas dû appeler. Je sais que ce n'est pas…

— Tais-toi, imbécile.

Flynn activa le haut-parleur et s'assit pour mettre ses bottes. Il enfonça ses pieds à l'intérieur, mais ne prit pas la peine de les lacer.

— Où es-tu ?

— À la folie.

— Bon sang, qu'est-ce que tu… commença-t-il avant de se lever et de descendre les escaliers. Peu importe. Tu m'expliqueras ça tout à l'heure.

— Merci. Il fait un froid de canard, ici.

Flynn pouffa de rire et raccrocha. Il enfouit son téléphone dans son jean et récupéra sa veste sur la porte. Ses clés étaient déjà dans sa poche, leur poids tirant sa veste vers le bas. Il avait descendu la moitié des marches usées par le temps quand il réalisa quelque chose.

Il fit demi-tour et retourna dans le phare. L'enveloppe de Teddy était toujours posée sur la table. Il n'avait pas trouvé d'endroit plus sûr où la ranger, alors il la récupéra et la plia en deux.

Flynn allait sûrement dire à Teddy de garder son argent, mais il n'en était pas encore certain. Personne n'avait besoin d'apprendre l'existence de cette proposition tant qu'il n'avait pas pris sa décision – surtout pas Nate.

Il rangea l'enveloppe dans le tiroir de la cuisine. C'était l'endroit où il rangeait tout son courrier, alors techniquement, il ne cachait pas cette enveloppe, même s'il l'avait placée sous toutes les autres.

Une fois le tiroir fermé, il sortit pour rejoindre sa jeep. Le moteur brouta au démarrage. Le bruit était étrangement fort dans le calme de la nuit. Sans compter les mouettes et les quelques renards, Flynn n'avait aucun voisin à des kilomètres à la ronde, mais il ressentit quand même le besoin de s'excuser auprès de la faune.

Afin de prendre la route en étant le plus éveillé possible, il bâilla un bon coup – ses yeux se fermèrent et sa mâchoire craqua. Il commença alors à rouler. En temps normal, il fallait une heure pour se rendre à la folie depuis chez lui, mais il n'y aurait personne sur la route. Il mettrait sûrement trente minutes.

FINALEMENT, IL avait mis quarante minutes, à cause d'un mouton qui l'avait forcé à descendre de sa voiture pour le ramener dans son champ. Flynn se gara au pied de la colline. La dernière fois qu'il avait mis les pieds ici, des dizaines d'années auparavant, pour assister à une pièce de théâtre jouée par l'école, le parking était un carré de terre couvert de graviers mal disséminés.

Depuis, il avait été goudronné, même si la couche de béton était déjà craquelée et creusée à certains endroits. À la limite du parking, près des marches en pierre, se trouvait une Ford Estate noire et brillante avec son capot relevé pour examiner le moteur.

Flynn n'avait même pas besoin d'y jeter un œil pour faire son diagnostic. Dès qu'il ouvrit sa portière, il sentit l'odeur âcre d'huile brûlée et de métal chaud. Il soupira et se passa une main sur le visage, frustré.

— Qu'y a-t-il de si difficile à vérifier son niveau d'huile ? marmonna-t-il en montant vers la folie.

Les marches étaient des blocs de granit grossièrement taillés et coincés dans le flan de la colline à intervalles irréguliers. Étant enfant, Flynn avait failli se briser le cou sur ces marches ; il avait perdu l'équilibre en marchant sur un bout de mousse humide et dévalé les marches jusqu'en bas. Depuis, elles avaient été nettoyées, il n'y avait plus de mousse et les blocs glissants étaient soutenus par des cailloux et du béton qui leur donnaient un semblant d'harmonie.

Ce n'était pas une grande ascension, mais elle était suffisante pour réveiller la douleur dans sa cuisse. Le froid y était aussi pour quelque chose. Il s'arrêta à mi-chemin et étira sa jambe. Cela n'arrangea rien, alors il grimaça et enfonça ses doigts dans ce nœud de muscles. C'était assez douloureux pour le faire jurer dans sa barbe, mais une seconde plus tard, le muscle céda sous la pression. Flynn se redressa et reprit son ascension.

S'il tombait à la renverse, il se casserait sûrement la hanche.

Cette réflexion le toucha dans son ego. Il n'était pas *si* vieux que ça. Il n'était pas à bout de souffle et respirait normalement. Quand des randonneurs se perdaient sur l'île, il escaladait des falaises et redescendait en portant sur son épaule des abrutis trempés et gelés qui ne portaient qu'un short.

Il n'avait plus vingt ans, cet âge où une pinte de bière et une mauvaise nuit de sommeil suffisaient à se remettre d'une épaule délogée.

Il se rappela alors la proposition de Teddy. Sa cuisse était douloureuse. Qu'en serait-il dans dix ans ? Dans vingt ans ? Arriverait-il encore à monter et descendre les marches du phare ? Ces questions le poussèrent à se demander si Jessie n'avait pas raison. Peut-être que couper la branche sur laquelle il était assis n'était pas la meilleure option quand un chèque de cinquante mille livres était en jeu.

Il mit un terme à ses réflexions. Peu importe ce qu'il ferait, il ne prendrait pas cette décision cette nuit.

Les deux dernières marches le conduisirent devant la porte d'entrée vide et arquée qui menait dans la folie. C'était une vieille chapelle en ruine. Elle l'était depuis le jour où un certain Saint John, qui avait un grain de folie et trop d'argent à dépenser, avait ordonné sa construction. Les nervures en pierre nue qui constituaient le plafond étaient courbées pour donner l'illusion d'une voûte et le mur du fond n'était agrémenté que d'une fenêtre cintrée de style gothique qui encadrait la lune de manière romantique.

L'endroit était décoré comme si une orgie féerique allait s'y dérouler. Des drapés de soie argentée pendaient aux murs, des bols en argent scintillaient sur le petit autel installé en face de la fenêtre donnant sur la lune et des bancs en fer forgé avaient été alignés dans la nef.

Le temps d'un instant, l'idée que cela puisse être un décor inspiré par une comédie romantique traversa l'esprit de Flynn – complétée par Nate en costume, sur un genou, avec leurs proches rassemblés autour d'eux alors qu'il lui demandait sa main. Cette pensée le fit frémir. Enfin, il ne frémit qu'à soixante-quinze pour cent. Les vingt-cinq pour cent restants n'étaient que pure stupidité.

De toute manière, c'était idiot de penser à cela. D'une part, Flynn n'avait aucun proche sur cette île et, d'autre part, il aperçut Nate. Celui-ci était avachi contre le mur de la folie. À la lumière du clair de lune, ses cheveux grisonnants fusionnaient avec la vieille pierre. Il ressemblait davantage à un marié abandonné qu'à un marié heureux.

Ses manches étaient relevées, dévoilant ses avant-bras fins. Il avait des traces d'huile sur les mains et la mâchoire, une bouteille de vin débouchée entre ses genoux et une cigarette entre ses lèvres. Quand il vit Flynn, il soupira et but une gorgée de vin.

— Vas-y, je t'en prie, dit-il en laissant retomber sa tête contre le mur, l'observant à travers la fumée qui s'élevait de sa cigarette. Fais-moi la leçon.

Flynn prit le temps de la réflexion.

— Peut-être une fois que tu te seras réchauffé.

Il approcha et lui tendit une main. Nate la regarda un instant, puis il soupira et l'attrapa. Flynn le tira vers le haut et le rattrapa lorsqu'il chancela.

— Quelle quantité de vin as-tu bue ?

Nate laissa échapper un petit rire et leva la bouteille pour montrer à Flynn qu'elle était encore à moitié pleine.

— Pas assez. Je suis engourdi, pas saoul.

Flynn arracha la cigarette de sa bouche et en prit une bouffée. Cela faisait plus d'un an qu'il n'avait pas tiré sur la cigarette de quelqu'un en sortant d'un pub, plus de dix ans qu'il n'avait plus son propre paquet dans sa poche, mais c'était comme s'il n'avait jamais arrêté.

— Je croyais que c'était une mauvaise habitude, lui rappela Nate.

— Ça l'est.

Flynn tira une dernière fois sur la cigarette, puis il l'éloigna de ses lèvres pour regarder le bout incandescent. Il esquissa un sourire dépourvu d'humour et de la fumée s'en échappa.

— J'ai passé une sale journée.

— Pareil, dit Nate en se séparant de Flynn.

Il roula la tête et ses vertèbres craquèrent lorsqu'il reprit sa cigarette. Il était sur le point de l'amener à ses lèvres quand un bâillement l'en empêcha. Il essuya ses yeux mouillés du dos de la main et se retrouva avec une trace d'huile sur le sourcil.

— Désolé. Ce n'est pas ton problème. Je n'aurais pas dû te réveiller. C'est juste que je ne savais pas qui appeler.

Flynn trouva une réplique satisfaisante et mesquine.

— Même pas Max ?

Au lieu de prendre la dernière bouffée de sa cigarette, Nate l'écrasa contre le mur, laissant une tache noire et cendrée qu'il effaça avec la paume de sa main.

— Je lui ai demandé de dormir à la maison pour veiller sur maman, répondit-il en jetant le filtre dans l'obscurité. Je ne veux pas les réveiller. Pas après la chute que maman a faite aujourd'hui.

La satisfaction que Flynn avait ressentie fut réduite en cendres. Il n'aurait pas dû poser la question. Il avait encore plus envie d'une cigarette.

— Mais ça ne t'a pas dérangé de me réveiller ?

Il eut droit à la version fatiguée et ternie du sourire « charmant et rusé » de Nate.

— Quand je t'ai appelé, j'avais déjà bu tout le café et je venais de commencer à boire du vin. Encore une fois, je suis désolé. Je suis vraiment content de te voir.

Son quart de stupidité voulut accorder de l'importance à ces mots. Le reste de sa personne se demanda pourquoi il trouvait que cet homme distingué, à la pointe de la mode, était encore plus sexy une fois dépenaillé, bougon et couvert de taches d'huile.

Sûrement parce qu'il n'était qu'un idiot. Avant de se laisser porter par ses sentiments, il devait se rappeler que Nate ne l'avait toujours pas invité au mariage

— Allez, viens.

Il donna une tape sur l'épaule de Nate avant de le pousser vers les marches.

— Je vais te ramener.

XIX

« À ton âge, le sexe n'a plus autant d'importance, si ? C'est la compagnie que tu recherches. »

FLYNN COUPA le moteur de la jeep. Nate se réveilla et réalisa qu'il était probablement en train de baver et qu'ils n'étaient pas garés devant sa maison. Il essuya sa joue de la main le plus discrètement possible – mince, il avait vraiment bavé, ce qui ne faisait pas vraiment bonne impression – et leva les yeux vers la tour blanche du phare.

— Chez toi ?

Flynn haussa les épaules et descendit de la voiture.

— Si tu ne veux pas déranger ta mère, rentrer chez toi à cette heure-ci n'est pas une bonne idée. Tu peux dormir ici.

Flynn se dirigea vers la porte d'entrée. Apparemment, si Nate ne voulait *pas* dormir chez Flynn, il allait devoir dormir dans la voiture. Cette perspective n'était pas réjouissante. En plus, cette journée avait été terrible. Il méritait bien une fin heureuse.

— M. Delaney, appela-t-il de manière aguicheuse en bondissant hors de la voiture.

Sa voix porta dans l'air calme. C'était agréable de pouvoir le séduire sans s'inquiéter qu'un voisin le fusille du regard à travers les rideaux.

— Avez-vous l'intention de profiter de moi ?

— Je te propose juste le canapé, répondit Flynn sans le regarder.

Il déverrouilla la lourde porte d'entrée. Sa voix était légèrement tranchante, mais Nate ne savait pas pour quelle raison. Flynn était peut-être plus énervé d'avoir été réveillé en pleine nuit qu'il ne l'avait laissé paraître.

— Tu ne risques rien avec moi, ajouta Flynn.

— C'est rassurant.

Nate regarda le fessier de Flynn. Son vieux jean était trop lâche pour le mettre en valeur. Pourtant, le denim laissait entrevoir les courbes fermes que Nate connaissait déjà.

— J'aimerais pouvoir en dire autant, ajouta Nate.

Flynn tourna enfin les yeux vers lui. La lumière était allumée à l'intérieur et éclairait les traits allongés et ciselés de sa joue et de sa mâchoire. Elle souligna aussi l'expression sceptique avec laquelle il regardait Nate.

— Quoi ? demanda Nate.

— Penses-tu vraiment que tu pourrais profiter de moi ?

Nate pencha la tête pour l'observer des pieds à la tête et fit semblant de réfléchir.

— Peut-être avec une longueur d'avance ?

— Arrête de faire ton petit malin, dit Flynn en le poussant à l'intérieur du phare. Qu'attends-tu de moi, Nate ? De cette relation ?

Toute cette histoire de petit ami odieux était réservée au public. Ce qu'ils avaient fait dans l'intimité n'avait pas fait partie de leur accord initial. Sa question était justifiée, mais Nate se déroba. Il avait l'impression que peu importe ce qu'il répondrait, ça prouverait que le plan ne s'était pas déroulé comme prévu et qu'ils devaient y mettre un terme.

Nate n'en avait pas envie – pas encore. Cependant, il était temps d'admettre une chose : Flynn était loin d'être détestable.

— Je veux voir ta chambre. Je promets de ne pas parler des marges bénéficiaires du Airbnb, dit-il en faisant le signe de croix sur sa poitrine.

Le coin des lèvres de Flynn se crispa. Cela pouvait être dû à l'amusement ou à la frustration causée par ce sujet qui avait été abordé à maintes reprises. Il plissa ses yeux gris.

— Dis-moi que tu n'y penseras pas, le défia-t-il.

— Il est possible que j'y pense, sauf si tu arrives à me distraire.

C'était le genre de phrase ringarde et exagérée que Max utilisait – le genre d'approche qui fonctionnait lorsqu'on était riche, arrogant et qu'on sortait avec des jeunes de vingt ans. D'habitude, Nate aurait été gêné de prononcer des phrases volées à Max lorsqu'il était adolescent alors qu'il approchait de la quarantaine, mais l'intérêt qu'il suscita chez Flynn compensa cela. C'était ridicule, mais ils le savaient tous les deux et s'en amusaient.

— Et ensuite ? demanda Flynn.

Il ferma la porte et s'y adossa, les mains dans les poches.

— Nous sommes toujours d'accord sur le fait qu'une fois que nous mettrons un terme à cette histoire, tu ne chercheras plus à faire de profit grâce à mon phare et tu ne mettras plus les pieds ici, n'est-ce pas ?

— Parfaitement, répondit Nate. N'oublie pas que notre rupture ne va pas être cordiale. Personne ne s'attendra à ce que nous restions amis.

Flynn esquissa un sourire et une fossette se creusa dans sa joue, sous sa barbe poivre et sel.

— Oui, parce que tout le monde sera heureux de me voir partir.

C'était le plan. Il était un peu tard pour que Nate ait soudainement l'impression que ce plan était *mauvais*. Il n'arrivait même pas à comprendre ce qui clochait. Éprouvait-il cette sensation désagréable parce qu'il mentait à sa famille ou parce qu'il devrait être focalisé sur son travail après le désastre qui avait eu lieu aujourd'hui – hier?

Ou bien était-ce dû à autre chose? Nate n'était pas idiot. Il savait qu'il se mentait à lui-même. La vérité l'aurait empêché de laisser Flynn l'attraper par la chemise et l'attirer dans un baiser brusque et pressant.

Plus tard. Nate agrippa la nuque de Flynn et traça la longueur de son cou avec son pouce, de sa barbe à la douce étendue de peau nue. Sa langue se mêla à celle de Flynn et leurs bouches avides partagèrent le même air et la même chaleur. Il s'occuperait de la vérité plus tard.

Il plongea ses mains sous la veste de Flynn et poussa le cuir le long de ses bras. Il portait un t-shirt à manches courtes, ce qui permettait de voir ses bras fins et bronzés. La naissance du tatouage qui dépassait de sa manche attira les doigts de Nate.

— Tes mains sont gelées, marmonna Flynn en continuant à embrasser Nate tout en se débarrassant de sa veste.

Celle-ci atterrit sur le pas de la porte, où il l'abandonna. Il attrapa Nate par la taille, joignit ses mains au-dessus de ses fesses et le fit reculer jusqu'à l'escalier.

Nate rompit le baiser et posa ses mains contre ses épaules pour que Flynn ne puisse pas atteindre sa bouche.

— Tu pourrais arrêter de te plaindre et me réchauffer.

— Tu pourrais arrêter de parler.

— Dans ce cas, donne-moi autre chose à faire, répliqua-t-il en souriant.

Flynn se mit à rire. Il tourna la tête vers son épaule et déposa un baiser à l'intérieur du poignet de Nate. Sentir ses lèvres tièdes et sa chaleur provoqua un frisson chez Nate qui prit naissance dans ses doigts et termina dans ses bourses. Il retint sa respiration.

— Cette fois, c'est toi qui vas prendre soin de moi en premier, dit Flynn.

Il fit un pas en avant et Nate suivit le mouvement. Son talon cogna contre la première marche de l'escalier et causa un bruit de ferraille. Nate monta sur la marche en reculant et fut brièvement plus grand que son partenaire, mais cela ne dura pas. Flynn le rejoignit, se plaqua contre lui et pressa leurs deux corps des épaules jusqu'aux hanches.

L'esquisse d'un sourire apparut sur le visage de Flynn. Il glissa ses mains vers le bas pour empoigner les fesses de Nate et le pressa davantage contre lui, jusqu'à ce que leurs sexes se frottent l'un contre l'autre à travers leurs vêtements. Le soubresaut de plaisir que ressentit Nate était tellement vif qu'il en était presque douloureux. Il se mordit la lèvre et s'accrocha à Flynn pour rester en équilibre, ses genoux cédant soudainement sous son poids.

— Bordel, marmonna-t-il contre l'épaule de son partenaire.

Flynn se mit à rire et plaça sa bouche contre son oreille. Son souffle le chatouilla lorsqu'il murmura :

— J'ai l'impression que tu es réchauffé.

Puis il lui lécha le pavillon de l'oreille, ce qui n'aida pas Nate à retrouver de la force dans ses jambes. Il trembla, serra les poings et enfonça ses doigts dans les muscles de Flynn.

— Que ce soit bien clair : j'ai vraiment envie de toi, dit Nate. Mais ton escalier n'est pas l'endroit idéal pour s'envoyer en l'air, Flynn.

Flynn laissa échapper un rire et empoigna brusquement ses fesses.

— Serais-tu en train de dire que mon escalier ne correspond pas à tes standards, jeune homme du Granshire ?

— Je dis simplement que j'ai eu ma dose avec le suçon. Je n'ai pas besoin d'ajouter un motif gaufré sur mes fesses.

— J'aimais bien le suçon, remarqua Flynn en parcourant la mâchoire de Nate avec ses dents – mélange de baiser et de morsure. Il se peut que j'apprécie aussi le motif gaufré.

— Je voulais un petit ami odieux, pas bizarre.

Le rire de Flynn vibra à travers leurs deux corps. C'était un rire rauque qui provoqua un ricanement chez Nate. Il empoigna le t-shirt de son partenaire et le tira par-dessus sa tête. Flynn se retrouva avec les cheveux ébouriffés, puis son t-shirt resta coincé au niveau de ses bras. Il dut lâcher les fesses de Nate pour se libérer complètement.

Tout comme avec la veste, il abandonna son t-shirt à l'endroit où il tomba.

Ils montèrent jusqu'à la chambre en se déshabillant. Nate retira ses chaussures sur une marche et perdit sa chemise ainsi que deux boutons à cause des doigts impatients de Flynn sur la suivante. Ils en montèrent une autre et Nate ouvrit le bouton du jean de Flynn. Il frotta ses doigts contre l'abdomen de son partenaire ; celui-ci tressaillit et prit une vive inspiration.

— Tes mains ressemblent toujours à des blocs de glace, Nate, grommela-t-il.

— Et je t'ai demandé de me réchauffer.

Nate sourit et glissa une main à l'intérieur de la ceinture ouverte de son jean, puis il enveloppa l'érection grandissante de Flynn. Elle était lourde et avide entre ses doigts – de la peau douce recouvrait la chair dure et il sentait la pulsation de son sang. Il frotta son pouce contre le gland enduit de liquide pré-séminal et Flynn donna un coup de reins. Le grognement qui lui échappa n'avait rien à voir avec le froid.

— C'est mieux ?

Certainement.

Flynn retint un juron entre ses dents et entraîna Nate le long des dernières marches. Les lumières étaient éteintes et la lune était la seule source de lumière, mais dans une pièce qui était à quatre-vingt-dix pour cent composée de vitres, c'était suffisant. Les murs étaient incurvés dans des lignes quasiment invisibles, trompant l'œil en ne lui montrant pas où se terminait la pièce et où commençait la nuit noire parsemée d'étoiles. Un lit imposant et défait occupait une grande partie de l'espace.

— Waouh, fit Nate en s'arrêtant pour admirer la vue. C'est...

— Je t'entends déjà rédiger le descriptif dans ta tête, l'interrompit Flynn en glissant un bras autour de sa taille pour l'attirer contre son torse.

Ce n'était pas complètement vrai. Cela faisait des années que Nate avait rédigé le descriptif. Il ne faisait que l'éditer à la volée. Ce n'était sûrement pas le bon moment, mais son esprit avait dévié.

Flynn glissa une main vers l'entrejambe de Nate jusqu'à ce qu'elle épouse son sexe à travers son pantalon. La caresse rapide, les doigts rêches et le frottement de la braguette contre sa chair sensible lui rappela ce qu'ils étaient en train de faire.

— Juste un peu, promit-il.

Il prit une vive inspiration, qui se coinça dans sa gorge lorsque Flynn le caressa une nouvelle fois.

— Superbe panorama, ajouta-t-il avec une voix éraillée. Quel superbe panorama.

— Petit malin.

Flynn pressa un baiser dans son cou. Le mordant de ses dents laissa place à la douceur humide de ses lèvres et il le souleva dans ses bras. Ce mouvement soudain fit pousser un cri aigu à Nate, qui s'accrocha aux épaules de Flynn lorsque ses pieds quittèrent le sol.

— Bordel, qu'est-ce que tu fais ? demanda-t-il en rigolant.

Flynn sourit, déposa un baiser léger sur le coin de ses lèvres et le jeta sur le lit.

— Je te change les idées.

Cela fonctionna. Nate rigola en s'étendant sur le matelas confortable. Celui-ci se creusa sous son coude alors qu'il regardait Flynn tirer sur ses bottes et pousser son jean jusqu'à ce qu'il tombe sur ses chevilles. Le clair de lune illumina ses muscles lorsqu'il se redressa et apporta une lueur argentée dans ses cheveux et sur son corps.

La bouche de Nate devint sèche. Il savait à quoi ressemblait le corps de Flynn – la largeur de son torse, la ligne dense et sombre de poils qui menait à ses bourses et le mât lourd et courbé de son érection. Mais l'histoire des aveugles et de l'éléphant lui revint en mémoire. Il avait manqué ses cuisses massives et poilues ainsi qu'une cicatrice qui lui marquait la jambe, telle une jarretelle entortillée.

Flynn était sexy lorsqu'il était partiellement nu, mais il était sublime quand on le prenait dans son ensemble.

Cet enfoiré n'avait pas le corps d'un homme de quarante ans.

Étendu sur le lit, son sexe poussant contre la braguette de son pantalon et son ventre rentré au point de le sentir contre ses côtes, Nate se dit qu'il aurait mieux valu qu'il réalise cette deuxième pompe. Il n'était pas gros – il passait trop de temps à monter et descendre des escaliers et à porter des tables sur tréteaux pour ça –, mais il n'avait pas le corps de *Flynn*. Il n'avait même pas *l'ancien* corps de Flynn qu'on aurait publié dans la section « avant / après » d'un magazine de sport.

— Tu as une magnifique tablette de chocolat, marmonna-t-il.

Son ton était un peu plus mordant qu'il ne l'aurait souhaité. Il le dissimula en déboutonnant son pantalon et en levant les hanches pour le faire descendre.

Flynn rampa sur le lit et se plaça à califourchon. Il tira son pantalon jusqu'à ses genoux et le laissa faire le reste du chemin. Puis il se pencha au-dessus de lui et resta appuyé sur ses bras pour pouvoir le regarder.

— Dis-moi, combien de temps penses-tu pouvoir rentrer ton ventre comme ça ?

Cela aurait dû être terriblement gênant. Pourtant, Nate se tordit de rire. Son rire s'échappa sans élégance de sa bouche, permettant au souffle qu'il avait retenu de se libérer. Le sourire de Flynn n'arrangea rien ; il était lent et diaboliquement amusé par son embarras. Nate finit par couvrir son visage avec ses mains et plonger ses doigts dans ses cheveux.

— J'espérais que tu me retournes, admit-il en rigolant. Ensuite, j'aurais pu respirer.

Flynn fit descendre son corps sur celui de Nate. Son poids le cloua contre le matelas et provoqua un tourbillon de chaleur dans ses bourses.

— Je ne suis pas ce genre d'homme, dit Flynn.

Il attrapa les poignets de Nate et les écarta de son visage. Il les cloua sur le lit, derrière sa tête, puis il s'accorda un instant pour le contempler.

— Je n'ai jamais vraiment été du genre à me contenter de retourner les hommes pour les prendre. J'aime prendre mon temps.

Flynn s'approcha de lui et l'embrassa, comme pour souligner ses dires. Son baiser était lent, moite et méticuleux. Nate laissa échapper un son étranglé et s'agita sous le poids de Flynn. Il voulait le toucher, tracer la croix dessinée à l'encre sur son biceps et répertorier les coupures et les égratignures que toute une vie avait laissées sur son corps.

Mais surtout, il avait *envie*. Il avait cru être heureux en vivant seul, avec Netflix et sa main droite, mais ça lui manquait. Non pas d'être possédé par un homme – *pas seulement* –, mais l'intimité de se retrouver nu avec quelqu'un, d'être si proche de l'autre qu'on se retrouve à respirer le même air.

Nate passa une jambe par-dessus la hanche de Flynn et frotta son pied nu contre sa cuisse. Ses orteils heurtèrent une cicatrice qui formait une ligne épaisse. C'était le miroir de celle qu'il avait remarquée à l'avant. Cette blessure n'avait pas été superficielle.

Nate se souvint des paroles de Flynn : «*Je faisais partie de l'armée*». Il se demanda si cette cicatrice était la raison pour laquelle il avait dû la quitter.

— Que s'est-il passé ? demanda Nate.

— Accident de voiture.

Flynn déposa des baisers le long de sa mâchoire et de son cou tout en le mordillant. Nate sentait le désir fourmiller sous sa peau, comme si le plaisir trépignait en lui.

— Ça s'est passé en Somalie, marmonna-t-il contre son épaule. Un coach a donné un coup de volant et son mini-van s'est retourné sur le bord de la route. J'ai réussi à évacuer un enfant, mais ensuite, le véhicule a bougé et je me suis retrouvé coincé. Ils ont dû découper le véhicule pour m'en sortir. L'armée m'a invalidé avant même que je quitte l'hôpital.

La voix de Flynn ne contenait aucune émotion, mais c'était clairement une chose dont il ne parlait pas souvent. Aucune des rumeurs qui couraient à son sujet n'avait fait allusion à ce genre d'antécédents. Cependant, cette blessure était ancienne et avait bien cicatrisé.

— Ce n'est pas la raison pour laquelle tu es revenu.

— Non.

Flynn n'élabora pas. Il libéra ses poignets et promena ses doigts le long des avant-bras de Nate jusqu'au creux de ses coudes. Sa bouche trouva son chemin jusqu'à un téton. Il passa sa langue sur ce bouton, puis le suça. Ses dents frottèrent contre ce bout de chair sensible et Nate laissa échapper un son étouffé qui aurait été un juron si son esprit avait été en mesure d'assembler les syllabes.

Il tendit les bras et promena ses mains sur le dos de Flynn en les laissant glisser sur la descente que formaient ses omoplates, puis en descendant le long de ses côtes. Les bandes de muscles tressaillirent et se crispèrent sous son toucher. Cela provoqua une réaction en chaîne qui termina par faire palpiter le sexe de Flynn, coincé entre leurs corps.

— Et toi? demanda Flynn.

Il déposa un dernier baiser humide sur son torse et se redressa. Il fit reposer son poids sur les cuisses de Nate et se caressa. Son gland était humide et brillant alors qu'il faisait aller et venir son prépuce et que la peau fine se plissait sous ses doigts.

— Pourquoi portes-tu des Converses?

Nate pouffa de rire.

— Sérieusement?

— Ça m'intrigue.

Flynn se pencha en arrière et tendit le bras vers la table de chevet. Il ouvrit un tiroir et en sortit un préservatif et un tube de lubrifiant.

— C'est juste mon truc, dit Nate en se mettant à genoux sur le lit.

Il arracha le préservatif des doigts de Flynn et déchira l'emballage.

— Un jour, j'étais en retard en cours et Max avait caché toutes mes chaussures. J'ai attrapé une de ses paires de basket et j'ai couru.

Il déroula doucement le préservatif sur le membre de Flynn en parlant. Il avait la tête baissée et regardait ses doigts s'appliquer autour de cette érection, ses cheveux mêlés retombant dans ses yeux. La peau nue était peut-être plus agréable, mais il avait toujours aimé l'aspect d'un préservatif sur l'érection d'un homme, le latex lisse et lustré de lubrifiant, la manière dont il *moulait* le membre. Il atteignit la base et glissa sa main plus loin pour prendre les bourses lourdes dans sa paume. Elles tressaillirent dans sa main et Flynn grogna. Ses cuisses se crispèrent et ses muscles se nouèrent sous sa peau.

— C'était la première fois que personne ne me demandait pourquoi j'avais les cheveux gris à dix-neuf ans. Alors j'en ai fait mon truc.

Flynn l'attira sur ses genoux. Leurs membres se pressèrent l'un contre l'autre, humides et durs entre leurs abdomens. L'estomac de Nate se noua d'impatience lorsque Flynn passa une main derrière lui pour pousser un doigt lubrifié dans son orifice. Un autre doigt s'y ajouta. Nate s'agrippa aux épaules de Flynn et grogna en poussant contre eux.

— Je vais te dire quelque chose, haleta Flynn alors que ses doigts s'enfonçaient plus profondément en Nate.

Nate s'ouvrit davantage, non sans inconfort. Sa tête blottie contre le cou de Flynn, il supplia son partenaire de passer à l'étape suivante.

— Je pense que tu es assez vieux pour que personne ne se demande pourquoi tu as les cheveux gris.

— Espèce d'enf…

Le juron se transforma en un geignement de protestation lorsque Flynn retira ses doigts. Nate remua pour que leurs sexes se frottent l'un contre l'autre. La rencontre de leurs érections, de leur sueur et de leur liquide pré-séminal provoqua un tourbillon de plaisir à travers ses bourses jusqu'à ce que c'en devienne douloureux.

— Seigneur, Flynn, prends-moi !

— Tu es un sale gosse, rétorqua Flynn en riant.

— Tu pourras me mettre une fessée plus tard si tu en as envie. Mais pour le moment…

Nate s'écarta de Flynn et se laissa retomber sur le lit. Il lui sourit, replia une jambe et posa son pied sur les draps emmêlés.

— Prends-moi, mauvais garçon.

Ces mots lui valurent un regard dédaigneux, mais cela n'empêcha pas Flynn de le rejoindre dans ces draps en désordre. Nate encouragea Flynn alors qu'il lui attrapait les cuisses et les poussait contre son torse. Nate tendit les bras vers le haut et s'accrocha à la tête de lit, son sexe glissant et humide contre son ventre et ses bourses crispées par la frustration.

— Je dois m'assurer que tu en aies pour ton argent, railla Flynn.

Quelque chose dans la manière dont il avait dit cela dérangea Nate, comme s'il avait senti une piqûre au milieu des pulsions enivrantes d'envie et de désir qui le consumaient. Il *allait* répondre. Il allait lui expliquer qu'il ne le faisait pas pour… ça. Mais avant qu'il puisse parler, il sentit la pression du membre de Flynn contre ses fesses. Il grogna et enfonça ses dents dans sa lèvre inférieure, mais le pincement de douleur n'était pas une distraction assez efficace contre la vive chaleur qui s'installa entre ses hanches lorsque Flynn commença doucement à le pénétrer.

Plus tard.

Nate n'arrêtait pas d'en faire la promesse, mais… plus tard.

Il sentit une brûlure quand son derrière s'étira autour du sexe de Flynn et une douleur sourde apparut dans ses hanches. Dans une autre situation, cela aurait été douloureux, mais à cet instant, la douleur était contrebalancée par le plaisir qu'il ressentait dans son sexe. Son corps était fiévreux de désir, ses bourses et ses tétons picotaient et il était tellement occupé par la verge de Flynn qu'il n'y avait plus de place pour la respiration ou les mots ou les pensées.

Flynn le pénétra jusqu'à la garde, ses bourses pressées contre la courbe tendue de ses fesses et il marqua une pause. Sa mâchoire était serrée et la tension faisait ressortir les muscles de ses épaules et de ses avant-bras. Il se déplaça légèrement, se pencha en avant et réussit à plonger son membre encore plus profondément en Nate. Ce choc de plaisir lui fit voir des étoiles et provoqua des picotements le long de sa colonne vertébrale ; il laissa échapper un grognement à travers ses dents serrées.

— Cela faisait-il partie de ton plan ? demanda Flynn.

Il libéra les cuisses de Nate, posa ses mains près de ses épaules et enfonça ses doigts dans les draps.

— La première nuit où tu es venu ici, cela faisait-il partie de ton plan ?

— Non, répondit Nate.

Il hésita. Il n'avait pas l'intention de mentir. Il avait simplement besoin d'un instant pour se rappeler quelle était la vérité alors qu'il était en train de se consumer sous Flynn.

— Cela faisait peut-être partie de mes fantasmes, mais pas de mon plan.

Flynn rit brièvement en entendant cette réflexion qui n'avait pas pour objectif d'être marrante.

— Pour un organisateur de mariage réputé, les choses ne se passent pas souvent comme tu le souhaites, n'est-ce pas ?

171

Il n'avait pas tort. Nate plaça une main sur la nuque de Flynn et l'attira vers lui. Il formula sa réponse contre ses lèvres.

— Peut-être bien, oui, mais je n'ai pas à me plaindre.

Du moins, pas pour le moment.

Flynn l'embrassa. C'était lent, simple, doux, puis il se mit à onduler contre Nate. Au départ, il resta prudent, sa verge ne glissant que de quelques centimètres à la fois, mais le rythme accéléra à chaque pénétration. Nate enroula ses jambes autour des hanches de Flynn, enfonça ses talons dans les muscles contractés de ses cuisses et gémit des encouragements alors qu'il se cambrait pour faciliter chaque pénétration.

Son corps s'enfonçait davantage dans le matelas à chacune d'elle, le clouait sous le poids de Flynn et provoquait un courant de plaisir le long de sa colonne vertébrale. Sa verge était coincée entre leurs corps et frottait contre l'abdomen musclé de Flynn. Il sentait un nœud de plaisir dans son ventre qui se resserrait de plus en plus et lui arrachait des sursauts de plaisir à chaque fois que le sexe de Flynn cognait contre sa prostate.

Il attrapa les épaules de Flynn et l'attira dans un baiser. Il laissa un instant ses lèvres pressées contre les siennes, puis il descendit le long de sa mâchoire, de son épaule et le mordilla le long de sa clavicule. Alors que Flynn grognait, Nate s'appropria cette étendue de peau avec sa langue et ses dents et glissa ses mains le long de son dos qui effectuait tout le travail. Les muscles s'étiraient et se contractaient sous ses mains pendant que Flynn le prenait.

— Bon Dieu, Flynn, grogna Nate contre le cou de son amant. Si seulement…

Il n'avait pas besoin de souhaiter quoi que ce soit. Aucun obstacle ne se profilait à l'horizon. Il pouvait vivre cette relation s'il en avait envie. Si Flynn en avait envie.

C'était assez terrifiant.

Avant qu'il puisse s'attarder sur cette éventualité, Flynn prit possession de sa bouche dans un baiser torride alors que sa verge martelait la prostate de Nate. Cette sensation percuta brutalement sa colonne vertébrale à travers une jouissance vive et libéra le nœud de plaisir qui se trouvait entre ses cuisses. L'extase le transperça et le vida de toutes ses forces. Sa semence se déversa sur leurs deux abdomens et son derrière se contracta autour de la verge de Flynn – une crispation involontaire qui fit grogner son amant.

— Bordel, gronda Flynn, la mâchoire serrée.

Il pénétra Nate brusquement – comme s'il avait besoin de se retrouver encore plus profondément en lui – et jouit à son tour. Nate sentit la verge de son amant tressaillir et se vider en lui, puis son corps s'effondra. Il haleta contre le cou de Nate alors que son corps en sueur le clouait au lit.

Un instant plus tard, Flynn roula sur le côté et termina sur le dos. Sa verge humide reposait contre sa cuisse, le préservatif contenant le produit de son orgasme était lisse et brillant et la semence de Nate était étalée sur son abdomen. Il passa une main dans ses cheveux. La transpiration avait aplati ses cheveux bruns sur son crâne.

— Alors, est-ce que tu en as eu pour ton argent ? demanda-t-il en fixant le plafond.

— Arrête de jouer aux crétins.

Flynn fit la grimace, puis roula vers lui. Il fit remonter son bras sur le torse de Nate, glissa sa main autour de son cou pour lui tenir tendrement la nuque et déposa un baiser sur son épaule.

— Tu as raison. Ce n'était pas contre toi. Désolé.

Nate glissa ses doigts dans les cheveux de Flynn. Ce geste semblait osé, comme s'il était plus susceptible de rompre les termes de leur accord que le sexe en lui-même.

— Si ça peut te rassurer, je n'ai aucun reproche à te faire. Par contre, j'aurais peut-être quelques conseils…

Cela fit rire Flynn.

— Il est temps de dormir, Nate.

XX

« Il n'a jamais rien nié. »

CELA FAISAIT... un bout de temps que Flynn ne s'était pas réveillé avec quelqu'un dans son lit. La rupture avec Kier n'était pas vraiment arrivée sans crier gare. Il avait connu une longue période sans sexe, et quand on vivait sur une île, passer la nuit chez quelqu'un était une certaine preuve d'engagement. Il n'avait pas non plus été chaste, mais il se contentait de coucher avec des hommes dans des arrière-salles ou sur des banquettes cachées. Il avait fini par se faire à l'idée qu'il préférait cela, qu'il aimait qu'on lui laisse son espace et son intimité.

Pourtant, il était ici, Nate était ici et il ne ressentait qu'une satisfaction paisible et une légère surprise en voyant que son partenaire n'était pas parti au petit matin.

Ou bien il en avait eu l'intention, mais avait été retenu par la vue.

Flynn se souleva sur un coude, étouffa un bâillement avec le dos de sa main et observa Nate qui était assis, jambes croisées, au pied du lit. La remarque taquine mourut sur la langue de Flynn et il se demanda qui avait bien pu dire à Nate qu'il n'était pas bel homme.

Son dos était long et mince et ses bras étaient fins et élégants. Avant de le voir nu, Flynn avait pensé qu'il devait son allure à ses costumes de luxe et ses chemises en soie, mais pas du tout. L'inclinaison de ses jambes croisées soulignait ses cuisses allongées et minces et la marque des doigts de Flynn était toujours visible sur sa peau, comme des empreintes blanches. Nate n'avait peut-être pas beaucoup de muscles, mais il n'y avait pas une once de gras sur lui. Il ressemblait simplement davantage à un coureur qu'à un haltérophile – délicat comme s'il profitait de la vie, mais pas comme s'il était faible.

— Tu sais que tu es sublime, n'est-ce pas ? demanda Flynn.

Sa voix était plus rauque que ne pouvait le justifier le réveil du matin.

Nate laissa échapper un rire bref sans se retourner et remua les épaules comme s'il pouvait se débarrasser du poids de ce compliment.

— Je ne suis pas trop mal.

Nate regarda par-dessus son épaule. Ses boucles emmêlées tombèrent sur son visage et il se mordit la lèvre en observant minutieusement Flynn.

— Tu ressembles à une statue grecque.

L'appréciation simple et transparente qui se lisait sur le visage de Nate provoqua une tension dans ses bourses et un tressaillement dans sa verge. Apparemment, son corps était prêt pour une nouvelle partie de jambes en l'air si Flynn y mettait du sien. Il prenait ses désirs pour des réalités. Cet élan de chaleur et… d'affection dans sa poitrine était illusoire.

— Ceux qui ont un petit pénis ? plaisanta-t-il.

Nate se mit à rire et se retourna pour ramper sur le lit. Il glissa une main entre les cuisses de Flynn, prit sa verge parfaitement érigée dans sa paume et la serra délicatement. Le désir monta le long de la colonne vertébrale de Flynn, qui se crispa sous l'envie. Il dut retenir un grognement.

— Comme je te l'ai déjà dit, commença Nate avant de déposer un baiser sur les lèvres pincées de Flynn. Je n'ai aucun reproche à te faire.

Au diable l'haleine du matin. Flynn attrapa Nate par le bras et l'attira contre lui pour un vrai baiser – lent et tranquille, leurs langues emmêlées et leurs mains libres d'explorer. Les mains de Flynn finirent à nouveau sur les fesses de son amant. Il ne les trouvait pas du tout maigres.

Après une longue minute de distraction, Nate rompit le baiser. Il releva la tête et parut chagriné.

— Je dois vraiment y aller.

Flynn effectua une rotation sur le côté et cloua un Nate hilare sur le lit. Il prit le visage de son amant dans ses mains et caressa ses pommettes avec ses pouces.

— Tu n'as qu'à dire à ta mère que tu es chez moi, dit-il en attrapant la lèvre inférieure de Nate entre ses dents avant de tirer doucement dessus. Fais-lui croire que je te pervertis.

Nate enroula ses bras autour du cou de Flynn et se mit à rire.

— Je pense qu'elle sait que j'ai une vie sexuelle – étant donné qu'elle m'a surpris la première fois.

Il avait dit cela comme si c'était amusant, en laissant tout de même apparaître vingt pour cent de la gêne qu'il avait dû ressentir à l'époque. Si le père de Flynn l'avait surpris en train de coucher avec un garçon, lui ou son ami ne serait jamais ressorti de cette chambre. Cet élan de jalousie, curieux et daté, perça cette bulle paisible et transpirante du désir matinal.

— Mais je dois me rendre au travail, reprit Nate. Je ne devrais pas y aller en sentant le sexe et l'huile brûlée.

En effet.

Nate le poussa sans y mettre de la force, mais Flynn soupira et roula sur le côté pour le libérer. Nate s'assit et s'étira comme un chat, avec ses épaules tirées en arrière et son ventre rentré. Il laissa retomber ses mains sur le matelas et regarda Flynn avec préoccupation.

— Est-ce que ça te dérange si j'utilise ta douche?

Flynn soupira et croisa les bras derrière sa tête.

— Fais comme chez toi, dit-il avant d'indiquer un endroit de la chambre. La salle de bain se trouve derrière ce mur.

Il s'allongea sur le lit et écouta Nate faire couler l'eau, jurer et fermer le robinet. Pendant que Nate se débattait avec la pression de l'eau – qui était bonne, mais le chauffe-eau qui se trouvait au rez-de-chaussée n'était pas destiné à envoyer de l'eau chaude vers l'étage pendant vingt minutes –, Flynn observa son corps étendu.

Il n'avait pas l'habitude de se regarder. C'était son corps. Il s'en contentait, du moment qu'il lui permettait de faire ce qu'il avait à faire. Il savait que ses cuisses étaient parsemées de poils noirs, que son ventre était plat et qu'il avait de la chance que sa jambe blessée fonctionne. Il ne s'attarda pas dessus.

La vieille cicatrice pâle sur sa jambe semblait fraîche et récente, comme si c'était la première fois qu'il la voyait. Elle n'était pas belle à voir et semblait incapacitante, mais les conséquences n'avaient pas été graves – peu de dommages musculaires, aucun tendon touché, juste une fracture et une blessure ouverte. Sa jambe était presque comme neuve. Flynn avait aussi l'impression de commencer une nouvelle vie.

— Je n'ai jamais eu l'intention de rester ici, dit-il, sa voix portant au-delà des bruits de Nate dans la douche. Ce n'était pas ce que j'avais prévu.

— Moi non plus, cria Nate. Je pensais que tu te joindrais à moi sous la douche.

Ce n'était pas ce qu'il avait voulu dire. Flynn jeta un œil à sa verge, qui reposait à demi-érigée sur son abdomen, et se dit qu'il n'était pas dans son intérêt d'argumenter. Il roula hors du lit et ses os résonnèrent comme du gravier lorsqu'il contourna le mur de briques de verre pour le rejoindre sous la douche.

Nate se tenait debout dans la pièce embuée, ses cheveux plaqués sur son crâne et de l'eau savonneuse scintillant sur sa peau nue. Sa main était enroulée autour de son membre, qu'il commençait à caresser tranquillement.

— Juste à temps, dit-il en souriant à Flynn à travers la cascade.

Flynn mit les pieds sur le carrelage glissant. L'eau entra au contact de sa peau et le fit tressaillir. Apparemment, Nate aimait les douches tièdes et avait baissé la température de l'eau. Il pencha la tête en arrière pour se mouiller les cheveux et effacer les traces de sommeil de ses yeux. Nate l'attira sous la douche et se pressa contre son dos. Il fit descendre ses mains le long du torse de Flynn, sur ses côtes, puis ses cuisses. Ses doigts heurtèrent sa cicatrice.

Nate la traça du doigt, de son point le plus épais à l'avant de la cuisse, où il ne sentit presque pas la pression, à la cicatrice fine laissée par l'opération chirurgicale à l'intérieur de sa cuisse.

— Alors, qu'avais-tu prévu ?

Flynn était celui qui avait abordé ce sujet, mais maintenant qu'il devait en parler, il ne voulait plus le faire. Cependant, la main qui s'enroula autour de son membre fut une bonne distraction – des caresses lentes et régulières, de la base jusqu'au gland, un peu trop doux.

— Rénover cet endroit, le vendre, partir, répondit Flynn.

Il baissa une main et l'enroula autour de celle de Nate. Il caressa plus rapidement sa verge et la serra assez fort pour que le plaisir vrombisse dans ses bourses et dans son derrière.

— Retrouver du travail. Il y aura toujours un garage et des gens à sauver quelque part.

Nate grogna et déposa un baiser langoureux sur son épaule. Il aspira l'eau qui s'y trouvait et le mordit. Sa verge était coincée entre les cuisses de Flynn. Elle était érigée et mouillée alors que Nate était plaqué contre lui.

— Tu vis toujours ici. Tu aurais pu vendre cet endroit à Teddy n'importe quand.

Flynn tendit un bras derrière lui et attrapa la cuisse de Nate pour qu'il se rapproche. À chaque ondulation, l'érection duveteuse de Nate frottait contre la peau sensible qui se trouvait entre ses cuisses. Le sentiment d'excitation devenait lourd et ses bourses étaient tendues.

— Pour une fois, je ne voulais pas que ce vieil enfoiré obtienne ce qu'il voulait. Cette fois, il n'a pas gagné.

Un rire instable s'échappa de la bouche de Nate et il ondula contre le derrière de Flynn au rythme de leurs caresses.

— Ce qui revient à te punir toi-même. Crois-moi : passer ta vie à contrarier Teddy ne te mènera nulle part. Max te le confirmera.

Flynn fit grise mine.

— Je préfère ne pas lui demander son avis.

Il sentit le corps de Nate bouger derrière lui ; la façon dont ses muscles se soulevèrent et dont sa peau glissa contre celle de Flynn indiqua qu'il avait sûrement haussé les épaules. Il avait peut-être envie de dire autre chose, mais ses paroles se perdirent dans sa respiration haletante et le tortillement désespéré de ses hanches contre le fessier de son partenaire.

Flynn resserra son emprise sur les doigts de Nate et transforma cette masturbation douce en caresses impatientes. Il effectua ensuite un mouvement de rotation le long de sa verge et ravala un grognement de plaisir. Cela provoqua son orgasme et il se cambra pour l'atteindre.

Il dut se tenir au mur et poser ses mains contre le verre glissant lorsque ses muscles se détendirent suite à la jouissance. Nate jura contre sa nuque et ondula brusquement contre lui. Il jouit en tremblant et en grondant longuement le nom de son amant. Sa semence se colla sur les cuisses de Flynn, puis fut emportée par l'eau de la douche.

— Si j'avais droit à ça tous les matins, je pourrais devenir un lève-tôt, déclara Nate en haletant comme un cheval à bout de souffle.

Cela fit rire Flynn, qui tendit un bras derrière lui pour ébouriffer les cheveux de Nate.

— À ça et à du café, corrigea-t-il.

LE CAFÉ était noir, épais et de qualité. Il était aussi corsé, ce qui semblait être la seule chose dont se souciait Nate. Flynn s'appuya contre l'évier, sa tasse entre les mains et l'observa qui jonglait distraitement entre boire son café et regarder son téléphone.

Même avec un t-shirt emprunté et des cheveux partiellement séchés – il avait mis du temps à croire que Flynn ne possédait pas de sèche-cheveux –, Nate semblait tout droit sorti d'un magazine. Peut-être pas d'un magazine de mode, mais au moins d'un magazine haut de gamme sur « la maison et les jardins ».

— Si je lançais ce machin par-dessus la falaise, tu te jetterais sûrement à sa poursuite, dit sèchement Flynn.

Nate ne quitta pas son écran des yeux, mais il posa sa tasse pour lui faire un doigt d'honneur.

— Je n'y ai pas touché hier, alors je dois rattraper mon retard. Ce soir, c'est la répétition du dîner de mariage. Je dois vendre la nouvelle salle de réception aux mères des mariés et contacter le photographe, expliqua-t-il avant de lever enfin les yeux vers Flynn avec un air chagriné. Ce n'est pas toujours comme ça.

— La répétition du dîner de mariage de Katie et Bradley. Dois-je comprendre que son plongeon en mer n'a pas refroidi l'enthousiasme du marié ?

Nate fit non de la tête. Il éteignit son téléphone et le rangea dans sa poche.

— Non. Après lui avoir fait la promesse qu'on ne l'obligerait pas à porter une cravate, il était tout ouïe. Maintenant, je n'ai plus qu'à m'assurer que rien n'aille de travers entre aujourd'hui et demain soir.

Il marqua une pause et regarda la porte arrière et le ciel bleu clair à travers la fenêtre.

— Et faire en sorte qu'il ne pleuve pas.

— Ce n'est pas prévu.

— Ça ne veut rien dire.

Nate pencha la tête en arrière et avala les dernières gorgées de son café. Il déposa sa tasse dans l'évier et regarda Flynn avec incertitude.

— Écoute, je réfléchissais et…

Son téléphone sonna avant qu'il puisse terminer sa phrase. Nate le récupéra dans sa poche et fronça les sourcils en voyant ce qui était affiché. Il fit signe à Flynn de lui donner une seconde lorsqu'il décrocha.

— Salut, Max, je… Non, je ne suis pas mort. J'ai simplement… Oui, je suis toujours ici. Pourquoi le dire à Teddy ? Je ne vais même pas être en retard.

Le rythme saccadé de la conversation marquait les interruptions habituelles des personnes qui se connaissaient si bien qu'elles n'avaient pas besoin d'entendre les phrases de l'autre en entier. Nate arrêta de parler un instant et frotta distraitement ses doigts à l'arrière de son oreille en écoutant. Ce qu'il entendit le fit grimacer, mais il n'argumenta pas.

— Je te remercie. Max, ne gâche pas tout.

Nate éloigna le téléphone de son oreille.

— Tu as appelé Max ?

— Je ne voulais pas que maman s'inquiète, répondit-il en affichant un sourire crispé. Puis j'avais, euh… J'avais besoin que quelqu'un me conduise au travail.

Flynn dissimula sa grimace en prenant une gorgée de café. Sa voiture était dehors. Il avait sa propre société, alors s'il voulait arriver en retard au travail, il pouvait le faire.

— Il ne va pas tarder à arriver, dit Nate.

Il y eut un silence qui condensa vingt ans de ressentiment et de secrets dans un mélange étrange d'esquives de regard. Nate brisa le silence.

— Dis, toute cette histoire de petit ami détestable…. Pourrions-nous en discuter ?

— Ce soir ?

Nate se mit à rire.

— Répétition du dîner, tu te souviens ? Puis le mariage. Disons, dans deux jours ?

Flynn termina son café et posa sa tasse. La douceur étrange et niaise qui avait empli sa poitrine depuis son réveil commença à disparaître. Elle laissa un goût amer derrière elle.

— Katie et Bradley. Félicite-les de ma part. Ils forment un couple charmant.

Nate hocha la tête.

— Je n'y manquerai pas.

Flynn fut soulagé lorsque le vacarme du klaxon les interrompit. Nate se retourna et tressaillit, comme s'il avait oublié que Max était en route.

— Je ferais mieux d'y aller, dit-il en approchant de Flynn pour déposer un baiser rapide et chaste sur sa bouche. Dès que ce mariage sera terminé, nous pourrons discuter.

Flynn serra la mâchoire pour réprimer l'envie de lui rendre son baiser, de marquer ses lèvres et son cou de façon à ce que Max sache exactement pourquoi ils l'avaient fait attendre. Au lieu de ça, il s'avachit à l'endroit où il se tenait, écouta la porte d'entrée claquer et le moteur tourner à l'extérieur.

Cela ne dura pas longtemps – Max n'avait clairement pas envie de passer plus de temps que nécessaire ici – et Flynn se retrouva seul avec le chèque de Teddy et ses propres pensées. Ils n'étaient pas de très bonne compagnie.

Vingt ans plus tôt, lorsqu'il avait quitté Ceremony, il s'était promis de ne jamais y remettre les pieds. Quand il était revenu, il s'était promis de ne pas rester. Sa jambe était en assez bon état pour effectuer des missions de secours. Il pouvait probablement réussir le test d'aptitudes physiques pour réintégrer l'armée. S'il en avait envie.

Même s'il ne réussissait pas, cinquante mille livres représentait une somme assez conséquente pour faire exactement ce qu'il avait toujours voulu faire – partir. Après tout, quelles étaient les choses qui le retenaient ici ? Une belle vue, une mauvaise réputation et un faux petit ami qui était bien content de coucher avec lui, mais qui ne voulait pas que sa vie tranquille soit chamboulée.

Il jeta les marcs de café dans l'évier et ouvrit le robinet pour les faire disparaître. Le goût amer qu'il avait dans la bouche avait ruiné la saveur de son café. Dans deux jours, Flynn allait se faire plaquer, Nate reprendrait sa vie paisible et Teddy Saint John obtiendrait le substitut du fils qu'il avait toujours voulu.

Qu'il parte avec ou sans l'argent, cette situation ne semblait pas très juste envers Flynn.

XXI

« Tu devrais prendre un chien. Les chiens sont une bonne manière de rencontrer des personnes. »

LE PHOTOGRAPHE, Dale Lau, était un homme trapu et sympathique qui avait pris le ferry avec une voiture remplie de matériel de photographie ainsi qu'une vieille planche de surf accrochée sur le toit. Il sourit à Nate avec ses lunettes de soleil polarisantes et lui dit qu'il avait l'intention de surfer un peu tant qu'il serait sur l'île. Il se pencha par la fenêtre cintrée de la folie pour regarder les vagues. Son t-shirt remonta sur son dos et laissa entrevoir une peau bronzée et les traits noirs d'un tatouage tribal atténués par le soleil.

— Faites-vous du surf? demanda-t-il à Nate par-dessus son épaule.

Puis, comme si sa réponse allait forcément être positive, il ajouta:

— Où se trouve le meilleur endroit pour surfer sur cette île?

— Je m'y suis essayé une fois, mais ce n'est pas vraiment mon truc. Si vous voulez, je peux demander conseil à mon petit ami, ajouta-t-il naturellement. Il est garde-côtes.

— Oui, pourquoi pas.

Nate le laissa admirer la vue et fit demi-tour pour ajuster la manière dont les rideaux étaient drapés tout en réfléchissant à ce qu'il venait de dire. C'était la première fois qu'il faisait référence à Flynn de cette façon. Il avait peut-être demandé un petit ami odieux, mais même quand il embêtait Max, il se contentait de dire qu'ils «sortaient» ensemble. Cela ne concordait pas avec la réalité.

Il était peut-être trop vieux pour avoir un *petit ami*. Mieux valait passer au niveau supérieur en parlant d'un *partenaire*. Il se rappela la manière peu naturelle dont il avait amené le fait qu'il était *garde-côtes*, comme un adolescent dont le petit ami ferait partie d'un groupe de musique.

Nate fit éclater sa bulle avec fermeté: s'il n'arrivait pas à mettre un mot sur sa relation avec Flynn, c'était peut-être parce qu'il n'en avait pas discuté avec le principal intéressé. Une nuit de sexe ne signifiait pas forcément qu'une relation devenait sérieuse. Bon sang, cela ne voulait

182

même pas dire qu'il y aurait une autre nuit de sexe. Si chaque relation sexuelle menait à une relation sérieuse, Nate passerait des nuits entières sur Facebook à regarder ce que faisaient ses ex, pas seulement une heure pour passer le temps jusqu'à ce qu'un personnage meure durant un épisode d'*Emmerdale*. Et Max serait bigame.

— Allons-nous faire la séance photo vers cette heure de la journée? demanda Dale en s'écartant de la fenêtre.

— Le mariage débutera à 11 h, dit Nate en vérifiant sa montre. Alors à cette heure-ci, nous serons en train de passer le pont pour nous diriger vers l'autel.

Dale hocha la tête et repoussa ses lunettes de soleil sur sa tête. L'un de ses yeux ne formait qu'une fente au centre d'un hématome jaune et vert, avec des boursouflures sous sa paupière inférieure. Nate le fixa un instant, atterré, et ajouta le « photographe défiguré » à la liste des choses qui allaient de travers. Avant qu'il puisse formuler sa question, Dale se rendit compte qu'il le fixait.

— Oh, le coquard? dit-il en appuyant avec précaution sur le dessous tuméfié de son œil. Un baptême à Oxford est devenu un peu tumultueux. Ne vous inquiétez pas. Je prends les photos avec mon autre œil.

Il leva les mains pour le démontrer, ses doigts courbés autour d'un appareil photo imaginaire.

— Faites en sorte de garder vos lunettes de soleil aussi souvent que possible. Même si vous n'apparaîtrez pas sur les photos, la mariée n'a pas besoin de voir ça.

Dale replaça ses lunettes sur son nez sans discuter. Ils descendirent les marches pour rejoindre la voiture, marchant sur les taches d'ombres et de lumière dessinées au sol par les branches des arbres qui les surplombaient. À mi-chemin, Nate jeta un œil au coquard trois fois de suite et ne put contenir sa curiosité.

— Qui vous a donné un coup de poing?

— La grand-mère.

Dale marqua une pause, comme s'il attendait que Nate le traite de menteur. Mais après avoir passé tant d'années à organiser la fête des moissons de Ceremony, cela n'avait rien de surprenant pour lui. Nate avait vu une veuve de soixante-dix ans frapper le mari de sa rivale sur la tête et les épaules à l'aide du fascicule de la paroisse à cause d'un cupcake écrasé. Il n'imaginait même pas ce dont serait capable une grand-mère furieuse lors d'un baptême raté.

— Ça aurait pu être pire.

— De quelle manière ?

— Vous auriez pu vous faire frapper par le bébé.

La voiture en panne, qui appartenait au Granshire, était encore garée dans un coin du parking, attendant qu'on vienne la récupérer. Nate monta dans la Mini de Dale. L'intérieur de la voiture sentait le sel et les bonbons et le sol sous les pieds de Nate était recouvert de papiers de bonbons.

— Pardon pour le désordre. Je n'arrête pas de me répéter qu'il faut que je la nettoie. Souhaitez-vous que je sois présent lors de la répétition du dîner ce soir ?

Nate hocha la tête et récupéra son téléphone dans sa poche. Il profita du trajet jusqu'au Granshire pour lui donner toutes les informations nécessaires concernant la cérémonie de mariage et les bizarreries de cette famille. Le marié relèverait ses manches dès qu'il en aurait l'occasion, la demoiselle d'honneur était petite, il devait inclure la mère du marié dans chacune des photos où apparaîtraient les parents de la mariée, etc.

— Tous nos vœux de bonheur, déclara William McCreary en levant son verre.

Les invités se joignirent à lui. La lumière des bougies scintilla à travers des douzaines de verres remplis de vin rouge lorsqu'ils burent tous à la santé des mariés. Puis un sourire se dessina sur le visage large et rougie de William – il avait passé un peu trop de temps sur le terrain de golf avec Teddy –, qui ajouta un épilogue spontané à son discours :

— Je suppose que vingt ans de mariage nous permettront d'obtenir un retour sur notre investissement.

À ces mots, l'assemblée se mit à rire. Cette réaction le fit rayonner et il voulut continuer. Avant qu'il puisse le faire, sa femme l'attrapa par la manche et tira dessus.

— Assieds-toi, Billy, ordonna-t-elle. Tu mets Katie dans l'embarras.

— Oui, Bill, dit Bradley en adressant un sourire à son futur beau-père, avant de lui faire un clin d'œil et de boire son verre de vin d'une seule traite. Gardez-en un peu pour le mariage.

Katie leva les yeux au ciel et Nate se pencha au-dessus de la table pour lui servir un autre verre de vin.

— Merci. Je suppose que vous ne pouvez pas rédiger le discours de mon père ?

— Non, désolé. J'ai déjà réussi à convaincre le témoin que ce n'était pas un rôti. Mon pouvoir de persuasion a atteint ses limites

Cela fit rire Katie et elle but une grande gorgée de vin. Elle avait visité la folie durant l'après-midi et avait été plutôt conquise par son aspect de « caverne féerique ». C'était tout de même un grand changement par rapport à ce qu'elle avait demandé au départ et elle ne savait pas encore vraiment si elle pouvait se satisfaire de ce nouveau lieu de cérémonie.

— Je pense toujours que nous devrions reporter le mariage, dit sombrement Sheila depuis son siège, près de son fils. Il y a eu tellement d'incidents. C'est comme si le ciel essayait de nous transmettre un message.

Pendant que Bradley faisait taire sa mère, Katie prit une profonde inspiration et une autre gorgée de vin.

— Je sais, oui. Seigneur, j'espère que personne ne tombera d'une falaise demain, dit Katie entre ses lèvres rose et pincées. Ça saperait le moral de tout le monde.

Sheila plissa les yeux et pinça ses lèvres dans une ligne crispée et mécontente. Le plat principal fut apporté durant ces hostilités : les serveurs du Granshire habillés de noir servirent des assiettes de steak grillé au café, de poulet aux noix de cajou et de risotto. Il y avait d'autres options pour les végétariens, mais apparemment, Sheila voulait du risotto.

Max posa son assiette devant elle avec son sourire le plus charmant.

— Un plat spécial pour une femme spéciale. J'espère que ça vous plaira.

Son charme ne fonctionna pas sur Sheila, tout comme il ne fonctionnait pas sur la mère de Max. Elle prit un peu de risotto avec sa fourchette, observa la mixture de riz et de grenade en pinçant les lèvres et le reposa sur son assiette.

— C'est un peu gluant, dit-elle. Mais ça ira.

Pendant que Max lui expliquait qu'il pouvait aller lui chercher un risotto bien meilleur, Nate se tourna vers Katie. Elle fit la moue et découpa avec entrain un bout de son poulet aux noix de cajou.

— Tout se passera bien, lui chuchota Nate.

Katie leva les yeux au ciel, mais ses doigts se décrispèrent sur le couteau. Elle porta le bout de poulet à ses lèvres, puis le reposa dans son assiette alors que son regard se posait quelque part derrière Nate.

— Oh ! s'exclama-t-elle.

Un sourire satisfait lui étira les lèvres et elle leva une main pour saluer quelqu'un.

— N'avez-vous pas dit qu'il ne pourrait pas être présent?

Nate se retourna sur sa chaise. Il savait sur qui son regard allait se poser, mais il ne savait pas pour quelle raison. Flynn était appuyé contre la porte de la salle avec un vieux jean, une veste en cuir noire et les mains dans les poches.

— Euh... c'est ce que je croyais, répondit Nate avant de faire reculer sa chaise. Il s'est peut-être passé quelque chose. Excusez-moi un instant.

Il se leva et traversa la pièce. Flynn le regarda se faufiler entre les tables, puis il se détacha du mur pour le rejoindre à mi-chemin.

— Flynn? Que fais-tu ici? demanda Nate.

— Je suis simplement venu féliciter l'heureux couple.

Il esquissa un sourire froid et tendit les bras pour remettre la veste de Nate en place.

— Et soutenir mon petit ami.

Nate se sentit faiblir en entendant ce mot. Malgré tout ce qu'il avait dit à... quasiment tout le monde... c'était agréable d'entendre quelqu'un l'appeler comme ça. D'entendre *Flynn* l'appeler comme ça. Bien entendu, il ne savait pas si Flynn le pensait vraiment ou s'il jouait simplement son rôle.

— Ce n'est pas l'endroit...

Flynn prit Nate par le revers de sa veste et l'attira assez près de lui pour qu'il sente la chaleur de son corps.

— Pourquoi pas? demanda-t-il à voix basse. N'y a-t-il pas assez de spectateurs?

Au lieu de laisser le temps à Nate de répondre, il l'attira contre lui et l'embrassa. Ce baiser était brusque et impatient, presque furieux. Leurs bouches se scellèrent avec violence et l'haleine de Flynn avait le goût amer du whisky. Un murmure se propagea dans l'assemblée. C'était un mélange de marmonnements désapprobateurs, de cris de surprise et de crissements de chaises lorsque des personnes se retournaient pour les regarder, bouche-bée.

Cela aurait dû énerver Nate – d'ailleurs, il *était* en colère –, mais ce baiser réveilla tout de même son désir. Il en saliva.

Flynn rompit le baiser. Il se lécha les lèvres et, pendant un instant, il sembla éprouver des regrets. Mais cette expression disparut rapidement et il afficha un sourire en coin. Il remit la veste de Nate en place et lui brossa les épaules.

— Et voilà. Maintenant, tout le monde sait avec qui tu couches.

Nate regarda brièvement autour de lui. Tout le monde n'était pas en train de les fixer, mais il était gêné par rapport à ceux qui avaient les yeux rivés sur eux. Il avait l'impression qu'ils attendaient qu'il fasse quelque chose pour pouvoir applaudir ou huer.

— Qu'est-ce qui te prend ? demanda-t-il en essayant de les ignorer. Flynn, je suis au travail. Ce n'est pas l'endroit…

— Aurais-tu peur que Teddy ne soit pas d'accord ?

— Oui. C'est mon *patron*. C'est lui qui me paie.

— Évidemment.

Flynn s'approcha d'une table, lui fit un clin d'œil et récupéra une bouteille de vin. Il esquissa un sourire et la porta à sa bouche.

— Teddy paie tout le monde. Bienvenue à Ceremony, où les Saint John sont maîtres de nos vies.

Il prit une gorgée de vin. Nate l'attrapa par le bras pour le ramener d'où il venait. Il le poussa à travers les portes qui menaient dans le hall d'entrée, manquant presque de renverser une demoiselle d'honneur éméchée qui entrait. Flynn traîna des pieds sur le carrelage et prit une autre gorgée de vin à même la bouteille.

— Qu'est-ce qui te prend ? demanda Nate.

— Tu voulais un petit ami odieux, répliqua-t-il en haussant les épaules. Quoi ? N'ai-je pas été assez odieux à ton goût ?

Nate le poussa. Flynn vacilla en arrière et un éclair de surprise traversa son visage.

— Ne joue pas au plus malin avec moi, dit Nate. Je ne sais pas ce qui te prend, mais je n'ai rien à voir dans cette histoire.

Flynn essuya le vin qui s'était déposé sur ses lèvres du dos de la main et le contredit :

— Ne te sous-estime pas. Tu y es quand même un peu pour quelque chose.

— Tu sais quoi ? Tu n'es pas un mauvais garçon. Tu n'es qu'un crétin. J'en ai assez. Reviens quand tu seras sobre ou ne reviens pas. À toi de voir.

Nate entendit siffler derrière lui. Il se retourna brusquement et trouva Max qui se tenait devant les portes avec un sourire satisfait alors qu'il applaudissait leur dispute.

— Il était grand temps, Flynn. Juste quand je commençais à me dire que tu allais inverser la tendance et ne pas tout foutre en l'air.

— Max, ce n'est pas le moment… essaya de dire Nate.

Aucun d'eux ne l'écoutait.

187

— J'aurais dû te demander conseil, répliqua Flynn dans un rire désabusé. Tu sais exactement ce qu'il faut faire pour rater sa vie, n'est-ce pas ? Tu as presque quarante ans et tu es toujours barman dans l'hôtel de ton papa.

Les joues de Max devinrent pâles, comme s'il avait été frappé. Son sourire en coin se transforma en grimace.

— Va te faire foutre.

Il esquiva Nate, qui tentait de le bloquer, et approcha très près de Flynn.

— Tu te crois supérieur à moi ? La seule personne sur cette île qui t'a accordé un peu d'attention, c'est Nate. Maintenant, il a couché avec toi et tu l'as déçu comme tu as l'habitude de décevoir toutes les personnes qui partagent ta misérable…

Le poing de Flynn s'écrasa sur la mâchoire de Max et le fit tomber à la renverse. Nate dut s'écarter pour ne pas que le corps lâche de Max lui tombe dessus, alors son ami heurta le carrelage dans un bruit sourd.

— Tu devrais la fermer, suggéra Flynn.

Il secoua sa main pendant que Max, sonné, roulait sur le côté et se frottait la mâchoire. Du sang coula sur le sol. Flynn regarda Nate avec réticence.

— Je n'avais pas l'intention…

— Fiche le camp, dit Nate.

Toutes les personnes présentes dans le hall regardèrent autour d'elles et cherchèrent à comprendre ce qui se passait. Du coin de l'œil, Nate vit le réceptionniste attraper le combiné et parler à son interlocuteur avec urgence. Nate s'agenouilla près de Max. Il écarta la main de son ami pour évaluer les dégâts. Du sang recouvrait son menton et sa lèvre était déjà gonflée et violacée. Nate fit la grimace et sortit un mouchoir de sa poche pour nettoyer tout cela.

— Nate. Tu ne comprends pas, insista Flynn.

— Tu n'arriveras pas à me faire croire que j'ai quelque chose à voir là-dedans.

Max leva les yeux et esquissa un sourire sanglant par-dessus le mouchoir.

— Tu as entendu ce qu'il vient de dire. Il veut que tu le laisses tranquille, comme tout le reste du monde, dit-il avant de tourner la tête pour cracher du sang sur le sol. Alors dégage avant que je porte plainte contre toi.

— Tais-toi, dit Nate en posant le mouchoir contre la bouche ensanglantée de Max pour le faire taire. Fiche le camp, Flynn.

Cette fois-ci, le visage de Flynn exprimait bien le regret. Il poussa ses cheveux hors de son visage et ouvrit la bouche, mais aucun son n'en sortit. Il la referma. Il haussa une dernière fois les épaules pour s'excuser et se retourna pour partir, mais les portes de l'ascenseur s'ouvrirent et Teddy entra dans le hall en boitillant. Les deux hommes s'arrêtèrent et se fixèrent du regard.

Nate grogna silencieusement. Comme si ce n'était pas assez compliqué comme ça.

— Tiens, dit-il en plaçant le mouchoir dans la main de Max. Ne t'étouffe pas.

Il posa ses mains sur le carrelage froid, ignora les plaintes de Max et se mit debout.

— Teddy... M. Saint John.

Il avança de deux pas et s'arrêta immédiatement, cloué sur place par le regard froid et perçant de Teddy. Il sentit sa bouche se dessécher et sa nuque le picota comme s'il était encore l'enfant qui se faisait remonter les bretelles après avoir été découvert en train de voler des pommes dans le pressoir à cidre.

— Je sais ce que vous vous dites, mais ce n'est qu'un malentendu...

— Pas la peine de t'expliquer, l'interrompit Flynn. Tu n'as pas à t'excuser pour ce que j'ai fait, Nate.

Les lèvres de Teddy formèrent un rictus.

— Nate s'excuse peut-être de sa propre bêtise, Delaney. Je n'apprécie pas que la vie privée de mes employés vienne entacher mes affaires – surtout pas quand leur vie privée implique des décisions aussi médiocres.

Une lueur de colère surpassa la gêne de Nate. Teddy avait le droit d'être ennuyé par le fait que l'amant de Nate soit venu perturber un événement qui se déroulait à l'hôtel. Ce n'était pas professionnel, même s'il n'en avait pas été à l'origine. Mais le fait que Nate *ait* un amant ne regardait personne d'autre que Flynn et lui.

— Ma vie privée n'est pas à l'origine de ce problème. L'origine du problème, c'est la grande bouche de Max.

Max protesta mollement au sol. Personne ne lui prêta attention.

— Flynn va partir et n'a aucune raison de revenir. Alors, à moins que vous vouliez me suspendre de mes fonctions, je vais retourner travailler.

189

Il patienta. Pendant un instant, en proie au regard noir et froid de Teddy, il se demanda s'il n'avait pas été trop loin et si son patron n'était pas sur le point de lui demander de quitter les lieux. Une partie de lui avait presque envie que cela se produise. Il pourrait rentrer chez lui, se saouler et pleurer sur l'épaule de sa mère. Il n'avait même pas la force de prétendre qu'il n'en avait pas envie.

Au lieu de ça, Teddy se pinça les lèvres et lui adressa un hochement de tête crispé.

— Bien.

Ses sourcils remontèrent sur son front et il ajouta de façon menaçante :

— Mais nous discuterons de tout cela une fois que le mariage des Ferguson sera terminé. Vous avez désobéi à mes ordres en faisant venir Delaney ici.

Cela provoqua un rire navré chez Flynn.

— Nate ? Il ne m'a même pas dit que j'étais invité, Teddy. Je suis venu de moi-même et je repars de la même façon.

— Avant de vous retrouver escorté dehors, dit Teddy.

— Évidemment. Je ne voudrais pas causer du tort à votre hôtel – pas tant que le chèque ne sera pas encaissé.

Flynn regarda Nate et haussa une épaule. C'était peut-être sa façon de s'excuser. Probablement pas.

— Tu avais raison, dit Flynn. Notre relation n'aurait jamais fonctionné.

Nate leva le menton. Il ne voulait pas faire cela dans le hall d'entrée de l'hôtel, sous le regard méprisant de Teddy, mais ce serait sûrement son unique chance.

— Comme je l'ai déjà dit, tout cela n'a rien à voir avec moi, alors n'essaye pas de me faire porter le chapeau. Bon vent, Flynn.

Il n'attendit pas de voir si Flynn avait quelque chose à dire. Il retourna près de Max, qui tendit une main ensanglantée pour qu'on l'aide à se lever. Assez de temps était passé pour que Max se rende compte que ses actions allaient avoir des conséquences. Comme d'habitude.

— Nate, je suis désolé, dit-il.

Sa blessure à la lèvre se remit à saigner lorsqu'il parla et il lécha la goutte de sang sans y réfléchir.

— Je n'ai jamais eu l'intention…

— Tais-toi, l'interrompit Nate.

Il fit tourner Max et le poussa en direction des toilettes.

— Je n'apprécie pas ce que tu viens de faire.

— Je me suis fait frapper ! répliqua Max avec indignation.

— Tu le méritais.

Max fit la moue et se frotta la mâchoire.

— Peut-être, admit-il. Désolé. Mais après tout, mieux vaut qu'il fasse tout capoter maintenant, non ? Avant que tu t'attaches à lui.

— Oui. Avant.

Malgré sa résolution, Nate regarda par-dessus son épaule pour voir ce que faisait Flynn, mais il était déjà parti.

Le reste du dîner se déroula sans encombre. Pourtant, cela n'empêcha pas Sheila de faire sa rabat-joie. Elle considérait qu'un homme gay se faisant peloter les fesses en plein dîner était un mauvais présage – comme voir une pie solitaire ou la comète de Halley. Heureusement, elle n'avait pas vu Flynn mettre Max à terre. Cela aurait sûrement été aussi grave que de croiser un chat noir.

— Le ciel essaye clairement de vous dire quelque chose, dit Sheila tout haut.

Pour tenter de la calmer, un serveur s'était montré très généreux en lui resservant un verre à chaque fois qu'il était vide. Quatre vodkas avaient transformé son ton de conversation en une voix perçante et recentré son attention sur elle-même jusqu'à ce qu'elle en oublie le reste des invités.

— Tout ce que je dis, c'est que tu devrais peut-être m'écouter. Depuis le départ, je dis que ce mariage ne tourne qu'autour d'elle. C'était son idée de venir ici plutôt que de se marier dans notre église. C'était son idée d'engager cet « organisateur de mariage » frivole plutôt que de m'écouter.

Nate cessa de l'écouter parce qu'il avait déjà entendu cette partie deux fois. Il adressa un regard confus à Katie.

— Je suis tellement désolé, Katie. Je ne sais pas ce que pensait Flynn...

— L'important, c'est ce que je pense, dit-elle.

Elle prit une petite gorgée de son vin, déposant le reste de son rouge à lèvres sur le verre. Les assiettes avaient été ramassées et il ne restait plus que des miettes et des taches de sauce sur les lourdes nappes.

— Flynn a sauvé la vie de Bradley. Il peut embrasser son petit ami durant la répétition du dîner si ça lui chante. Tout ce que Jim a fait, c'est accepter d'être son témoin et il s'est écroulé sur sa crème brûlée.

191

Expliquer que Flynn n'était pas son petit ami – sans compter qu'il ne l'avait jamais vraiment été – était impossible. Katie partirait d'ici deux jours. Cela ne ferait de mal à personne qu'elle s'en aille en pensant que Nate ne finirait pas ses jours seul.

Nate la regarda avec curiosité. L'angoisse nerveuse qu'elle avait ressentie ces derniers jours s'était transformée en une attitude optimiste et un regard enjoué. C'était en partie dû au vin, mais c'était quand même un changement radical.

— Est-ce que vous allez bien ? lui demanda-t-il.

Katie cligna des yeux comme un hibou. Le vin avait un rôle plus important dans ce changement qu'il ne l'avait cru. Elle soupira.

— Tout était censé être parfait – la journée parfaite, la robe parfaite, le couple parfait.

— Je suis désolé, répéta sincèrement Nate.

La courbe nue des lèvres de Katie se transforma en une ligne triste. Avant qu'il puisse dire quelque chose, Bradley atteignit la limite de sa patience.

— Pour l'amour du ciel, maman, vas-tu arrêter ?

Sheila devint rouge de colère et fulmina quelques paroles, mais il haussa le ton pour couvrir sa voix.

— Lors du dernier mariage que nous avons célébré dans cette ancienne salle de cérémonie traversée par des courants d'air, tante Glynnis a voulu casser du verre sur la tête d'un homme dans le parking. Puis tu as dit que le seul qui avait encore toutes ses dents était le chien.

— Ce n'est pas la question. Je veux ce qu'il y a de mieux pour toi et elle ne…

Bradley l'interrompit une nouvelle fois, mais il ne cria pas.

— Demain, je vais me marier avec Katie et toutes ces choses sont importantes pour elle, alors elles le sont aussi pour moi. Si ça ne te plaît pas, tu n'es pas obligée de rester, mais quoi que tu fasses, arrête de te plaindre.

Sheila pinça fermement les lèvres et déglutit. Elle n'avait toujours pas l'air satisfaite, mais elle resta silencieuse. Bradley laissa échapper un long soupir exténué qui fit gonfler ses joues. Il se tourna vers Katie pour la rassurer. Elle lui sourit avec un regard scintillant et larmoyant, puis elle se tourna vers Nate.

— Apparemment, tout peut être parfait, même quand les choses vont de travers.

— Parfois, oui, acquiesça Nate.

Il garda le sourire jusqu'à ce que Katie le quitte des yeux. Puis il sentit le coin de ses lèvres craquer et son sourire quitter son visage.

Parfois, quand les choses allaient de travers, tout s'écroulait.

XXII

« Il y a eu un temps où j'appréciais Flynn, mais désormais, j'ai des enfants. Je ne veux pas qu'ils le prennent pour exemple et décident de suivre la même voie. »

HABITUELLEMENT, UNE douche froide était le remède de Flynn contre la gueule de bois. Mais selon son expérience, escalader la paroi d'une falaise de bon matin était tout aussi efficace. Il se faufila le long du rebord étroit, vers la petite fille coincée sur un bout de roche qui ressortait de la falaise. Elle avait un bras enroulé autour du gros Jack Russell. Elle le tenait en l'air par les aisselles et le chien pédalait avec ses pattes arrière, comme s'il pensait pouvoir nager jusqu'en lieu sûr. Les mouettes descendaient en piqué et hurlaient au-dessus d'eux pour protéger leurs nids avec férocité, même si personne ne s'en était encore approché.

— Salut, Gwennie. Que fais-tu là-haut ?

Elle essuya son visage avec sa manche et le jean se retrouva taché de morve et de larmes.

— Bobby a chassé un oiseau, dit-elle en faisant la moue. Nous sommes restés coincés.

— Oh.

Le vent sifflota depuis la mer et le bouscula en se faufilant dans son t-shirt, ce qui fit gonfler son dos. Flynn ressentit une angoisse viscérale en se sentant tiré en arrière. Il savait qu'il n'allait pas tomber, mais il imagina un instant comment ça se passerait. Cela n'arrangea rien. Il prit une profonde inspiration et se secoua pour se réchauffer.

— Ce sont des choses qui arrivent. Comment va ton chiot ?

— Il a très peur.

— Je n'en doute pas.

Le vrombissement d'un moteur le poussa à regarder par-dessus son épaule. Une jeep fit un dérapage sur le parking qui se trouvait en bas et Jessie se rua hors du véhicule avec un flotteur à la main. La mère de Gwennie, coincée dans son fauteuil roulant sur la promenade en béton, pointa frénétiquement du doigt vers le haut, loin de la mer. Jessie jeta le flotteur dans la jeep et se mit à courir. Flynn se retourna et vit Gwennie traîner ses pieds sur la roche et perdre un instant l'équilibre. Sa jambe vêtue de jean baigna de façon précaire dans l'air. Le Jack Russell geignit et s'agita lorsqu'il glissa d'un centimètre. Elle se rattrapa avec l'aisance d'un être humain trop jeune et pas encore assez marqué par la vie pour avoir peur de la chute.

— Gwennie, ne bouge pas, dit Flynn à travers la boule qui lui serrait la gorge.

Ils ne se trouvaient pas si haut que ça. La falaise s'étendait à trente mètres au-dessus de leurs têtes et il avait secouru des enfants sur les rochers escarpés en plein hiver. Gwennie et lui n'étaient qu'à environ six mètres de hauteur, mais c'était déjà haut pour une petite fille. La marée était basse et l'étendue de sable et de rochers qui se trouvait sous eux ne promettait pas un atterrissage en douceur.

— Reste où tu es.

— Je vais me faire punir.

Ses bras se resserrèrent autour du chien, ce qui le fit grogner et se tortiller. Cette perspective la fit pleurer de plus belle et son visage rougi par le froid se plissa lorsqu'elle se mit à sangloter.

— Maman va être en colère contre moi.

Elle bougea les pieds nerveusement et ses baskets glissèrent sur des fientes d'oiseaux et de la mousse.

— C'est possible, dit Flynn.

Sa bouche était sèche et ses muscles résistaient à l'envie de se jeter en avant pour l'attraper avant qu'elle tombe.

— Ou bien elle sera tellement heureuse de te retrouver saine et sauve qu'elle ne sera pas du tout en colère.

Il jeta un œil derrière lui pour voir où était Jessie. Elle avait effectué les trois quarts du chemin jusqu'à eux et décroché certaines plaques d'argile avec ses pieds, qui se trouvaient maintenant sur la plage. C'était incroyable que Gwennie ait réussi à monter jusqu'ici et Flynn ne comprenait pas comment ce chien petit et gros avait fait pour monter si haut.

— Je n'ai pas le droit de me rendre à la plage toute seule, dit Gwennie.

— Nous faisons tous des choses que nous ne devrions pas faire.

Il sauta par-dessus un morceau de falaise érodé et se raccrocha à un bout de roche. La roche saillante entailla ses doigts, mais il tint bon.

— Il arrive que les personnes qui nous aiment crient un peu, mais elles finissent par nous pardonner.

Gwennie se déplaça légèrement et frappa frénétiquement l'air de sa main. Aucune des mouettes n'avait fondu sur elle, mais le bruit qu'elles faisaient était intimidant. Elle essuya à nouveau son visage.

— Vous êtes sûr?

— Certain.

— Vous devez d'abord prendre Bobby.

Flynn se souleva et attrapa le petit chien par la peau du cou. Il aboya et se débattit en essayant de le mordre, mais il le balança vers Jessie, qui le bloqua sous son bras et enroula ses doigts autour de son museau.

— À ton tour, Gwennie. Approche.

Elle laissa échapper un sanglot et hésita, subitement effrayée par autre chose que la colère de sa mère.

— Je ne veux pas tomber!

— Je vais te rattraper, promit Flynn.

Après un moment de doute, Gwennie approcha doucement du bord et il l'attrapa. Elle s'accrocha à lui pendant une seconde. Puis quand elle se rendit compte de la gravité de la situation, elle éclata en larmes et se mit à gesticuler.

— Je veux ma maman! Je veux rentrer à la maison! hurla-t-elle.

Son talon tapa droit dans le ventre de Flynn. Il grimaça et perdit son souffle face à cette douleur inattendue, mais il resta en équilibre.

— Ça va? demanda Jessie.

Son expression oscillait entre l'inquiétude et l'amusement.

— Ça va, oui.

Apparemment, cette réponse donnait le droit à Jessie d'être amusée. Elle esquissa un sourire et laissa échapper un rire silencieux en le voyant souffrir. Elle n'avait même pas idée de sa douleur. Flynn lui lança un regard bougon par-dessus les boucles brunes de Gwennie, puis releva le menton pour éviter de prendre un coup de coude au visage. Il sentit son poids se déplacer et la force d'attraction qui le tirait vers le bas.

— Gwennie, nous allons descendre. Ta maman t'attend. Il faut que tu restes tranquille.

Elle se débattit une minute de plus, puis son corps se détendit. Ce petit corps reniflant était étonnamment lourd. Flynn la releva sur sa hanche et elle enroula ses bras autour de sa nuque. Elle pressa son visage humide et morveux contre son épaule.

— Je veux maman, sanglota-t-elle.

— Alors descendons la voir, d'accord?

Flynn lui tapota le dos et adressa un hochement de tête à Jessie. Elle glissa le chien qui jappait encore dans son anorak, laissa sa gueule ressortir au-dessus de la fermeture et commença à descendre.

La descente était plus longue que la montée. Flynn sentait les effets persistants de sa gueule de bois à la naissance de son crâne. Il avait mal chaque fois qu'il s'appuyait sur ses phalanges contusionnées et entaillées. Une erreur était toujours plus lourde à porter lorsqu'on en était responsable. Raison pour laquelle Flynn avait toujours fait son possible pour échapper aux responsabilités.

La mère de Gwennie pleurait autant que sa fille lorsqu'ils posèrent les pieds à terre.

— Merci, dit-elle lorsqu'il déposa Gwennie sur ses genoux. Oh, Seigneur. Merci beaucoup. Gwennie. Gwen, qu'est-ce qui t'a pris ? Tu sais que tu n'as pas le droit d'escalader la falaise. Et si…

Sa voix se brisa. Elle ne réussit pas à prononcer les mots, effrayée à l'idée de ce qui aurait pu se passer « si… ». Elle serra Gwennie tellement fort que la petite fille émit un cri aigu et se tortilla, puis elle enfouit son visage dans les boucles de sa fille jusqu'à ce qu'elle retrouve son calme.

— Et si ces braves gens n'avaient pas été là pour t'aider à descendre ?

— Ce n'était pas ma faute, protesta Gwennie d'une voix perchée. J'ai dit à Bobby de ne pas y aller, mais il l'a fait quand même. Il n'écoute jamais, maman.

— Tu vas avoir droit à une punition, dit sa mère en la serrant dans ses bras. J'ai eu tellement peur.

Une fois qu'ils eurent raccompagné Gwennie, sa mère et le trublion de Jack Russell dans le lotissement de mobil-homes qui se trouvait au bout de la route, il n'était pas encore 8 h. Apparemment, Gwennie aimait commencer sa journée de bonne heure. Flynn laissa la famille rentrer chez elle afin qu'elle se remette de ses émotions et ramena Jessie au bord de la falaise.

— Tu t'es blessé à la main ? demanda-t-elle.

Flynn détendit ses doigts et grimaça en sentant la douleur.

— Je ne m'attendais pas à ce qu'un enfant pourri gâté comme Max Saint John ait la mâchoire aussi dure.

Il vit la surprise de Jessie sur son visage.

— Alors tu n'as pas accepté le chèque de Teddy ?

— C'est plutôt le contraire.

197

Il marqua une pause et déglutit. Le goût amer dans sa bouche pouvait être lié au regret ou à l'arrière-goût du whisky qu'il avait bu la nuit précédente. Il termina en disant qu'il avait simplement laissé partir Nate. Il ne restait plus qu'une minute avant de passer le virage qui menait au parking.

— Bon sang. J'aurais aimé voir ça. Bordel. Teddy devait être... vert de rage.

— Je l'ai vu plus heureux.

Jessie secoua la tête et rigola en imaginant la scène. Flynn aurait dû être heureux que quelqu'un le prenne avec humour. Il ne prit pas la peine de se garer sur une place de parking, se contentant de ne pas rester au milieu du chemin et de s'arrêter pour la laisser sortir. Sa jeep se trouvait à l'endroit où elle l'avait laissée, la portière ouverte et une mouette perchée sur le toit. Il attendit qu'elle sorte, mais Jessie ne bougea pas d'un poil.

— Quoi ? dit-il.

— Écoute, tu sais que je prendrais l'argent et que je me tirerais d'ici.

Elle plongea la main dans ses cheveux et se gratta la nuque.

— Mais... tu n'es pas obligé d'en rester là avec Nate.

Flynn fit la grimace.

— Je crois qu'il a été très clair : il veut que nous en restions là.

— Depuis quand prend-il des décisions à ta place ? demanda-t-elle avec malice. Que disais-tu à Gwennie ? Nous faisons tous des erreurs, mais les personnes que nous aimons méritent que nous leur donnions une chance de nous pardonner. Ou pas.

— Ce n'est pas du tout ce que j'ai dit.

— C'est la version dérivée, dit-elle en ouvrant la portière et en passant une longue jambe dehors. Fais ce que tu veux, Flynn, mais cet homme te rend heureux. Te priver de cela pour ne pas avoir à t'excuser n'est peut-être pas la meilleure solution.

Elle quitta le véhicule avant qu'il puisse répondre et claqua la portière derrière elle. Flynn fronça les sourcils en la regardant s'éloigner avec une main levée pour lui dire au revoir. Ce n'était pas comme si elle connaissait toute l'histoire. Cette relation qui l'avait rendu si « heureux » n'avait été qu'un leurre. On ne pouvait pas être privé d'un homme qu'on n'avait jamais eu.

Si cet homme avait été le sien...

Flynn se frotta rudement le visage. De qui se moquait-il ? Jessie n'était pas dupe et il ne l'était pas non plus. Cette histoire était née d'un mensonge –

un doigt d'honneur à cette île qui prenait un malin plaisir à penser du mal de lui –, mais pour le bénéfice de qui avaient-ils menti lorsqu'ils avaient été seuls? Qui était censé désapprouver le sourire malicieux de Nate lorsque Flynn l'embrassait ou le corps de Nate contre le sien lorsqu'ils dormaient?

Ce n'était peut-être pas assez réel pour durer, mais Flynn voulait-il vraiment que leur histoire se termine de cette façon? Comme elle s'était terminée avec son père des années plus tôt, avec des coups échangés et l'accumulation de toutes les paroles qu'ils ne s'étaient pas dites jusqu'à ce qu'il soit trop tard. Son père était parti sans même répondre aux questions que Flynn avait eu peur de lui poser – avant que l'un d'eux ait été capable de dire « pardon ».

Après ce qu'il avait fait la nuit dernière, Flynn lui devait bien des excuses.

FLYNN PLONGEAIT dans des mers glaciales et déchaînées et descendait régulièrement les parois des falaises sans prendre le temps d'y réfléchir. Il s'était même aventuré à l'intérieur de bâtiments en feu, alors c'était pathétique de perdre son courage sur le seuil de la maison de son... de Nate. Il resta un moment devant la porte, le poing levé, prêt à frapper, mais sa poitrine était si serrée qu'il ne fit rien.

Il finit par laisser retomber son bras en marmonnant un juron.

Que pouvait-il lui dire? « *Je sais que tout le monde me déteste sur cette île et que j'ai frappé le fils de ton patron au visage et mis ta carrière en danger, mais sans rancune?* ». Peu importe ce qui s'était passé entre eux dans le phare, il fallait prendre en compte le reste du monde.

Ses excuses pouvaient peut-être attendre, jusqu'à ce que les choses se soient calmées. Flynn fit la grimace. Il était trop sobre. Il n'arrivait pas à se mentir à lui-même. S'il ne le faisait pas maintenant, il continuerait de remettre ses excuses au lendemain jusqu'à ce qu'il réussisse à se convaincre qu'il ne servait plus à rien de s'excuser.

Il ne devait pas cogiter davantage. Il leva le poing et frappa durement contre la porte.

Il entendit une voix étouffée crier «*j'y vais*» à travers le bois et le double vitrage.

La porte s'ouvrit et Max Saint John se pencha au dehors, à moitié nu. Il était pieds nus et ne portait pas de haut. Seul un vieux jean pendait sur ses hanches. Son expression devint acerbe lorsqu'il vit Flynn et ses yeux se plissèrent.

— Qu'est-ce que tu veux ?

— Nate est-il ici ?

Max posa son épaule contre le montant de la porte et croisa les bras. Il tamponna sa langue sur la croûte qui s'était formée sur sa lèvre inférieure.

— Je pense qu'il a été clair hier soir en te disant qu'il en avait terminé avec toi.

— Est-il ici, oui ou non ?

Max prit le temps d'observer Flynn de la tête aux pieds. Un instant plus tard, il haussa une épaule avec dédain.

— Tu viens de le manquer. Il est parti au Granshire pour arranger les choses avec papa. Enfin, pour essayer de les arranger. Ça faisait des années que je n'avais pas vu mon père aussi furieux. Ça remonte à… tiens, mais c'était la dernière fois que tu étais là, non ? Je me demande quel peut bien être le lien.

Flynn se frotta les yeux et pressa si fort qu'il vit des spirales de couleur apparaître sous ses paupières. La dernière chose qu'il souhaitait était de s'engager dans un duel verbal avec Max sur le perron de Nate, mais ce serait tellement facile.

— Dis-lui simplement que je suis passé.

Il se retourna pour partir. Il n'eut même pas le temps de faire trois pas que Max lui répondit :

— Tu sais quoi ? Je ne le ferai sûrement pas.

Flynn s'arrêta net. Il sentit son tempérament sanguin s'éveiller au plus profond de lui, impatient d'exploser à nouveau. À une certaine époque, il avait laissé libre court à sa colère et ne passait pas un week-end sans finir avec des doigts contusionnés ou un coquard. Mais cela remontait loin, à l'époque où il pensait que chaque ricanement dans un pub signifiait qu'on se moquait de lui et qu'il se sentait obligé d'y répondre en cognant. Avant la nuit dernière, il n'avait plus perdu son sang-froid depuis des années, mais apparemment, sa colère n'avait pas envie d'être contenue.

Soit ça, soit Max avait le don de le mettre hors de lui.

— Ce ne sont pas tes affaires, Max, dit Flynn sur un ton neutre en se retournant. Dis simplement à Nate que je suis passé.

Max sortit sur la chaussée et referma la porte derrière lui. Il enfouit ses mains dans les poches arrière de son jean et releva le menton.

— Écoute, nous savons tous les deux que Nate mérite le meilleur, dit-il. Penses-tu vraiment mériter le meilleur ?

Flynn serra la mâchoire et déglutit malgré le goût amer qu'il avait en bouche.

— Je pense que ce ne sont pas tes affaires.

— Tu te trompes, répliqua Max en approchant avec un sourire aux lèvres. La nuit dernière, Nate était contrarié. J'étais là pour lui, comme d'habitude et… disons qu'il est passé à la vitesse supérieure.

— Je ne te crois pas.

Ils savaient tous les deux que Flynn mentait. La seule chose qui était difficile à croire à propos de Nate et Max était qu'ils n'aient pas couché ensemble plus tôt. Il imita le sourire satisfait de Max.

— Et d'ailleurs, si tu as vraiment couché avec lui, où est le problème ? Aurais-tu peur qu'il se rende compte que tu n'es pas sa seule option ?

— Pas du tout. Le problème, c'est que Nate est une bonne pâte. Si tu viens le voir en t'excusant, il va te regarder – vieux, marqué, périmé – et avoir pitié de toi. Ça va mettre un frein à notre relation, alors pourquoi ne pas nous éviter tout ce mal ?

Il se mit sur la pointe des pieds pour compenser la différence de taille et se pencha vers Flynn pour lui murmurer à l'oreille :

— Prends l'argent et fais tes valises. Personne ne veut de toi ici. Je dirais même que personne ne veut de toi, tout court.

Max recula. Il semblait satisfait de lui et un sourire en coin se lisait toujours sur ses lèvres contusionnées. La douleur dans les doigts de Flynn lui fit prendre conscience qu'il était en train de serrer les poings. Peut-être n'avait-il pas frappé Max *assez* fort ? S'il essayait à nouveau, il réussirait peut-être à faire disparaître cet air suffisant chez ce crétin en puissance.

Probablement pas, et cela ne ferait que contrarier Nate. Ne pas vouloir faire de peine à Nate était l'une des rares choses que Max et Flynn avaient en commun. Il prit une profonde inspiration et lui adressa un sourire crispé.

— Il y a une chose qui me titille, Max. Tu es un type riche qui se vante d'avoir convaincu un homme de coucher avec lui après vingt ans. Alors peux-tu me dire qui veut de toi sur cette île ?

Max plissa les yeux, puis sa lèvre se courba.

— Nate.

— Non. Après vingt ans, ce n'est plus un désir. C'est un lot de consolation.

Il se retourna pour partir. Max l'attrapa par le bras.

— Mon père…

— Ton père ? répéta Flynn dans un rire. Je t'ai mis à terre dans ta propre maison et la seule chose dont se souciait Teddy était que je ne nuise pas à ses affaires. Penses-tu que la mère de Nate se soucierait de ça si elle se retrouvait dans la même situation ?

Ils savaient tous les deux que la réponse était non. Flynn extirpa son bras.

— Teddy me paye pour quitter cette île, mais il se fiche que tu sois ici ou non. Si tu penses que c'est préférable, alors tu es encore plus pathétique que je le pensais.

L'expression de Max – le pincement de ses lèvres et son regard fuyant – prouvait que Flynn avait touché un point sensible. Curieusement, cela ne lui remonta pas le moral. On pouvait reprocher beaucoup de choses à Max, mais il n'était pas à blâmer dans cette histoire. Il ne faisait qu'en tirer profit. Quelque part, Flynn ne pouvait pas lui en vouloir. S'il avait eu l'opportunité de voler Nate à Max, il n'aurait pas hésité. D'ailleurs, il serait sûrement prêt à le faire aujourd'hui.

Flynn laissa échapper un bruit de dégoût, qui était aussi bien adressé à Max qu'à lui-même, puis il se dirigea vers sa voiture. Il partit sans regarder derrière lui. Nate méritait ses excuses, mais il ne semblait pas en avoir besoin.

De retour au garage, Kenny l'attendait sur la petite digue tandis que des mouettes se chamaillaient à quelques pas de lui. Il se leva lorsqu'il vit la voiture de Flynn, glissa ses mains dans les poches de son bleu de travail et se tint à l'entrée du garage.

La pancarte *Delaney et Fils* pendait au-dessus de sa tête. Flynn se gara au bout de la route et à travers le pare-brise poussiéreux et tacheté d'insectes, il observa la pancarte fixée au-dessus des portes qui s'écaillaient. Il se demanda combien de fois son père avait fait la même chose. Ce mensonge l'avait-il rendu aigri ou s'était-il raccroché à cela en espérant que Flynn revienne un jour ?

Flynn retira brusquement les clés du contact et se rua hors de la voiture. L'air avait l'odeur de sel, mais aussi celle de l'huile qui avait servi à la préparation des frites la nuit dernière et qui attendait d'être changée. Dans son esprit, il s'imaginait encore là dans cinq ou dix ans. Les voitures du Granshire passeraient au garage chaque fois qu'elles auraient besoin d'un entretien ou d'une vidange et il croiserait Nate ou Max en ville quelques

202

fois par an. Les deux hommes auraient peut-être un enfant ou bien Teddy mourrait et Nate soutiendrait Max alors qu'ils reprendraient la direction du Granshire.

Ils auraient une vie, quelle qu'elle soit, et Flynn ferait simplement partie du paysage. Il finirait par devenir trop vieux pour participer aux missions de secours et il ne lui resterait plus que les voitures et un phare dans lequel personne ne mettait jamais les pieds. Deviendrait-il aigri ou bien continuerait-il à espérer que Nate change d'avis et revienne vers lui ?

Il ne savait pas quelle perspective était la pire.

— Et puis merde, dit-il, résigné.

Le vent de la mer lui vola sa voix et l'emporta loin de ses lèvres.

— Patron ?

Flynn retira la clé du garage de son trousseau et la lança vers lui. Kenny l'attrapa au vol et loucha dessus, comme s'il ne l'avait jamais vue. Il leva les yeux vers Flynn, déconcerté.

— Occupe-toi des voitures pour lesquelles nous avons déjà pris un rendez-vous. N'en accepte pas d'autres. Une fois que tu auras terminé, ferme le garage. Je t'enverrai ton dernier salaire par courrier.

Le visage de Kenny s'assombrit. Il semblait désemparé.

— Je suis viré ?

— Je ferme boutique, répondit Flynn en haussant les épaules. Je t'écrirai une lettre de recommandation. Il y a forcément quelqu'un qui rachètera le garage. Je te demande juste de terminer le travail que nous avons commencé. Je te paierai pour le mois entier.

Il pouvait se le permettre avec le chèque de Teddy qui lui brûlait les doigts. Kenny bredouilla les questions « quoi ? », « quand ? », « pourquoi ? », mais Flynn n'avait pas le cœur à répondre. Il regarda une dernière fois le garage et se demanda si ça lui manquerait.

Ce garage était censé lui manquer, mais il n'avait pas l'impression que ce serait le cas.

— Il y a un double de mon trousseau de clés dans mon bureau, dit-il en reprenant place sur le siège conducteur. Si tu veux, tu peux te rendre au phare et prendre tout ce qui te fera plaisir avant que Saint John balance tout à la mer.

Il laissa un Kenny bouche bée derrière lui et conduisit sa voiture vers la côte. Il ne mettrait pas longtemps à emballer ce dont il avait besoin – deux sacs de vêtements et une boîte de paperasses –, mais il avait pris sa décision. La dernière chose dont il avait besoin était de trouver une raison de passer un jour de plus sur cette île.

Cela pouvait facilement devenir deux jours. Une semaine. Et plus longtemps encore.

Cette fois, il ne ferait pas cette erreur.

XXIII

« Le problème, c'est que tu es trop difficile. Peut-être que si tu te contentais de ce que tu peux avoir, tu serais plus heureux. »

LE RENARD *poursuit le lapin tout autour de l'arbre, jusque dans son terrier.* Nate fit la moue en se voyant dans le miroir fixé sur la porte. Il approchait de la quarantaine et chaque fois qu'il devait mettre une cravate, il entendait la comptine que sa mère avait chantée la première fois qu'elle l'avait aidé à mettre son uniforme d'écolier. Il termina de la nouer et la lissa contre son torse.

C'était le costume qu'il réservait aux événements. Professionnellement ordinaire, sauf ses chaussures, bien sûr. Nate regarda ses pieds revêtus de caoutchouc noir et s'autorisa à penser à Flynn. Cet homme avec un humour pince-sans-rire qui, curieusement, avait le rire facile. Il avait passé de nombreuses années à penser à Flynn Delaney – surtout jusqu'à ses vingt-cinq ans – et il avait deviné certaines choses.

Effectivement, il préférait prendre son partenaire. Il se blottissait contre lui après avoir fait l'amour. Il était terriblement doué au lit.

Mais il n'avait jamais imaginé que Flynn puisse rire de manière si libre et profonde ou se dévoiler avec une telle sincérité.

Avec tristesse, il se demanda ce qui avait bien pu se passer entre le moment intime et torride qu'ils avaient partagé dans la douche le matin et celui où Flynn avait laissé parler sa colère durant la répétition du dîner. Cela n'avait aucun sens et il n'avait pas le temps de chercher à comprendre.

Nate déglutit et se pencha vers le miroir. Il poussa les cheveux de son front et fronça les sourcils en observant ses tempes. S'étaient-elles clairsemées depuis la semaine dernière ? Sa peau était-elle plus visible à travers ses cheveux ? C'était une peur de longue date – ses cheveux étaient devenus gris à l'adolescence et il avait été terrifié à l'idée de devenir chauve avant trente ans. C'était aussi une bonne distraction.

Il était toujours malheureux, mais sa tristesse était allée se terrer au plus profond de son esprit. Sous son orgueil, ses missions de la journée et le fait qu'il n'ait pas encore bu son café. Lorsque son chagrin remonterait en tête de ses priorités, le mariage serait terminé. Une fois tranquille, Nate pourrait se réfugier dans son canapé, regarder un film gore et se demander s'il était lamentable de sa part de laisser sa mère lui préparer des *s'mores* [6] alors qu'elle était encore en convalescence.

Ça l'était, mais c'était tout de même tentant.

Nate laissa ses cheveux retomber sur son front, boutonna sa veste et descendit au rez-de-chaussée.

— Qui c'était? demanda-t-il en contournant Max dans la cuisine.

Il récupéra une tasse sur l'égouttoir. Le café, bien corsé, était déjà préparé dans la cafetière. Il s'en servit une grande tasse.

— Si je n'avais pas été sous la douche, j'aurais répondu, ajouta-t-il.

— Ce n'était personne, répondit Max.

Il haussa les épaules lorsque Nate le regarda avec un air sceptique.

— C'était le facteur. Il voulait te remettre un colis pour la voisine.

— Dis-moi que tu ne l'as pas pris…

Il ajouta une quantité malsaine de sucre dans sa tasse et évita le regard désapprobateur de sa mère en s'appuyant sur le plan de travail.

— La dernière fois, elle a appelé la police parce que je travaillais tard et que je n'avais pas trouvé le temps de lui amener son colis.

— Tu sais, moi et les responsabilités… dit Max en souriant. Ils repasseront demain.

Son ami s'installa à table et ajouta une poignée de figues séchées à son porridge aux flocons d'avoine ainsi qu'une louche de miel rouge dans son thé.

De l'autre côté de la table, Ally posa sa tartine grillée et regarda Nate avec inquiétude.

— Est-ce que ça va, mon chéri?

— Ça ira, répondit-il.

Il n'avait pas d'autre choix. Il fit le tour de la table pour l'embrasser sur la joue.

— Comment vas-tu?

— Bien, dit-elle en balayant les inquiétudes qu'il pourrait avoir d'un geste de la main. Je vais bien. Ne t'en fais pas pour moi. Je sais que tu l'aimais bien.

— Va savoir pourquoi, intervint Max.

---

6 : Dessert provenant d'Amérique du Nord. Il s'agit d'un sandwich de biscuits Graham, de chocolat au lait et de marshmallows grillés.

Sa cuillère tintait contre le bol alors qu'il mélangeait les figues dans son porridge. Il en prit une cuillère et continua à parler la bouche pleine :

— Mais nous savons que tu l'aimais bien.

— Va te faire voir.

— Ne parle pas la bouche pleine, le réprimanda Ally au même moment.

Elle attrapa une serviette et la lança par-dessus la table.

— Essuie ta bouche. Ta lèvre saigne. Je n'arrive pas à croire que Flynn s'en soit pris à toi sans raison. Ce jeune homme semblait tellement gentil.

Malgré la serviette roulée en boule contre sa lèvre, Max renifla.

— Jeune ? Aurais-tu besoin de lunettes, Ally ?

— Ne sois pas insolent.

Max se mit à rire, mais il finit par se calmer. Il éloigna la serviette de sa lèvre et vérifia si elle était bien tachée de sang.

— Ce n'est pas comme si Max ne l'avait pas cherché, dit Nate.

Il haussa les épaules lorsque son ami leva un regard indigné vers lui.

— Personne ne t'a demandé de te mêler de nos affaires, ajouta-t-il.

— J'ai pris ta défense, marmonna-t-il. Tu ne sais pas qui est vraiment cet homme. Tu ne sais pas après quoi il court.

— Si tu oses me dire qu'il court après toi, je te jette mon café à la figure, menaça-t-il avant de se pencher par-dessus la table pour lui retirer son bol de porridge. Va te préparer. Je dois m'assurer que la salle soit prête pour la réception avant de monter à la folie. Je vais te conduire à l'hôtel.

Max était grognon, mais il but le reste de son thé et se leva de table.

— Crois-moi sur parole : te faire plaquer par cet homme était la meilleure chose qui pouvait t'arriver. D'ici deux semaines, tu verras aussi les choses de cette façon.

Max s'étira et ses épaules craquèrent alors qu'il avançait lentement le long du couloir. Nate le regarda s'éloigner, les sourcils froncés, puis il jeta son bol dans l'évier. Le porridge éclaboussa l'acier immaculé.

— Ne sois pas en colère contre Max, mon chéri. Il ne veut que ton bien. C'est ton meilleur ami.

— Je ne suis pas en colère.

Il se tourna vers elle. Comme il s'y attendait, elle le regardait avec un air dubitatif.

— Pas vraiment, reprit-il. C'est juste que…

— Tu n'avais pas prévu que ça se termine comme ça avec Flynn, finit-elle à sa place.

En fait, c'était exactement la façon dont Nate avait prévu que ça se termine. Il soupira et ouvrit le robinet.

— Je ne *voulais* pas que ça se termine comme ça, nuança-t-il. Mais ce n'est pas la première fois que je me fais larguer.

— De vrais imbéciles, déclara Ally avec loyauté. Tous autant qu'ils sont. Max a raison. Tu es mieux sans lui.

C'était le genre de choses que les mères disaient tout le temps et il fallait faire de son mieux pour y croire parce que c'était plus admissible que la vérité. Sauf que cela sonnait faux. Sans Flynn, il se sentait simplement… abattu, non pas mieux.

— Je l'aimais beaucoup, avoua-t-il. J'étais bien avec lui, mais ça n'aurait sûrement jamais fonctionné. Max ne le supporte pas, il ne supporte pas Max et Max est mon meilleur ami depuis que nous avons mis une raclée à Michael Frances.

— Je m'en souviens très bien, dit-elle sur un ton sec. Sa mère voulait qu'on vous envoie tous les deux chez le psy.

— Elle aurait dû envoyer son fils chez le psy. Il avait mangé une grenouille. C'était perturbant.

Nate transvasa le contenu de sa tasse dans une tasse isotherme du Granshire. Max avait beau être son meilleur ami, Nate était déjà angoissé à la perspective de l'entendre dire «*je t'avais prévenu*» pendant les trente minutes de trajet. Il referma le couvercle de sa tasse.

— Tu diras à Max que j'ai reçu un coup de fil. Je dois y aller. Je t'aime.

Il se pencha pour l'étreindre avec un seul bras avant de partir. Ally lui attrapa le bras avant qu'il puisse s'échapper et leva la tête vers lui.

— Pas de défilé de mode? demanda-t-elle.

Nate jeta un œil à son costume et réalisa qu'il n'en avait rien à faire.

— Ce n'est que pour le travail. C'est suffisant. À plus tard.

Il prit la fuite avant que Max puisse le rattraper.

LA LUMIÈRE du soleil passait à travers les pierres cassées de la folie et faisait briller les drapés en argent. Des fleurs sauvages décoraient les murs en formant des lianes épaisses et radieuses de couleurs pastel et de verdure, puis elles étaient aussi suspendues à un berceau de branches de saule entrelacées qui dominait l'édifice.

Si cela avait été prévu des mois plus tôt, ça aurait pu être sensationnel. Pour un décor improvisé en deux jours, c'était stupéfiant. Il ne fallait pas que Nate oublie – étant donné que son téléphone était en mode cinéma dans sa poche et que son bloc-notes était coincé sous son bras – d'envoyer un cadeau de remerciement à Mahdi. Cet homme pouvait vraiment faire des miracles avec les fleurs.

Bradley était au bord de la crise de panique.

— Et si elle ne vient pas ? dit-il alors qu'il se tenait en haut des marches et surveillait le parking avec inquiétude. Et si elle avait changé d'avis ?

Nate tira Bradley vers lui pour remettre son col en place.

— Elle ne ferait pas ça.

— Ma mère…

— Elle était déjà votre mère lorsque Katie a accepté votre demande en mariage.

Après avoir passé une heure à tripoter nerveusement son épingle de cravate en argent, celle-ci était recouverte de traces de doigts. Nate sortit son mouchoir de sa poche et la fit rapidement briller. Il entendit un clic et regarda autour de lui. Le visage de Dale apparut lorsqu'il baissa son appareil photo. Il avait remplacé ses lunettes de soleil de surfeur par des lunettes aux verres bleus qui incitaient à penser qu'elles faisaient partie d'une sorte de méthode artistique. La teinte des verres correspondait si bien aux contours de son coquard que Nate se demanda combien de fois il avait dû en dissimuler un.

— Photos spontanées, expliqua Dale.

— Mais que se passera-t-il si elle *a* changé d'avis ? insista Bradley.

Nate jeta un œil à sa montre.

— Quelqu'un m'aurait déjà appelé. Comme je n'ai reçu aucun appel, ça veut dire que tout se passe comme prévu.

C'était la vérité, mais Bradley ne semblait pas convaincu par ses paroles.

— Elle vous aime, lui rappela Nate.

Bradley poussa un soupir. Son corps se détendit et avant que la panique l'envahisse à nouveau, le témoin passa la tête par la porte.

— C'est l'heure, annonça-t-il.

Nate donna une tape amicale sur l'épaule de Bradley et le regarda entrer à l'intérieur. Lui ne bougea pas et jeta un œil à sa montre.

Il entendit à nouveau le clic de l'appareil et regarda Dale avec un air agacé.

— Je ne fais pas partie des invités.

— Vous êtes photogénique, dit-il en haussant les épaules. C'est les cheveux.

Nate lui fit un doigt d'honneur, ce qui le fit rire. Il laissa son appareil photo pendre autour de son cou. Il avança pour rejoindre Nate en haut des marches.

— Vous n'êtes pas certain qu'elle vienne ?

Nate lui fit signe de baisser d'un ton.

— Ce mariage n'est pas le plus paisible que j'aie organisé durant ma carrière. S'il y a bien un jour où la voiture pourrait se retrouver avec un pneu crevé ou être attaquée par des mouettes, ce serait aujourd'hui.

Dale rigola et retourna dans la folie pour photographier le marié et les invités, mais il était de retour lorsque le break du Granshire arriva sur le parking. L'appareil photo cliqua en continu lorsque le père de Katie offrit son bras à sa fille pour l'aider à sortir de la voiture. Elle glissa hors du véhicule, légère et rayonnante dans une cascade de soie couleur ivoire et de dentelle subtile. Elle tenait un bouquet de fleurs sauvages dans sa main et ces mêmes fleurs étaient tissées dans son voile.

Aucun des déboires qui avaient failli causer un ulcère à Nate n'effaça le sourire radieux sur le visage de Katie lorsqu'elle monta les marches. Une fois en haut, elle marqua une pause, prit une profonde inspiration tout en gardant un grand sourire.

— Je vais me marier, dit-elle en regardant Nate.

Il hocha la tête et la regarda entrer dans la folie, suivie de Dale qui entra discrètement pour immortaliser la cérémonie. Nate attendit qu'elle rejoigne l'autel et se tienne devant le chanoine Paisley, un grand homme aux cheveux gris. Quand sa forte voix occupa l'espace, Nate s'éclipsa et descendit les marches en trottinant pour retourner au Granshire.

LE GÂTEAU était élégant, mais très simple à première vue – un gâteau avec trois niveaux recouverts d'un joli glaçage et décorés de perles pétillantes. Il était posé sur une assiette cuivrée au centre de la salle et Star lui avait promis que tout le monde serait subjugué au moment de la découpe. Le chef lui avait assuré que tout était prêt en cuisine. Nate n'avait plus qu'à vérifier le plan de table.

Il venait de demander à un employé d'aller ajouter un «e» à «Ann», le prénom d'une demoiselle d'honneur, lorsque Max le retrouva.

— Excuse-moi, dit Nate en levant les yeux de son bloc-notes avant de hausser les épaules. Je n'avais pas l'intention de te laisser en plan ce matin, mais j'avais besoin de me retrouver seul, tu comprends ?

L'hématome sur la joue de Max s'était étendu depuis ce matin. Max le frotta de son pouce et traîna des pieds sur le parquet ciré. Il avait paru contrit en entrant et les excuses de Nate semblaient avoir décuplé ce sentiment.

— Bien sûr. Pas de problème. J'ai discuté avec ta mère. Écoute, à propos de Flynn...

Nate soupira.

— Si c'est pour me dire que tu m'avais prévenu, ce n'est pas la peine.

— Ne voulais-tu pas savoir pourquoi je déteste Flynn ? J'ai omis de te dire quelque chose concernant cette nuit-là. Celle où il m'a traîné jusque chez moi.

Un goût amer brûla la gorge de Nate. Il posa son bloc-notes sur le bord de la table et regarda Max. Il ne voulait pas poser la question qui lui brûlait les lèvres, mais il le devait.

— Est-ce qu'il t'a... touché ?

C'était curieux. Nate avait le souvenir de s'être senti assez mûr à l'époque, prêt pour avoir sa première relation sexuelle. En y repensant, il n'avait été qu'un jeune idiot.

— S'il t'a touché, je...

— Non !

Max secoua la tête et leva les deux mains pour que Nate cesse de parler.

— Mon Dieu, non. Il ne m'a jamais touché. Je veux parler de ce qui s'est passé après que nous sommes rentrés sur l'île. Ils ont appelé papa et je ne l'ai jamais vu aussi en colère, Nate. Il m'a frappé.

Cette information le surprit. Même s'il s'entendait bien avec Teddy, il savait que Max et son père avaient connu quelques tensions au fil des années. Pourtant, il n'avait jamais vu Teddy lever la main sur Max.

— Pourquoi ? Parce que... tu étais gay ?

— Non. Je...

Une porte s'ouvrit au fond de la salle et un employé apporta une pile de chaises hautes. Max se tut jusqu'à ce que les chaises soient installées et

211

que l'homme s'en aille. Puis il prit une grande inspiration, qu'il libéra dans un souffle.

— Non, reprit-il. Je pensais aussi que c'était pour cette raison. Il m'a traîné jusque dans ma chambre et m'a enfermé, puis il a refusé d'en parler. Quant à Flynn, il l'a payé pour qu'il quitte l'île.

C'est ce que les rumeurs avaient dit. Apparemment, elles étaient parfois vraies. Il se souvint des accusations que Dani avait portées l'autre jour et fronça le nez. Ce n'était pas pire que de profiter d'un garçon de quinze ans, mais ce n'était pas une image plaisante.

— Penses-tu que Teddy a couché avec Flynn?

Cette idée fit grimacer Max.

— Je t'en supplie, arrête d'imaginer des choses, Nate.

— Alors parle.

— Papa n'était pas en colère parce que j'avais essayé de draguer un gars, dit-il avant de prendre une profonde inspiration et un air écœuré. Il était en colère parce que j'avais essayé de draguer mon frère.

Pendant un instant, cela n'eut aucun sens. Puis l'idée que Nate se faisait du monde qui l'entourait changea légèrement et, soudain, beaucoup de choses se mirent en place. Il se souvint de quelques rumeurs dont il avait entendu des bribes, parce que les gens cessaient de parler lorsqu'il entrait dans une pièce, de la manière dont les habitants avaient exprimé leur désapprobation en discutant de la pancarte *Delaney et Fils*, et de l'existence d'une mère belle et malheureuse avant sa mort.

— Oh, fit-il dans un souffle. C'est...

— Perturbant? En effet.

Nate se mordilla la lèvre et hésita un moment.

— Penses-tu que Flynn était au courant?

— Peut-être, cracha-t-il.

La bouche de son ami se tordit et il regarda ses chaussures.

— Je n'en sais rien. S'il était au courant, alors c'était de sa faute. Pas de la mienne.

— N'était-ce pas la faute de Teddy?

Max laissa échapper un rire dépourvu d'humour et ignora ce que Nate venait de dire. Comme à son habitude. Il avait toujours trouvé plus simple de se faire passer pour un raté plutôt que de risquer de se fâcher avec son père. Mais il était sûrement plus facile de porter un jugement en étant extérieur à cette relation, quand on ne recevait pas deux mille livres par mois pour « laisser couler».

— Pourquoi me dis-tu ça maintenant ?

Le silence s'installa un instant. Max s'humecta les lèvres.

— Il n'y avait pas de facteur ce matin. C'était Flynn. Je lui ai dit que nous avions couché ensemble.

Nate lui donna un coup de poing. Le coup était parti tout seul. Il avait senti cette boule de colère brûlante dans sa poitrine et n'avait pas trouvé les mots pour l'exprimer. Son poing avait frappé Max au niveau de l'os jugal. L'impact fit vaciller son ami en arrière et provoqua une douleur vive dans le poignet de Nate.

— Bordel, dirent-ils au même moment.

Nate secoua sa main pour faire face à la douleur sourde dans son poignet et Max se frotta l'œil avec précaution.

— Pourquoi tout le monde n'arrête pas de me frapper ?

— Parce que tu es un crétin.

— À quoi bon savoir parler, dans ce cas ?

Le mot « désolé » se coinça dans la gorge de Nate. S'il l'avait dit, cela aurait presque été sincère – Nate ne voulait pas se fâcher avec son meilleur ami –, mais pas tout à fait. Il le ravala et récupéra son bloc-notes. Cela occupa ses mains à autre chose qu'à cogner Max.

— À partir de maintenant, Max, reste en dehors de ma vie sexuelle.

Nate cocha avec colère l'une des cases de sa liste des tâches et faillit faire un trou dans le papier. Du coin de l'œil, il vit Max s'agiter curieusement. Son ami passa une main dans ses cheveux bruns et épais, ce qui les décoiffa.

— Tu ne vas pas l'appeler ?

— Je travaille, répliqua-t-il en lui montrant son bloc-notes. J'appellerai Flynn plus tard, si j'en ai envie.

— Il sera peut-être trop tard.

Max glissa les mains dans ses poches arrière. Sa chemise épousa la courbe de ses épaules lorsqu'il commença à se balancer sur ses talons. Cette position lui donnait un air présomptueux, mais Nate le connaissait depuis assez longtemps pour savoir qu'elle signifiait tout le contraire.

— Qu'est-ce que tu as fait ?

— Je pensais qu'en appelant Flynn pour lui dire que j'avais menti et que nous n'avions pas couché ensemble la nuit dernière, je n'aurais pas à t'en parler. J'ai appelé le garage. Apparemment, il a démissionné.

— C'est son garage.

— Il ferme boutique, dit-il avant de prendre une grande inspiration. Le gamin qui travaille pour lui m'a dit qu'il quittait l'île. Aujourd'hui.

Nate déglutit et baissa les yeux sur ses mains, ses doigts serrés autour du bloc-notes. Il ressentit un mélange de regret, de crainte et de déni, le tout coincé dans sa poitrine comme du papier mâché. Pour la deuxième fois de la journée, il était sans voix.

— Bien. C'est sa décision.

— Ne sois pas idiot, dit Max en lui arrachant son bloc-notes. Pars. Va lui parler.

— S'il n'a pas envie de rester…

— Alors dis-lui au revoir. Demande-lui son numéro. Envoie-lui des sextos. Mais fais quelque chose.

Max grimaça en se rendant compte de ce qu'il venait de dire.

— Ne le laisse pas simplement partir. Tu le regretteras.

— Tu n'en sais rien.

Max posa une main sur son épaule.

— J'ai laissé beaucoup de choses m'échapper, dit-il en guidant Nate vers la sortie. Je regrette la plupart d'entre elles. Ne fais pas la même erreur que moi.

— Et le mariage? protesta-t-il sans entrain.

Il avait envie de partir – dans son esprit, il était déjà prêt à passer la porte –, mais il indiqua d'un geste la salle de réception, impuissant.

— Et si autre chose allait de travers? Teddy est déjà en colère contre moi par rapport à l'autre soir.

— As-tu confiance en moi?

Nate lui adressa un sourire ironique en réponse. C'était une question stupide à poser au vu des circonstances.

— Je sais, je sais, tu ne devrais pas avoir confiance. Mais est-ce le cas?

— Oui, admit-il.

— Alors va-t'en. Je vais m'assurer que ce soit la plus belle réception de mariage qu'on ait jamais vue. Personne ne finira seul au lit ce soir.

À ces mots, Nate se figea sur place. Il se retourna pour protester, mais Max leva les yeux au ciel et le poussa vers la sortie.

— Je plaisante. Pars, avant que je décide que mon frère est trop bien pour toi.

C'était peut-être une erreur, mais Nate partit quand même. Il arriva sur la jetée au moment où le ferry démarrait.

Merde.

214

Nate se gara approximativement sur une place de parking et se précipita hors du véhicule. Il laissa les clés sur le contact, la portière grande ouverte et sauta par-dessus le petit mur pour courir jusqu'au bout de la jetée. L'homme qui avait détaché l'amarre se tenait à la poupe du ferry, la corde à moitié enroulée dans ses mains et observait Nate de manière indifférente en s'éloignant.

Il *pouvait* sauter. L'idée lui traversa l'esprit et sembla bonne. Le ferry n'était pas encore *trop* éloigné de la jetée. Il arriverait probablement à sauter dessus. Même s'il n'y arrivait pas, la mer amortirait sa chute. Sur le ferry, le visage du matelot s'illumina, fasciné.

Nate se dégonfla au dernier moment et s'arrêta maladroitement en atteignant la bordure jaune de la jetée. Le matelot de pont, qui avait sûrement été impatient de le voir faire une petite baignade, se retrouva déçu. En sueur et à bout de souffle, Nate se plia en deux et posa ses mains sur ses genoux. Son cœur battait à mille à l'heure.

— Merde, marmonna-t-il.

Nate sentit le poids de la déception lui tomber sur les épaules et il s'agenouilla à terre. Il pourrait appeler Flynn, mais un appel était trop simple à ignorer. Pour tous les deux.

Alors qu'il était en train de se morfondre, il entendit quelqu'un applaudir doucement. Il fronça les sourcils et se retourna pour voir qui avait été témoin de son humiliation.

Flynn se tenait derrière lui avec un sourire en coin.

— Si tu veux mon avis, je suis sûr que tu aurais pu le faire.

XXIV

« Évidemment que je savais tout depuis le début, mais je ne voulais pas faire ma commère. »

FLYNN S'ÉTAIT attendu à toutes les réactions de la part de Nate, sauf celle-ci.

— Salaud ! bafouilla Nate en se relevant avec difficulté.

Il approcha de Flynn et enfonça un doigt dans sa poitrine.

— J'ai entendu dire que tu devais te faire la belle en plein milieu de journée. Pourquoi n'es-tu pas sur le ferry ?

Curieusement, Nate était attachant lorsqu'il était irascible. Il ressemblait à un chat qui se froissait devant sa propre image. Ou ce n'était peut-être qu'un effet secondaire de la joie immense que Flynn ressentait à cet instant. C'était idiot – peut-être que Nate avait simplement oublié quelque chose dans sa voiture –, mais il n'arrivait pas à se contenir.

— J'ai changé d'avis.

— Pauvre idiot, dit Nate en le poussant.

— En effet, acquiesça Flynn. Mais je suis ton idiot.

Une fois, durant une grande tempête hivernale, Flynn avait plongé dans une mer glaciale depuis un hélicoptère dans l'espoir de retrouver une fille portée disparue. Il aurait pu mourir ou être gravement blessé, mais il n'avait jamais eu peur. Il avait évalué les risques et les avait acceptés avant même de monter dans l'hélicoptère. Mais avouer ses sentiments – éventuels – à demi-mots, de manière à pouvoir les nier, était une expérience nouvelle pour lui. Il retint son souffle et attendit la réponse de Nate.

— Qui d'autre voudrait de toi ? râla-t-il.

Puis il sourit et attira Flynn dans un baiser passionné et maladroit ; leurs bouches s'écrasèrent l'une contre l'autre et leurs dents s'entrechoquèrent. Il prit la mâchoire de Flynn dans sa main, puis la glissa vers sa nuque pour lui empoigner les cheveux.

Flynn le plaqua contre lui. Il mordit la courbe de sa lèvre inférieure et lorsque Nate haleta, il en profita pour glisser sa langue dans l'antre chaud de sa bouche. La facilité avec laquelle le corps de Nate épousait le sien provoqua une vague de désir chez lui, un picotement dans ses bourses.

Quelqu'un les siffla.

Nate sursauta dans ses bras et commença à s'écarter. Flynn ne le laissa pas faire.

— Qu'ils aillent se faire voir, dit-il contre ses lèvres avant de le faire basculer en arrière.

Nate rigola et attrapa Flynn par les épaules pour ne pas tomber, ses doigts empoignant son t-shirt, mais il continua à l'embrasser.

Quand il fut à bout de souffle et en érection, Flynn dut remettre Nate à terre. Du moins, il essaya. Nate se laissa aller contre lui, les bras sur ses épaules et le visage blotti dans son cou. Il riait.

— Quoi? demanda Flynn en glissant ses doigts dans les cheveux de Nate pour les caresser doucement.

Il sentit le sourire de Nate contre son cou.

— Je me demandais simplement ce que tu aurais fait si j'avais sauté.

— J'aurais sauté à mon tour pour te repêcher.

— Hé! s'offusqua-t-il en levant la tête pour lui faire les gros yeux. J'aurais pu atterrir sur le pont.

Flynn leva les sourcils, dubitatif, mais considéra cette éventualité.

— Alors j'aurais nagé jusqu'à ce que je te rattrape.

Bien qu'il ait dit cela pour rire, il se rendit compte qu'il le pensait vraiment. Peut-être pas littéralement, mais…

— Je ne veux plus jouer.

Son estomac se noua lorsque Nate s'écarta de lui. Et si Nate n'était pas sur la même longueur d'ondes? Et s'il avait couru le long de la jetée pour dire à Flynn qu'il voulait continuer leur liaison? Nate pencha la tête et leva une main pour protéger ses yeux du soleil.

— Je n'ai pas couché avec Max.

Flynn laissa échapper un soupir de soulagement. Il n'avait pas eu l'intention de poser la question, persuadé qu'il ne voulait pas connaître la réponse. Finalement, il était heureux de la connaître.

— Je ne t'en voudrais pas de l'avoir fait.

C'était la vérité, tout comme ce qu'il ajouta:

— Mais je suis content que vous ne l'ayez pas fait. Rentre à la maison avec moi.

Il vit un «oui» se former sur les lèvres de Nate, mais le mot ne sortit pas. Nate mordit sa lèvre inférieure et parut réticent.

— Nous devons parler.

— Je sais.

Flynn posa ses doigts sous le menton de Nate et lui releva la tête pour l'embrasser. Ce baiser était doux, ses lèvres ne faisant que caresser celles de son amant.

— Nous pouvons parler au lit.

Nate essaya de ne pas sourire. Flynn voyait qu'il était en train de lutter pour ne pas que ses lèvres se courbent, mais il ne put s'en empêcher. Il glissa ses doigts à l'intérieur de la ceinture du jean de Flynn et les sentir contre sa peau nue provoqua un tourbillon de sensations chez lui.

— Je suppose, oui, dit Nate. Plus tard.

La montée de désir au niveau de son entrejambe rendit le besoin de trouver un lit plus pressant. Il prit une profonde inspiration, se rappela qu'il n'avait plus vingt ans et s'écarta.

— Va fermer ta voiture. Je vais conduire.

Nate pouffa de rire.

— Je peux te suivre jusque chez toi.

— Avec la chance que nous avons, tu tomberais sur une mariée égarée dans les landes, et pendant que je t'attendrais, je trouverais un randonneur perdu sur la falaise, dit-il en passant un bras autour des épaules de Nate. Nous allons prendre ma voiture.

Nate y réfléchit une seconde et leva les yeux au ciel.

— Tu as peut-être raison, admit-il.

UNE FINE couche de sueur refroidissait entre leurs corps. Flynn sentit un goût salé sur sa langue lorsqu'il embrassa l'épaule émaciée de son partenaire. Il s'allongea sur lui, rassasié, satisfait et un peu trop fainéant pour bouger dans l'immédiat. Sa verge était encore enfouie à l'intérieur de son amant. Les répliques convulsives de son orgasme provoquèrent des décharges électriques de plaisir et de douleur dans son corps.

Nate tendit une main pour lui attraper la nuque.

— J'avais tout un discours.

— Mmh?

Cette fois, lorsque Nate remua sous lui, la sensation piquante qu'il ressentit dans sa verge sensible était plus proche de la douleur que du plaisir. Nate se souleva sur un coude et tourna la tête pour le voir.

— J'avais préparé tout un discours pour le ferry.

— C'est une traversée de vingt minutes. Qu'aurais-tu fait si je t'avais gentiment rembarré ?

— J'aurais fait semblant d'être somnambule.

Flynn laissa échapper un rire et déposa un baiser au coin de ses lèvres.

— J'avais aussi préparé un discours.

Flynn se souleva au-dessus du corps de son amant et sa verge molle, recouverte de semence et de lubrifiant, glissa hors de lui. Maintenant qu'il n'était plus cloué au lit, Nate s'étira, toute en finesse et en élégance, puis il roula sur le dos. Il s'assit et lui sourit.

— Vas-y, alors. Écoutons ce que tu avais à dire.

Flynn s'adossa aux coussins. Sur le balcon, Nate la mouette ressemblait à une boule toute douce et les observait d'un regard perçant et jaloux. Ce n'était probablement pas le moment de le présenter à son homonyme.

— Nate, dit-il sérieusement en tendant une main.

Son partenaire la prit et s'installa à califourchon sur lui, sa verge molle et lourde pressée contre l'abdomen de Flynn.

— Aimerais-tu que je reste ?

Nate posa ses mains contre la tête de lit et se pencha pour l'embrasser. Ses lèvres prononcèrent un « oui ». Puis il se réinstalla face à lui.

— Mon discours était meilleur, dit-il avec un sourire en coin.

— Prouve-le.

— Non, maintenant, c'est trop tard, dit-il avec dédain.

— Paraphrase, insista Flynn.

Nate marqua une pause, puis il laissa retomber son poids sur les cuisses de Flynn. Il sentit la longue cicatrice frotter l'intérieur de sa cuisse et voulut se relever. Flynn l'attrapa par les hanches et le fit se rasseoir.

— C'est bon. Ça ne me fait pas mal.

Ce n'était pas entièrement vrai. Le poids de Nate engendrait des picotements le long de sa cicatrice, mais la vue était assez agréable pour le supporter.

— D'accord. Alors, voilà. Tu es incapable de te comporter en petit ami odieux, dit-il en promenant ses doigts sur l'abdomen de Flynn, dessinant des figures qui firent trembler ses muscles. Alors que dirais-tu de… laisser tomber le côté odieux ?

Flynn s'assit et enroula ses bras autour de la taille de son partenaire. Il lui empoigna ensuite les fesses.

— Tu veux que je sois ton petit ami ?

— Je pense, oui.

Flynn le souleva et le jeta sur le lit. Il sourit en entendant le cri à la fois surpris et indigné de Nate lorsqu'il tomba sur les couvertures.

— Je vais y réfléchir.

Il laissa Nate sur le lit, qui l'insultait sans conviction, et se rendit à la douche. Il ouvrit le robinet et se tint sous la cascade d'eau, sa tête penchée en arrière pour que l'eau coule sur son visage comme le ferait la pluie. Il attendit qu'elle fasse disparaître ce sentiment de joie ridicule en même temps que la sueur et les traces de leurs ébats.

Cela ne fonctionna pas.

C'était curieux. Flynn n'avait pas l'habitude d'être heureux. Il n'avait pas non plus passé sa vie à être triste ; il avait été épanoui, satisfait et le plus souvent comblé sur le plan sexuel. Il avait parfois été heureux, durant des après-midi passés au lit ou durant la période passionnelle d'une relation, lorsque tout semblait possible. Pourtant, il avait toujours su que ça ne durerait pas. La souffrance de son père avait toujours été présente dans un coin de sa tête et l'avait tiré vers le bas.

La vie ne consiste pas à être heureux.

Cette fois-ci, c'était différent. Il se sentait…

— C'est quoi ce bordel ?

Le cri de surprise provenant de la chambre altéra sa bonne humeur. Il la sentit disparaître dans ses entrailles, puis il entendit le souvenir de son père lui dire « je t'avais prévenu » alors que l'eau tourbillonnait dans le drain entre ses pieds. Cela avait été agréable le temps que ça avait duré. Il ferma le robinet, attrapa une serviette et retourna dans la chambre.

Nate agita le chèque froissé de Teddy en l'air. Ah, c'était donc ça. Flynn grimaça. Il aurait dû se douter que Teddy réussirait à gâcher sa relation avec Nate.

— Je ne suis pas parti, dit Flynn.

Il frotta la serviette contre ses cheveux et l'enroula sur ses épaules.

— Je ne vais pas accepter son argent.

— As-tu perdu la tête ? As-tu bien compté les zéros ?

Flynn éclata de rire. Il dut s'asseoir sur le lit et continua de rire jusqu'à en avoir mal au ventre. Quand il réussit à s'arrêter, il se laissa tomber sur les couvertures. Il avait pris une douche pour rien, mais il était heureux de retrouver les odeurs de sexe, de Nate et de sueur.

— Je pensais que tu serais en colère que j'aie envisagé de prendre l'argent pour partir.

— C'est une sacrée somme d'argent, dit-il en reniflant.

Le lit remua sous Flynn. Sans ouvrir les yeux, il savait que Nate s'était assis sur le lit.

— As-tu refusé cet argent pour moi? Parce que je ne suis pas sûr d'en valoir la peine.

Il en valait la peine. Flynn sourit à cette pensée, à cette certitude, mais il la garda pour lui. Si Flynn lui avouait cela, Nate pourrait prendre peur et ce n'était pas la seule raison pour laquelle il n'était pas monté sur le ferry. Il tendit le bras et trouva celui de Nate; sa peau était chaude contre les doigts mouillés de Flynn.

— Viens ici.

Nate résista un instant, puis il rampa sur le lit pour s'allonger près de lui. Son attitude charmante avait disparu pour laisser place à l'inquiétude.

— As-tu des souvenirs de mon père?

Nate fronça le nez.

— Je ne...

— En as-tu?

— Oui.

— Que pensais-tu de lui?

— C'était un adulte. Je ne...

Nate arrêta de parler et se contenta de hausser les épaules.

— Eh bien, c'était un pauvre homme malheureux, dit Flynn.

Il ressentit une pointe de culpabilité. C'était un pincement familier, sur une ancienne blessure. Il prit une grande inspiration.

— Mon père n'était pas un homme mauvais. Il faisait attention à ce que j'aie des vêtements, de la nourriture et un toit au-dessus de ma tête. Il ne m'a jamais frappé.

Nate posa son menton sur l'épaule de Flynn.

— Était-il au courant?

Le corps de Flynn se crispa. Nate dut le sentir parce qu'il lui caressa le torse.

— Max me l'a dit, expliqua Nate. Aujourd'hui. Avant, je n'en savais rien.

— Papa le savait. Je crois qu'il lui arrivait de l'oublier.

Il marqua une pause et se remémora les fois où son père avait validé sa nouvelle coupe de cheveux et la patience dont il avait fait preuve lorsqu'il lui avait appris comment réparer son premier moteur. Malheureusement, cela n'avait jamais duré longtemps.

221

— Mais dès qu'il posait les yeux sur un objet qu'il avait acheté avec l'argent que Teddy avait utilisé pour acheter son silence, les souvenirs remontaient à la surface. Une telle somme d'argent est alléchante, mais je refuse de vivre comme mon père.

Nate tira sur les poils de son torse.

— Alors même si je n'étais pas venu te trouver, tu serais resté ?

— Je serais venu te trouver, dit-il en entrelaçant leurs doigts. Je ne serais peut-être pas resté sur cette île si tu n'avais pas été intéressé. Par contre, je me serais quand même torché avec le chèque de Teddy.

Nate se mit à rire, puis fit la grimace.

— Tu devrais peut-être y réfléchir, dit Nate en enfouissant son visage dans son cou.

Son souffle était froid contre la peau mouillée de Flynn.

— Entre ma relation avec toi et toutes les erreurs que j'ai faites la semaine dernière, je pourrais me retrouver au chômage la semaine prochaine.

— Ne t'en fais pas pour ça, dit Flynn en fixant le sommet du plafond rampant. Teddy ne s'en prendra pas à toi pour m'atteindre.

— J'espère que tu as raison.

Nate pensait que ce n'était qu'un présage, mais c'était une promesse.

ON POUVAIT voir le phare depuis le bureau de Teddy. Flynn se tenait devant la fenêtre, les bras croisés et regardait les nuages filer à travers le ciel bleu. Il entendit la porte s'ouvrir derrière lui, mais ne prit pas la peine de se retourner.

— M. Delaney.

— J'ai un prénom.

— Je sais.

Flynn se détourna de la fenêtre. Il s'écarta lorsque Teddy fit le tour du bureau pour s'installer prudemment dans sa grande chaise rembourrée. Dans un bureau qui ne comptait que des étagères de livres et de grands meubles sombres que la cire faisait briller, cette vieille chaise ne semblait pas à sa place. Elle était certainement plus confortable pour ses vieux os.

— Que voulez-vous ? demanda Teddy.

Il se tenait bien droit en regardant Flynn, qui se trouvait de l'autre côté du bureau. Il avait forcément vu le chèque, posé soigneusement au centre d'une étendue de cuir vert, mais il n'y porta pas la moindre attention.

— Vous avez oublié quelque chose chez moi. Je me devais de vous le rapporter.

Teddy reconnut enfin l'existence du chèque en baissant brièvement les yeux.

— Vous devriez y réfléchir.

Le coin des lèvres de Flynn trembla. Il frotta ce muscle crispé avec son pouce et indiqua la fenêtre qui se trouvait derrière Teddy d'un mouvement de tête.

— Ce phare était un doigt d'honneur qui vous était adressé par mon père, vous savez, dit-il en secouant tristement la tête. Je pense que tout ce qu'il faisait, il le faisait pour vous contrarier. Sa vie entière tournait autour de sa haine envers vous.

— À cause de vous.

— Non. À cause de l'argent. Vous l'avez acheté. Il n'a jamais pu l'oublier et il ne voulait pas que vous puissiez l'oublier non plus. Même si vous n'en aviez rien à cirer.

Teddy tendit la main vers le bout de papier, se ravisa et retira sa main.

— Je ne vois pas en quoi cela est pertinent.

— Votre argent est un poison. Je n'en veux pas.

— Bien. Vous pouvez disposer. Dites à Nathan de venir me voir lundi.

— Allez-vous le renvoyer ?

Sous ses paupières lourdes, le regard de Teddy devint noir de colère et ses narines se dilatèrent en laissant échapper un souffle dédaigneux.

— En quoi ça vous regarde ?

— Je voulais juste que vous sachiez que je m'en fiche. Renvoyez-le si ça vous chante. Ça ne changera rien. Je gagne assez d'argent et Nathan est intelligent.

La chaise émit un léger craquement lorsque Teddy se pencha en arrière. Il observa Flynn avec un semblant d'intérêt ; le premier qu'il ait jamais montré. Son doigt tapait distraitement sur le bureau.

— Je pourrais faire couler votre affaire. M'assurer que personne sur cette île ne vous laisse toucher à leur voiture.

— Je suis mécanicien. Je peux travailler n'importe où. Nate aurait sûrement plus de facilités à trouver du travail si nous quittions Ceremony. Vous êtes celui dont la vie tomberait en ruines, Teddy.

223

Teddy se mit à rire, d'un rire incrédule.

— J'adore ce gamin, mais il n'est qu'un employé comme les autres.

— Menteur.

— Je vous demande pardon ?

— Vous m'avez très bien entendu, dit-il en croisant les bras. Pensez-vous que je sois la seule personne dans cette pièce dont les gens parlent, Teddy ? J'ai tout entendu à votre sujet. Réfléchissez bien avant de faire une bêtise. Si je m'en vais, Nate s'en va. Ce qui veut dire qu'Ally s'en ira aussi, alors qui vous tiendra compagnie durant les fêtes de Noël ? Oh, et pensez-vous que Max s'attardera sur cette île ? Il est peut-être idiot, mais il adore Nate et vous n'êtes pas vraiment un bon père.

Son doigt avait cessé de tapoter.

— Max sait qu'il vaut mieux pour lui qu'il reste ici.

— Renvoyez Nate et nous verrons si vous avez raison, dit-il avant de hocher vivement la tête. Bonne nuit, M. Saint John.

Il se retourna pour partir.

— C'est tout ? demanda Teddy, suspicieux. Pas de menaces ? Pas de chantage ? Pas de jubilation ?

Flynn s'arrêta et baissa les yeux sur ses chaussures. Ses bottes de travail étaient usées et sales par rapport à cette moquette somptueuse.

— Je ne vous aime pas et je n'éprouve que du ressentiment envers vous, admit Flynn. Mais j'en ai assez de jouer au jeu de mon père. Je ne sais pas ce que vous avez contre moi – ce n'est pas comme si les gens en avaient quelque chose à faire de votre bâtard –, mais tant que vous ne vous immiscerez pas dans ma vie, je resterai en dehors de la vôtre.

Il patienta. Comme il n'obtint pas de réponse, il haussa les épaules et se dirigea vers la porte. La voix de Teddy l'arrêta sur le seuil.

— Voulez-vous savoir ce que j'ai contre vous ?

Flynn se retourna.

— Allez-y, faites-vous plaisir.

Le chèque avait disparu. Teddy s'était à moitié retourné dans sa chaise pour regarder le doigt d'honneur silencieux que lui adressait le phare.

— Vous êtes un rappel éternel de ma mauvaise conduite, dit-il calmement. Et je suis assez mesquin pour vous en tenir rigueur.

C'était le genre de déclaration qui demandait une réponse, qui invitait à la discussion, à échanger sur leurs problèmes. Flynn prit une profonde inspiration et s'humecta les lèvres.

— Passez à autre chose.

Lorsque Flynn rentra au phare, Nate la mouette était en train de manger des frites sur la pelouse. Il adressa un regard perçant et accusateur à Flynn pour lui avoir fait manquer son petit déjeuner et battit des ailes jusqu'à un rocher pour terminer son repas bien gras. Flynn le laissa faire et prit le chemin qui menait à la langue de terre située à l'arrière du phare.

— Teddy va bien, annonça-t-il.

Nate leva les yeux vers lui. Il n'avait pas mis sa veste et n'avait pas pris la peine de rentrer sa chemise dans son pantalon ou de remettre sa cravate. Il avait l'air d'un témoin qui avait touché le gros lot.

— Es-tu vraiment sûr de toi? C'est vraiment une grosse somme d'argent.

Flynn s'assit près de lui et passa un bras par-dessus ses épaules.

— Eh bien, tu es officiellement le petit ami le plus cher que j'aie eu de ma vie.

— Arrête, grogna Nate en laissant tomber sa tête contre le bras de son partenaire.

— Cela dit, si je te donne l'autorisation de louer cet endroit pour de futurs mariages, nous pourrons récupérer l'argent que je viens de perdre.

Flynn se sentit à la fois amusé et offensé par la rapidité à laquelle cette éventualité remonta le moral de Nate.

— Sérieusement?

— Pourquoi pas? Par contre, il faudra que je trouve un autre endroit où dormir quand le phare sera occupé.

Le visage de Nate se para de ce sourire espiègle et rusé qui avait réussi à persuader Flynn de jouer le rôle du petit ami odieux dans cette mascarade mal conçue. Il était amoureux de ce sourire.

— Ma voisine va te détester, dit Nate avec un air mesquin. Si nous avons de la chance, elle déménagera.

Flynn enroula son bras autour du cou de Nate et l'attira plus près de lui. Il déposa un baiser sur sa mâchoire, où il sentit la barbe rêche de Nate contre ses lèvres, puis il remonta jusqu'au coin de sa bouche.

— Je ne suis plus un petit ami odieux.

Nate resta silencieux un instant, puis il répondit à son baiser. Il prit le visage de Flynn dans sa paume.

— Ça me convient parfaitement.

RANCUNE TENACE

TA MOORE

Cloister Witte est un homme au sombre passé. Il possède une adorable chienne, et il est toujours heureux quand il peut en parler. Par contre, après avoir grandi dans l'ombre d'un frère disparu, d'un bon à rien de père et d'un beau-père criminel, il préfère laisser le passé dans le Montana. Il est à présent officier de la brigade canine dans le département du shérif du comté de San Diego, où il paye un tribut à ses fantômes en faisant ce que personne n'a pu faire pour son frère : retrouver des personnes disparues pour les ramener chez elles.

Il excelle à résoudre les énigmes complexes. Sa chienne est encore meilleure que lui.

Cette fois, la personne disparue est un garçon de dix ans qui est entré dans les bois au milieu de la nuit et n'en est jamais revenu. Malgré l'aide hostile et distrayante du magnifique agent du FBI Javi Merlo, il devient vite évident que Drew Hartley n'a pas fait une fugue. Il a été enlevé et les preuves indiquent qu'il n'est pas la première victime du kidnappeur. Alors que les recherches s'intensifient, de vieilles rancunes et des tragédies sont ramenées à la surface. Malheureusement, à chaque nouvel indice découvert, les probabilités de retrouver Drew en vie diminuent.

www.dreamspinner-fr.com

TA MOORE

UNE CHIENNE
DE VIE

Le monde s'achève non pas dans une explosion, mais dans un déluge. Des tornades ravagent le cœur de Londres, une chaleur étouffante fait fondre le bitume à New York et des couches de permafrost de plus en plus épaisses paralysent la Russie. Au début, les hommes se mobilisent, organisent des co-voiturages et évacuent les populations, mais le temps ne fait qu'empirer.

À Durham, Danny Fennick, un professeur affable, s'est calfeutré chez lui en attendant que la tempête passe. Élevé dans les Highlands d'Écosse, il a connu des hivers plus rigoureux. Et surtout, il possède un avantage : c'est un loup-garou. Ou, plus exactement, un chien-garou. Moins impressionnant, mais tout aussi pratique.

Néanmoins, les loups-garous n'y voient pas qu'un simple hiver et franchissent le Mur du Nord pour marquer leur nouveau territoire. Parmi eux, son ex, Jack, fils du Numitor de la meute et prince héritier, et son frère, qui rêve de fratricide.

Un hiver de loup n'est pas blanc. Il est rouge comme le sang.

www.dreamspinner-fr.com

TA MOORE croyait réellement être née dans un chou, durant son enfance. Ce fut là le début d'un attachement de toute une vie à l'étrange et au fantastique. Aujourd'hui, elle habite dans un bourg côtier au nord de l'Irlande et ses amis lui imposent de ne leur envoyer que trois hyperliens bizarres et dérangeants par mois – bien qu'elle maintienne qu'un guide pour bifurquer son pénis soit intéressant, non pas dérangeant. Elle croit qu'en ajoutant « dans l'espace ! » à une phrase, celle-ci devient tout de suite beaucoup plus cool. Elle essayera de caresser presque tous les animaux sur son chemin – serpents inclus, insectes exclus. Elle a menti une fois à son amie en racontant qu'elle était montée au sommet du château de Tintagel, en Cornouailles, quand en réalité, elle avait atteint la plage, s'était rendue compte de l'ascension qui l'attendait et s'était dégonflée.

Elle aspire à devenir une misanthrope cynique, mais malheureusement, sa personnalité rayonnante et son incapacité à se montrer méchante avec les étrangers l'en empêchent. Si TA Moore est méchante avec vous, c'est que vous êtes amis.

Site internet : www.nevertobetold.co.uk
Facebook : www.facebook.com/TA.Moores
Twitter : @tammy_moore

Par TA Moore

Une chienne de vie
Mon odieux petit ami
Rancune tenace

Publié par Dreamspinner Press
www.dreamspinner-fr.com